Reinhart Brandau
Autobiographie

SEIN ODER NICHT SEIN

Herstellung und Verlag

BoD – Books on Demand, Norderstedt

ISBN 978-3-7322-4389-1

Der Sonne
der Erde
dem Mond
den Sternen
und
der Weltenseele …

14. Januar. Kleines Dorf im Thüringer Wald. Eingeschneit in der Nacht.

Als ich kam, aus dunkler Wärme, war da ein Kerzenlicht, meine Mutter, und Rolf der Schäferhund.

Und der erste Vogel, dem ich begegnet bin – war´s der Zeisig?, oder der Nachtrabe?

All die Hühner, Gänse, Puten, Tauben zählen ja nicht, sind doch nur Federviecher – keine Vögel … doch soll es hier zur Abwechslung mal um die Wahrheit gehen – nicht um Eierkuchenmärchen.

Die Wahrheit? Was ist das denn nun schon wieder?

Sie ist da. Überall. Doch wir sehen sie einfach nicht; unser Paradigma, unsere gesammelten Vorurteile versperren uns die Sicht auf so manches, das wahr und wirklich ist. Und wir merken es nicht. Nehmen nicht wahr; stülpen unsere Sicht über alles, wie einen Kartoffelsack über einen blühenden Rosenstrauch: Schmierfink, Dreckspatz, wer wohl? – einmal darfst du raten.

Diebische Elster?, wer wohl? Und kein Dieb in der Nacht! Nein! Räuber, Tag und Nacht, und kann den Hals nicht vollkriegen!

Rabeneltern? Peepshow am Rabenhorst? Natürlich müssen schwarze Eltern schlechte Eltern sein, sonst wär´n sie ja nicht schwarz, oder?

Und die Wahrheit? ja wo bleibt sie denn? Und da kommt doch tatsächlich einer daher der behauptet: es gibt keine absolute Wahrheit, jeder hat seine eigene Wahrheit … Hilfloses Geschwätz – seine eigene Blindheit, die hat jeder – ja – und die Wahrheit?, wie gehabt: Kartoffelsack drüber, Augen zu und durch!, schnell durch – durch´s Leben durch!

*

Jetzt wüßte ich ja allzu gern wer, wie, was Du eigentlich bist! Ein Junge? Stell Dir vor ich würde Sie zu Dir sagen. Wär doch mega uncool! –

Doch vergessen wir einfach mal, wer wir sind. Geht nicht? Dann hat ja alles keinen Sinn, und statt weiter zu lesen sollten wir dieses Buch einfach in den Ofen werfen.

Was?! ... kein Ofen mehr da? ach du liebe Güte, auch das noch! Und nun? Sein oder nicht sein, das ist jetzt die Frage!

Shakespeare – Hamlet – glaub ich.

Auch soll Shakespeare mal gesagt haben: Man is but the walking shadow of himself. (Der Mensch ist nur der wandelnde Schatten seines Selbst)

Ob er es gesagt hat oder nicht; Recht hat er!

Zum Glück gibt es aber noch die Vögel! Und die können, im Gegensatz zu einem gewissen H. P., wirklich zaubern ... wenn man sie läßt.

*

Muß ja zugeben: hab sie auch ewig nicht gelassen. Nur so´n ganz bißchen vielleicht. Ob ich wollte oder nicht. Weil es eben Vögel waren.

Und ich – damals mehr so´ne Art kleiner, egozentrischer Durchlauferhitzer – doch dann ... doch da ... Verbindung zu einem fremden Wesen – das ich nicht brauchte wie Mutter, Vater, und den Teddybear – eine Verbindung zu einem ganz fremden Wesen … zu einem kleinen Zeisig …

Seine Stimme hat meine Seele berührt, sein Schicksal einen klitzekleinen Anker mir ins Herz gesenkt.

*

Muß so vier oder fünf gewesen sein. Kleines Dorf am Fluß, unten im Tal. Tannenwaldberge. Eine Handvoll Häuser. Zwei- drei dutzend vielleicht. Alle auf Schiefergrund. Schiefer auch auf Dächern und Wänden.

Flußabwärts, ein- zwei Minuten Vogelflug, die Blaue Mühle, dann die Rote Mühle und hier: Schwarzmühle.

Einwohner: ein- zweitausend: Zwei Kühe, Voigts Kühe. Zwei Pferde, Voigts Pferde. Über hundert Ziegen, jede Menge Schlachtkarnickel, Puten, Gänse, Hühner, vereinzelt mal ´ne Katze, ein paar Schweine, viele Tauben, Amseln, Meisen, Finken, Stare. Die Rabenvögel kann ich nicht zu den Einwohnern zählen. Die wohnen Außerhalb, weil´s besser ist. Maulwürfe, Fische ... alle die im Wasser, und unter der Erde leben auch nicht – lassen sich nicht zählen.

Und Menschen? Mit mir sind es wohl so an die fünfzig- sechzig. Und dann war da noch der kleine Zeisig, der aus dem Nest gefallen war, den meine Mama aufgezogen hatte.

All die vielen Tiere um mich her, waren eben da. Ja.

Der Zeisig aber, sprach mit mir und wurde mir vertraut. Wichtelmännchen, die in den Märchenbüchern, sagen alle können sprechen, wie Menschen, mit richtigen Worten. Ich hab sie aber nie sprechen gehört. Die Zwerge auch nicht. Nicht einmal die Gartenzwerge.

Aber Pipsi, mit seiner kleinen Stimme. Sie hat mich berührt, mein Gesicht, und Sonnenstrahlen in mein Herz gemalt. Anders als alles andere war es; tief und schön und geheimnisvoll ... und ein bisschen wie Zauberei.

Spinnen, Mücken, Ameisenpuppen in seinen kleinen Schnabel und viele grüne Raupen, von früh bis spät, den ganzen Tag. Dann begann er, so klein er noch war, im Zimmer umherzufliegen. Und dann ... ich mag nicht daran denken ... beschloß meine Mama meinen kleinen Vogelfreund in seine Freiheit fliegen zu lassen.

Meine arme Mutter: zwei kleine Jungen am Hals. Einer macht noch in´s Bett. Dazu noch ein Kind im Bauch und ein Wahnsinniger hat gerade den zweiten Weltkrieg vom Zaun gebrochen, und keine Voliere da. Nur die Wohnung. Im zweiten Stock. Viele Treppenstufen hoch. Und keiner hilft ihr. Nur ich; kleine grüne Raupen, Spinnen und Ameisenpuppen sammeln.

Wenn meine Mutter das Vogelkind wirklich schon fliegen läßt, wird es verhungern. Es muß ja noch lernen sich selbst zu ernähren. Drei- vier Wochen lang. Ich wußte das damals, als Kind, natürlich nicht. Aber meine Mutter, wußte die das denn auch nicht? Oder war es ihr einfach zu viel? Oder beides?

Er ist nicht schön, der Hungertod. Auch für einen kleinen Vogel nicht. Der noch dazu gerade erst aus dem Weltenseelenmeer in diesem Leben angekommen ist. Eine Voliere müßte her. Mit Erde, und Pflanzen auf denen kleine Raupen und Insekten rumkrabbeln, die er nach und nach, selber aufzupicken lernen kann. Dabei müßte er anfangs auch noch so alle halbe Stunde gefüttert werden.

Doch; ein Erlenbaum am Ufer der Schwarza. Mama setzt unser Vogelkind auf den untersten Ast. Ängstlich blicken seine Äuglein umher. Seine kleine helle Stimme ruft: „ tschib?" „wo bin ich hier?"

Zaghaft fliegt er etwas höher in den Baum. „ tschib, tschib?" „Mama, wo bin ich nur?"

Von Ast zu Ast fliegt er höher und ... mit einem mutigen „tschib!" fliegt er los, über die Schwarza, auf eine Erle am jenseitigen Ufer zu – fliegt mit seinen kleinen Flügeln, die ihn noch nicht weit tragen können, abwärts über das Wasser hin, und ... fällt hinein.

Fassungslos schau ich zu, wie die dahineilenden Wellen unser in Todesangst flatterndes Vogelkind davontragen.

*

Dann war da noch ein Vogel zu dem ich eine Verbindung hatte, vor dem ich mich aber fürchtete: der Nachtrabe war´s, der unheimliche. Wenn der mich mal sieht, draußen, allein in der Nacht, ist´s um mich geschehen. Dann holt er mich und ... Gänsehaut ... schnell an was anderes denken!

Damals hat er mich noch nicht gekriegt. Erst viel, viel später. Was er dann mit mir gemacht hat? Verrate ich noch nicht – noch nicht.

* * *

Der Wahnsinnige ist tot. Der Krieg ist aus. Die Amerikaner gehen. Die Russen werden kommen. Meine Familie geht auch; nach Bremen- Blumenthal, zum Glück für ... ja auch sie ist aus dem Nest gefallen, auf ´s Stroh, dem Milchwagenpferd vor die Hufe.

Das Pferd hat die Schwalbe angeguckt und sich dabei gedacht, daß da oben im Nest wohl wieder eine Drängelei gewesen sei. Das Pferd (es oder er heißt Gustav) schaute auf zum Nest; nichts, nur vier samtschwarze Kugelköpfchen über dem Nestrand, aus denen vier schwarzleuchtende Augenpaare herabschauten.
Die Schwalbenmama kam hereingeflogen; witt witt witt witt witt, flog wieder hinaus und schwatzte draußen weiter in ihrer Schwalbensprache, die der Milchmann, der gerade hereingekommen war, nicht verstand. Gustav wedelte mit den Ohren und ließ seinen Schwanz einmal leicht hin und her pendeln: die Alte regt sich auf, hat Gustav so in der Pferdesprache gesagt, denn mehr hat auch er nicht verstanden. Die Schwalbenmutter rief und suchte nach ihrem Mann. Sie hat sich schon sehr aufgeregt, als sie ihr Kind vor Gustav´s Hufen im Stroh liegen sah.
Doch kam sie gleich wieder hereingeflogen, mit ihrem Mann, landete vor ihrem Kind, sagte leise: witt witt witt und noch etwas, das aber auch Gustav diesmal nicht verstand: tut mir leid, Kleines, ich kann dir auch nicht aufhelfen. Aber frag doch den Menschen da mal, ob er dich zurück ins Nest legt.

Leider hat der Milchmann nichts verstanden. Und was nun? Dem kleinen Vogel Milch zu trinken geben, Butter, Käse, Kuchen, Torte oder Brot zu essen? Bloß nicht! Das alles wäre Gift für einen Schwalbenmagen! Davon würde die kleine Schwalbe Bauchweh bekommen und elendig dahinsterben.

Zu ihrem Glück, hat der Milchmann sie meiner Mutter gebracht. Die weiß, wie man Vogelkinder versorgt.

Mein kleiner Bruder Eckart und ich, haben den ganzen Tag Fliegen erschlagen. Die schmecken am besten. Alle zwanzig Minuten hat meine Mutter der kleinen Schwalbe mit einer vorne abgerundeten Briefmarkenpinzette Fliegen, oder weiße, frisch gehäutete Mehlwürmer in ihren weit aufgesperrten Schnabel gegeben. Es kam auch vor, daß sie vierzig Minuten, oder gar eine ganze Stunde auf ihre Mahlzeit warten mußte. Dann paßten gleich zwanzig oder mehr Bissen in ihren süßen kleinen Bauch.

Oder kann mir einer sagen, was noch schöner wäre, als ihr heller, fast weißer Bauch, ihre rostrote Kehle, ihr Babyschnabel, die winzigen Füßchen, die sich anfühlen auf der Hand, wie das Gebet eines Schmetterlings?

Und diese kleinen dunklen Augen!, so klein, und so groß wie die Welt.

Und so hilflos sie schauen, sind sie doch mächtig; denn sie können verzaubern, können Licht in verdusterte Seelen bringen.

Gibt es etwas Schöneres, als dieses Schwalbenkind? Nicht einmal meine Mutter oder Susan oder Silke sind schöner. Dabei ist es gewiß nicht, wie bei der norwegischen Ziegenmutter und ihren schönsten Kindern auf der Welt.

Die suchte und suchte sie noch immer, als schließlich der Bär aus dem Wald trat; „Lieber Bär", sagte die Ziegenmutter. „ ich suche meine Kinder nun schon so lange, und kann sie nicht finden. Hast du sie vielleicht irgendwo gesehen?"

„Wie sehen sie denn aus, deine Kinder?"

„Ach, lieber Bär, es sind die schönsten Kinder die je in Feld und Wald herumgesprungen sind."

„Nein, liebe Ziegenmutter, deine Kinder hab ich nicht gesehen. Weiter drinnen im Wald sprangen so kleine häßliche bockbeinige Tierchen mit Glubschaugen herum. Die hab ich aufgefressen. Deine Kinder aber, tut mir leid liebe Ziegenmutter, die hab ich nicht gesehen."

Nein, mir kannst du schon glauben, ich bin nicht die Ziegenmutter. Und doch, manchmal fiel es mir schwer zu sagen, wer schöner ist. Wenn die kleine Schwalbe bei meiner Mutter auf der Schulter lag, an ihren Hals geschmiegt, unter ihrem dichten braunen Haar hervorlugte, kam es mir vor, als wenn der kleine Vogel machte, daß meine Mutter noch viel schöner wurde, als sie so schon war.

*

Die Schwalbe und meine Mutter waren unzertrennlich. Anfangs lag das Schwalbenkind nur auf der Schulter seiner Menschenmutter, die es zu seinen Mahlzeiten auf ihre Hand nahm, und dann zurück an ihren Hals legte. Dort lag es gemütlich oder glättete mit seinem breiten Schnabel seine Federn, und pulte die Spulenreste ab, die sie ganz unten noch umhüllten, sah meiner Mutter bei der Hausarbeit zu und ließ ab und zu hinten was runterfallen.

Eines Tages dann, als die kleine Schwalbe sich wieder mal sattgefuttert hatte, streckte sie ihre Flügel über die Hand meiner Mutter aus, und flog ihr auf die Brust, über die sie auf ihren Platz hochkletterte. Wenn sie aber mal nicht dorthin zurückgeht, und einfach wegfliegt, was dann? Ja, dann war´s das wohl gewesen!

Sie hat es ja noch nicht gelernt, ihre Nahrung, fliegende Insekten, im Flug zu erbeuten, und würde einfach verhungern.

Ein Mauersegler, ja, der kann das gleich, wenn er erst einmal in der Luft ist:

Auf dem Nestrand. Flügelschlagen. Krallenfüße halten fest … lassen los, fällt in die Welt, der Segler, in seine Welt der Lüfte.

Zum ersten mal in seinem Leben. Jubelt, ganz hoch – ziiiiiiiii – seinen singenden Fernwehruf – gleitet mit ihm in Himmelsweiten.

Köstliche Insekten fliegen ihm in seinen aufgesperrten Schnabel, einfach so. Zum trinken muß er seinen Flug etwas abbremsen; die Regentropfen würden ihm zu heftig auf die Zunge schlagen.

Wenn dann die Sonne untergeht, über ihm die Himmelslichter erstrahlen, die Nacht sich tief unten über die Erde legt, die Eulen sich den Schlaf aus den Augen reiben, die anderen Vögel längst in ´s Land der Träume geflogen sind, schaltet der Segler einfach seinen uralten biologischen Autopilot ein, schließt die Augen, schwebt zwischen Himmelsleuchten und Erdendunkel umher und ... träumt.

Und wovon träumt er denn wohl? Natürlich – von der Liebe. Und wenn es eines Tages dann tatsächlich soweit ist, kann er auch das ganz von allein – und auch das; im Flug – hoch über der Erde …

Die kleine Schwalbe aber; allzu weit können sie ihre viel schwächeren Flügel ja noch nicht tragen. Doch sicher weit genug, daß wir sie nicht wiederfinden würden. Irgendwo, auf einem Ast, würde sie landen, oder auf dem Erdboden gar. Ratlos hin und her gehen. Einsam und verlassen. Warten auf Mama, daß sie endlich kommt. Die aber kommt nicht, sie kann doch nicht fliegen, weiß nicht einmal, wo ihr Schwalbenkind jetzt ist.

Hunger, Durst, das kleine Herz tut weh vor Sehnsucht nach Mama, ja, wirklich, und aus Angst vor dem Alleinsein, in dieser so fremden Welt. Es wird Nacht. Schlimme Träume – und die Morgensonne, und Hunger und Durst, und sie will endlich zu Mama – fliegt los – witt witt!

Keiner hört sie. Ihr Stimmchen ist so leise geworden, mehr ein Flüstern, auch aus den Flügeln schwindet die Kraft. Sie sinkt zu Boden, klettert auf den Maulwurfshügel bei dem sie gelandet ist.

Witt, witt, witt! Hoch über ihr kreuzen Mama und Papa unter der Sonne. Gedankenschnell teilen ihre Flügel die Luft – hell klingen ihre Stimmen bis zu ihrem verlorenen Kind.

Witt witt, bitte bitte, hier ist euer Kind!

Heiseres Flüstern. Nicht mehr die Stimme einer Schwalbe.

Das Schlucken schmerzt, Hals und Zunge so trockenrauh.

Sie hören mich nicht!

Die kleine Schwalbe fröstelt unter der Sonne, und das Atmen wird so schwer.

Sie öffnet ihren Schnabel, japst nach Luft, immer mühsamer, immer länger die Pausen.

Angst und Verzweiflung in ihren Augen – Sehnsucht nach Liebe und Leben.

Sternchen leuchten auf In Nebel, winzige Blitze, Sternschnuppen, matte Müdigkeit im Schweif, Schlaflied summend.

Eine Welle rauscht auf sie zu, reißt sie mit sich fort … weit breiten sich ihre Flügel vor, zittern auf der Hügelerde bis Lebensglanz und Liebe in den Augen des Schwalbenkindes verlöschen, sie ins Unendliche schauen, und sich sein Köpfchen auf die Seite legt …

Einfach wegfliegen, und kann sich noch nicht selbst ernähren? Auf keinen Fall!

Und was nun? Wie soll die kleine Schwalbe denn lernen Insekten im Flug zu erhaschen, wenn sie nicht unter freiem Himmel umherfliegen darf? Es müßte einer mit ihr fliegen, sie begleiten. Ja, nur zu, aber wer? Na, wer denn wohl? Natürlich!, ihre leiblichen Eltern und Geschwister!, wer denn sonst?!

Wie das alles so unverhofft geschieht; meine Mutter hört die Glocke vom Milchmann: bimmelingeling!, und geht mit dem Schwalbenkind unter ihrem Haar auf den Milchwagen zu.

Da passiert ´s: witt witt, das Schwälbchen fliegt los, auf Gustav zu und landet auf dessen linkem Ohr. Doch da ist das Pferd wohl kitzelig. Es hebt den Kopf, wiehert laut und schlackert mit den Ohren. Erschreckt fliegt das Schwälbchen weiter – in einem großen Bogen zu meiner Mutter zurück, versteckt sich unter ihrem Haar, von wo es vorsichtig hervorlugt. Das Schwalbenkind kann also wirklich schon fliegen!

Wenig später sind wir, meine Mutter mit der Kleinen auf der Schulter, Eckart und ich im Milchwagenpferdestall und schauen auf zum Schwalbennest. Nur noch ein Kugelköpfchen im Nest, und sagt nicht einen Pieps. Dann: witt witt witt witt, saust die Schwalbenmutter herein zu dem Nesthäkchen, welches sie flügelschlagend empfängt; witt! witt! mehr! mehr!

Ein anderes witt witt, dicht am Ohr meiner Mutter. Schwalbenmutter erkennt die Stimme ihres Kindes sogleich – schaut zu uns her ...

Da passiert´s: die Luft im Stall bebt – Schmetterlinge, unsichtbar, überall, sanftes Rot, wie von einer Schwalbenkehle abgefärbt und wie vom Schwalben-bauch: gedämpftes weiß.

Wieder wer gezaubert? Und wie!

Nornen flattern umher, als unsichtbare Schmetterlinge, dem Schicksal diesmal hinterher

Wage kaum zu atmen. Da steht sie, unsere Mutter, mitten im Stall, eine Zauberin – so schön war sie noch nie – streckt ihre Hand der Schwalbenmutter entgegen und sagt leise mit sanfter Stimme: komm nur, kleine Frau!

Was jetzt geschieht, hat keiner erwartet, schon gar nicht die Nornen.

Und ihnen mitsamt ihren Schicksalsfäden zum Trotz, sie sollen´s zufrieden sein ... dafür dürfen sie ja jetzt auch als Schmetterlinge umherfliegen, wie sie wollen – und auch allem Unglauben zum Trotz, fliegt Frau Schwalbe auf meine Mutter zu, läßt sich auf ihrer Hand nieder und spricht sie direkt an: witt witt! Ihr Schwalbenkind scheint sie verstanden zu haben, und fliegt auf die Hand meiner Mutter zu ihr.

Dort sprechen sie leise miteinander. Die Zeit steht still. So nah beieinander – Vogel und Mensch! Dann, unverhofft, gleitet die Schwalbenmutter, witt witt, von der Hand und fliegt mit ihrem Kind aus dem Stall in den sonnigen Tag.

Reglos verharrt meine Mutter auf dem Fleck und betrachtet ihre verwaiste Hand. Ihre Augen werden feucht, und sie wischt sich, mit dem Handrücken auf dem eben noch ihr Schwalbenkind gewesen war, eine Träne von ihrer Wange. Dann seufzt sie, geht langsam aus dem Stall, schaut auf in den Himmel, sieht den Schwalben nach und sagt: „Ich freu mich ja nur so, daß die Kleine wieder bei ihrer Familie ist, auch wenn es weh tut, daß sie uns nun verlassen hat."

Am späten Nachmittag hören wir durch das offene Fenster vielstimmiges witt witt witt, und laufen hinaus in den Garten. Hoch über uns jagen sieben Schwalben kreuz und quer über den Himmel. Das ist bestimmt unsere Schwalbenfamilie, und eine von denen ... witt witt witt!, die Kleine ist auf der Brust meiner Mutter gelandet, klettert hoch, schmiegt sich an ihren Hals ... viele kleine zärtliche Laute ... und fliegt zu den Schwalben am Himmel zurück.

*

Jeden Tag hörten und sahen wir unsere Schwalbenfamilie, witt witt witt, über uns fliegen. Es waren immer sieben. Dann wurden es mehr: elf – sechzehn – fünfundzwanzig vielleicht, und seit gestern früh war keine einzige Schwalbe mehr zu sehen. Sicher haben sie gespürt, daß es naß und kalt werden wird, haben ihre Schwingen ausgebreitet, sind auf und davon der Sonne entgegen.

Auf und davon auch unsere kleine Schwalbe, die so viel sonniges Licht in unsere Herzen gegeben hat. Zurückgelassen hat sie uns in kaltem Grau.

Doch ein winziger Sonnenstrahl hat sich in einem heimlichen Winkel meiner Seele versteckt. Wie ein kleiner Tod hat es sich angefühlt, als unser Vogelkind uns verließ.

Die glücklichen Stunden mit ihm, hat der Strom der Zeit hinweg getragen. Für alle Zeit sind sie vergangen und kehren nie mehr zurück. Doch der kleine Sonnenstrahl, den unser Schwalbenkind in meiner Seele versteckt hat, wird dort sicherlich, auch für alle Zeit, lebendig sein.

*

Ich hab sie gespürt, die Seelen der Vögel, und mich von ihnen bezaubern und verzaubern lassen. Von dem Zeisig, der Schwalbe und ... dem Nachtraben. Der war ja nicht nur bedrohlich. Er war auch sehr geheimnisvoll. Und seine machtvolle Stimme hoch über mir; rroa   rroa   rrrooo, sogar irgendwie verheißungsvoll.

Nach der Schwalbe kam erstmal kein Vogel mehr in mein Leben. Statt Dessen, oh weh! der Biologieunterricht am Gymnasium.

„Sind Automaten, die Tiere. Haben kein Bewußtsein. Von einer Seele ganz zu schweigen, die ja sogar beim Menschen ein großes Fragezeichen ist." Fragezeichen? Vielleicht sogar ein Ausrufungszeichen, was auch immer das bedeutet, ich wird´s schon noch verraten!

Keine Seele, kein Bewußtsein, die Tiere, womit die Vögel, Fische Insekten auch gemeint sind. Sollte ich mir alles was ich, erst mit dem Zeisig, dann mit der Schwalbe erlebt habe, nur eingebildet haben?, mir was vorgemacht haben? Sollte ich gedankenlos und ohne jede Verantwortung der Wahrheit, der Realität gegenüber nur so rumphantasiert haben, wie Kinder es tun? Peinlich, peinlich!

Der kleine Sonnenstrahl, den das Schwalbenkind für alle Zeit in meinem Herzen versteckt hat, verliert sein Leuchten und verlischt.

Wo ist nur mein Instinkt, mein Verstand geblieben? – Ist wohl alles durch den Rost des Fußabtreters am Eingang der Schule in den Dreck gefallen …

Ja, wenn Tiere kein Bewußtsein, keine Seele haben, darf man mit ihnen umgehen wie es in der zivilisierten Menschenwelt eben auch geschieht.

*   *   *

Viele Winter sind über´s Land gegangen. Im Sommer 1968 war´s, … da öffneten sich meine zugeklappten Ohren der Vogelsprache wieder ein wenig. Ganz zaghaft nur. Bloß nicht zu viel verstehen! Könnte ja alles wieder nur Einbildung sein – und wenn nicht – müßte ich mich ja für meine dummen Vorurteile schrecklich schämen.

*

Eh´ ich´s vergeß: die vielen Winter, bis zum Sommer 68, möchtest du wissen was ich da alles so gemacht habe? Nein? Hab´s mir gedacht. Schnee von gestern. Laß doch einfach die folgenden Zeilen aus, und lese erst nach einem der nächsten Absätze, besser noch ab Teil 2, „die Vögel kommen", weiter.

Und nun für die, die einfach alles wissen wollen: mit gerade mal zwanzig, Flucht und Befreiung aus Elternhaus und Schule nach Schweden – per Anhalter, mit zwanzig Mark in der Tasche, am fünften Mai.

Birken in zartes Grün gekleidet. In Dänemark empfängt mich ein großes Straßenfest; Tag der Befreiung von der deutschen Besatzung. Spreche nur Englisch, ist besser so.

Am achten Mai endlich in Krokwiken, Krähenbucht, im Värmland.

Meterdickes Eis auf den vielen Seen. Gedies Onkel nimmt mich auf. Der Wald auch. Als Holzfäller.

Noch zeigt der Winter sein kaltes Gesicht. Dann, über Nacht, hat Frühlingsatem helles Grün in die Birken gehaucht. Auch die Wiesen werden grün, über Nacht ... dann weiß ... ist der Winter zurückgekehrt? Und der Schnee?

Ein Duft weht herüber aus dem Schneeweiß der Wiese, dem Maischnee, den vielen, vielen riesengroßen Maiglöckchen.

Sie riechen ja so gut, doch ihr Duft soll giftig sein. Mein Großvater, in Hamburg, Professor der Medizin, pflegte zu sagen: allein die Dosis entscheidet darüber ob etwas zu Gift wird oder zu Medizin.

Es soll vorkommen, hat man mir versichert, daß jemand, bei dem Versuch über eine große Maiglöckchenwiese zu gehen, vom Maiglöckchenduft betäubt und getötet wird. So sterben?, wunderbar!, aber heute noch nicht!

*

Mittsommernacht. Tanz unter freiem Himmel. Bis dahin: Holzfäller in würziger Waldesluft.

Dann: Tellerwäscher in dampfiger Luft, mit Essensduft, in dem Restaurant Frimurerlogen in Örebro von 17^{00} bis 24^{00}. Später dann als Küchenhilfe. Die Zeit davor, von 8^{00} bis 16^{00}, Akkord am Fließband in einer Schuhfabrik.

Was das ist, Akkord? Es ist zum lachen und zum weinen zugleich. Völlig verrückt! Also; ich steh an so ner Art breitem Gummiband, den Mund mit Nägeln gefüllt, eine Hammerzange in der Rechten, einen noch unfertigen Stiefel in der linken Hand. Der ist eben auf dem Förderband bei mir angekommen. Der nächste kommt auch schon. Nun aber schnell!

Mit der Zange Leder über den Leisten ziehn, mit dem Daumen festhalten, mit der Zange einen Nagel aus dem Mund holen, das spitze Ende in´s Leder stechen, Zange drehn, mit der Hammerseite drauf haun, noch ein Nagel, genauso, und ab auf´s Band – der nächste bitte! Ja, aber wer ist der nächste?, darauf eben kommt es an! Der wievielte es in einer Stunde ist.

Ich erkläre mal schnell das System: der Stundenlohn ist hier in Schweden bald zehnmal so hoch wie in der armen Bundesrepublik. Aber mal ehrlich, wer kann schon genug verdienen?!, ich bestimmt nicht, der ich den Pfennig immer zehnmal umgedreht hab, eh´ ich ihn dann doch wieder in die Tasche steckte. Denn es heißt, in Bremen jedenfalls, wer seinen letzten Pfennig ausgibt den pinkeln die Hunde an. Drum arbeite ich von früh bis spät, und vor allem am Fließband.

Das geht nämlich so: erst mal der Stundenlohn, der beträgt fünf Kronen, und das bis zwanzig paar benagelter Stiefel.

Fünfundzwanzig Öre pro Stiefelpaar also. Schafft man aber fünfundzwanzig Stiefelpaare in einer Stunde zu benageln, wächst der Stundenlohn um eine Krone und fünfundzwanzig Öre auf sechs Kronen und fünfundzwanzig Öre.

Das wäre logisch. Ist es aber nicht, denn für die fünf paar Stiefel die über zwanzig sind, werden pro Paar nicht fünfundzwanzig sondern das doppelte, also fünfzig Öre, also insgesamt zwei Kronen und fünfzig Öre gezahlt.

Damit ist der Stundenlohn durch fünf lumpige paar Stiefel auf sieben Kronen und fünfzig Öre gestiegen. Es kommt aber noch verrückter: waren es eben fünf paar Stiefel, die den Lohn um fünfzig Öre pro Stiefelpaar erhöhten, erhöht sich nun der Lohn für jedes weitere Stiefelpaar um zusätzliche fünfundzwanzig Öre. Ahnst du langsam was das bedeutet? Das kann man nicht ahnen, das kann man, wenn überhaupt, nur durch die Praxis begreifen.

Nehmen wir mal an, du stehst da am Fließband, die erste Stunde ist fast um. Du hast gearbeitet als ginge es um dein bisschen Leben. Dreiunddreißig paar Stiefel sind durch deine Hände gegangen, dabei hast du einen Stundenlohn erreicht von: fünf Kronen plus zwei Kronen fünfzig Öre für weitere fünf Paare, plus fünfundsiebzig Öre für das nächste Paar, plus eine Krone, plus eine Krone fünfundzwanzig Öre, plus eine Krone fünfzig Öre, plus eine Krone fünfundsiebzig Öre, plus zwei Kronen, plus zwei Kronen fünfundzwanzig Öre, plus zwei Kronen fünfzig Öre. Zwei Kronen fünfzig Öre, dafür mußtest du die ersten zehn paar Stiefel benageln, jetzt nur noch ein einziges Paar. Dein Stundenlohn beträgt nun inzwischen zwanzig Kronen und fünfzig Öre, also runde zwanzig D-Mark, der halbe Wochenlohn eines Arbeiters in der Bundesrepublik.

Doch soll man das Frühstück nicht vor dem Abend loben! Ein Teil davon, das Wasser, will wieder raus, ausgerechnet jetzt! Kann es nicht bis nach der Arbeit warten? Schnell zur Toilette! Besetzt! Warten, warten, endlich!, und dann auch noch schnell eine Zigarette im Raucherzimmer um den Frust zu dämpfen. Acht Paar Stundenschuhe eingebüßt. Damit ist mein Lohn nun auf sieben Kronen und fünfzig Öre zurückgefallen. Der Toilettengang und die Zigarette haben mich also dreizehn Kronen gekostet. So ungefähr sieht Akkordarbeit in Schweden aus.

Kleines möbliertes Zimmer am Stadtrand, viel zu weit draußen und viel zu teuer. Um sieben geh ich aus dem Haus, eine Stunde zu Fuß bis zur Arbeit. Von 16°° bis 17°° Freizeit , dann bis 24°° in der Spüle. Gegen 1°° noch völlig aufgedreht im Zimmer. Lese im Bett und rauche noch einige Marlboro bis ich gegen 3°° endlich schlafe.

6:30, kaltes Wasser in´s Gesicht, kleines Frühstück und auf zur Arbeit. Drei-vier Stunden Schlaf ist wenig. Möchte an meine Grenzen kommen. Nach sechs Wochen ist es dann soweit: 6:30, komme nur mit Mühe hoch und ... was ist denn das? Meine Oberschenkel fühlen sich so merkwürdig taub an. Ich bleib liegen, gebe die Schuhfabrik auf und wechsle von der Spüle in die Küche.

Irgendwie schien ich mich gar nicht zu mögen, in der Spüle, konnte mir nicht entkommen, und es wurden bis an die sechzig Zigaretten am Tag.

Die Arbeit in der Küche gefällt mir. Der Küchenchef kommt aus Halle, der erste Koch aus Österreich, die anderen Köche und Köchinnen aus Örebro. Wir verstehn uns alle gut untereinander und ich kann mir vorstellen, noch eine Weile in dieser Küche zu kochen und zu braten. Das könnte ich neben der Schule machen, und mich, von meinem Vater unbehelligt, doch noch auf das Abitur vorbereiten. Wer weiß wie lange mich Schule und Küche dann so binden, daß ich Schweden, in dieser Zeit, nicht mehr verlassen kann. Da will ich meine Eltern und Geschwister nochmal besuchen, eh der Schulunterricht beginnt.

*

Über Hamburg bin ich nicht hinausgekommen. Was ich mir dabei gedacht hab, erst mal bei meinen Großeltern zu bleiben, weiß ich nicht. Nicht mal, ob ich überhaupt gedacht hab. So bin ich dann, als Mädchen für alles, in einer Eisenwarenhandlung gestrandet.

Ich brauchte irgendeinen Job, damit ich in der Staatsoper ... und das kam so: in dem Film „Ein Amerikaner in Paris" beeindruckte mich die Primaballerina Leslie Caron so sehr, daß ich daraufhin in der Oper Balletunterricht nahm. So sportlich ich auch war, im Vergleich zu Leslie Caron kam ich mir wie ein Krüppel vor.

In Schweden nannte man mich Tarzan, weil ich mit Lust an der Gefahr immer wieder ein absolutes Tabu brach: wenn eine gefällte Tanne, noch sehr aufrecht, mit ihrer Krone in benachbarten Bäumen hängenblieb, kletterte ich in ihren Wipfel, schaukelte und sauste, auf ihrem Stamm stehend, mit ihr zu Boden. Man warnte mich: wenn sich der Baum dreht, und du unter ihn gerätst, wirst du von ihm erschlagen. Gefährlich war es schon, aber ich war ja sehr sportlich und behende. Und jetzt: ein Krüppel im Vergleich zu Leslie Caron, den Elevinnen und Eleven hier, und der Primaballerina Otti Tänzel, die uns trainiert.

Schönheit jeder Millimeter ihrer Gestalt. Schönheit jede ihrer Bewegungen. Schönheit jede Faser ihres Wesens. Souverän, bescheiden, empfindsam trainiert sie uns. Das härteste Training das ich mir vorstellen kann – aber himmlisch!

17

Das Wesen dieser Frau erfüllt den Saal mit den Stangen an den Wänden und den großen Spiegeln, verbindet sich mit uns. Unbeschreiblich schön, überirdisch irgendwie, losgelöst von der Welt der Schwerkraft, schweben, Einklang mit Musik und Rhythmus und anderen im Saal, Einklang, Nähe die anders ist als Nähe sonst zwischen Menschen, läßt mich eher an die Nähe zwischen der Schwalbe und meiner Mutter denken, oder zwischen den Schwalben im Sommerhimmel, schwerelos und grenzenlos.

Auch mein Körper verwandelt sich, wird zu einem Instrument das ich spiele, erst noch miserabel, aber die anderen! Ja, andere, neue Menschen, und doch sehr vertraut. Nein, nicht Menschen, Instrumente eben. Sehr schöne, sehr lebendige, sehr empfindsame Instrumente – die Musik in sich aufnehmen, und in Bewegung verwandeln.

Was sind da Worte?! Verwunschen ist der Saal mit den Stangen an den Wänden und den großen Spiegeln. Von dem Augenblick an, in dem ich ihn betrat, lebte ich nur noch für die Stunden die ich dort verbringen durfte. Und dann, ich weiß nicht warum, außer, daß ich wissen wollte, was das eigentlich ist, kam ich eines Tages in Munster in der Lüneburger Heide an, und wurde erst einmal Soldat. Verrückte Welt!

Nein, ein großer Tänzer würde ich nie werden, hat Otti Tänzel mir versichert. Nicht talentiert genug. So wurde ich erst einmal Bundeswehrsoldat. Sechs Monate Soldatenleben reichten mir.

Die meiste Zeit der nächsten sechs Monate verbrachte ich, mit einer Handvoll Dachdeckern, auf Haus- und Kirchendächern in Blumenthal – für sechzig Pfennige Stundenlohn.

Auch wenn ich kein großer Tänzer würde – dennoch – das Training mußte sein. Arbeiten –nicht als Holzfäller im Wald, als Tellerwäscher, Küchenjunge oder als Panzergrenadier Tötungsgeräte durch die Heide asten – mit Freude körperlich arbeiten – nicht für Geld – ganz allein, nur für mich …

Der Ballettunterricht in Bremen kostete vierzig Mark im Monat, ungefähr ebensoviel Bus- und Bahnfahrt. Ich mußte mehr verdienen!, und landete im Flugzeugbau.

Siebzig Mark Wochenlohn! das war doch was! Fünf Jahre verbringe ich dort. Direkt nach der Arbeit in Bremen, Training von 18^{00} bis 20^{00}. Im Jugendheim Alt Aumund, in Vegesack, bau ich meine eigene Ballettgruppe, in Verbindung mit einer Laienspielgruppe auf.

Daß ich die vielen Stunden, Tage und – man stelle sich das mal vor – Jahre, mit der Arbeit im Flugzeugbau vergeude, ertrage ich nur, weil sie mir den Tanz, den ich zum Leben brauche wie die Luft zum Atmen, ermöglicht. Disziplin hier, Disziplin da, pünktlich zur Arbeit, mit Stechuhr, pünktlich zum Training, Körperbeherrschung und Ausdauer.

Alles ist eingeteilt; Arbeitsbeginn, Feierabend, Urlaub ... und im Urlaub geschah es, in der Schnitzschule in Garmisch – Partenkirchen.

Maskenball. Eine Schülerin hat mir den Kopf verdreht und dazu noch die Unschuld genommen – und das gleich zweimal. Einmal wie üblich und dann ... gründlich wachgerüttelt hat sie mich aus einer Art, so ´ner Art Mumienschlaf muß es wohl gewesen sein.

Verrückte Geschichte! Hab nur ihre Augen leuchten gesehen, hinter der Maske. Nur ihre Augen.

Das ginge ja noch, wenn wir ... sie wußte nicht wie ich aussah und ich wußte nicht wie sie aussah – und hatten einen Date.

Zum Skifahren hatten wir uns verabredet. Oben auf dem Wank wollten wir uns treffen. Aber keiner wußte mit wem, wir hatten uns ja nur maskiert gesehen.

Doch mein Bruder kannte uns ja beide, und so kam es wie es nicht hätte kommen sollen; Birte war vor uns auf dem Berg. „Da fährt sie runter!", ruft mir mein Bruder zu. Ich hinterher. Nur eine kleine Strecke ... Sturz ... zurück zum Lift.

Beinah wär der Stiefel geplatzt, hab ihn gerade noch rechtzeitig ausgezogen. Und mein Fuß – ein Klumpfuß, und wird immer dicker.

Gleich in´s Krankenhaus. Geröntgt. Kein Bruch. Nur eine Zerrung, ha, ha, nur! Und zwei Wochen Bettruhe. Erstmal! Der ganze Klumpfuß wird blau und das Bein rauf bis zum Knie. Und es schmerzt im Fuß, und ich gewöhne mich daran, so, daß es gerade noch, ohne zu jammern, auszuhalten ist, solange die Zehen senkrecht nach oben, gen Himmel weisen, und deren Gewicht keinen Seitwärtsdruck ausübt.

Das Gewicht der Bettdecke – nicht auszuhalten! Habe den Fuß in einem Karton unter der Decke untergebracht. So geht´s, so lange ich mich nicht bewege. Deshalb gehe ich, nein schleppe ich mich, auch nur im äußersten Notfall zum Klo.

Auf keinen Fall darf mein Bein dabei in eine senkrechte oder auch nur schräge Lage geraten, das Blut hat ja auch Gewicht. Also schleppe ich mich in Rückenlage auf zwei Händen und dem linken Fuß, mit waagerecht ausgestrecktem Bein, zum Klo, wo ich meinen Klumpfuß auf einen Hocker stütze. Dabei ist der Ausflug zum Klo schon schmerzhaft genug, und ich komme gar nicht erst auf die Idee, woanders als im Bett sein zu wollen, in dem kleinen Zimmer mit einem Fenster nur, und dahinter viel, viel Schnee, in Oberammergau, bei der netten Frau Brezen.

*

19

Ob Birte wohl enttäuscht ist, daß ich nicht gekommen bin, auf den Wank? …
Diese Augen! Ich muß sie wiedersehen! Unbedingt wiedersehen …

Aber wie und wo, eingesperrt wie ich hier bin?! Kann ja nichts unternehmen,
nichts machen, nur nachdenken. Und dafür habe ich nun viel Zeit.

Wie kleine Tierchen die aus Erdentiefen hervor krabbeln, ihre Fühler in Luft
und Sonnenlicht tasten, lösen sich meine Gedanken aus der Tiefe vergangener
Zeit. Zaghaft erst, unsicher, wie auf dünnem Eis: Ist es nicht auch ein
Gefängnis?, das Büro im Flugzeugwerk, wie dieses Zimmer hier, dessen Wände
Schnee und Licht und das Leben da draußen aussperren? Wollte ich dem Büro
nicht höchstens ein Jahr meiner Jugendzeit opfern? Und nun, oh Schreck, sind
schon fünf Jahre dahin! Für immer und ewig dahin! Vergessen, liegengelassen
in einem Büro!

Gewiß, das Gehalt ermöglicht mir mein Training und manches mehr, wie diesen
Urlaub ja auch. Und aus den siebzig Mark Lohn die Woche, sind inzwischen
achthundert Mark Gehalt geworden. Endlich mal richtig Geld, mit dem man was
anfangen kann. Das bequeme Gefühl, zuverlässig versorgt zu sein. Dazu die
Genugtuung, Flugzeuggeschichte zu schreiben, an der Entstehung eines neuen
Flugzeugs, dem Airbus C 160, mitzuarbeiten … aber irgendwas stimmt da nicht
… irgendwas … Lebenszeit für Geld, Anerkennung und sozialen Status. Ist das
nicht? Ja, natürlich! Prostitution!, irgendwie schon …

Vier Tage habe ich es ausgehalten im Bett, dann mußte ich raus. Ganz vorsichtig
und ganz langsam, aber immerhin; meine Skier wieder unter mir!, und mit
Schmerzen die erträglich sind, wieder aufrecht auf den Füßen.

Und ich schaffe es tatsächlich bis zu dem Haus mit dem Garten, und dem
Schuppen in dem sich mein Bruder seine Schnitzwerkstatt eingerichtet hat.

Es ist das Haus seines Lehrers, der viele Enkelkinder hat. Deren Eltern sind
verreist. Jetzt betreuen zwei Schülerinnen die Kinder. Eine von ihnen ... hat die
Augen, an die ich immer wieder denken mußte …

Unter ihrer Parka, die erste Parka die ich zu sehen bekomme, trägt sie einen
grobgestrickten grauen, bis über ihre Hüfte herabhängenden Pullover.

„Dein Pullover gefällt mir!" Sie sieht mich an:

„Möchtest du ihn haben?", und ohne eine Antwort abzuwarten, zieht sie ihn aus
und reicht ihn mir.

Nun steht sie da, in ihrem dünnen Hemd. Winter, Schnee, aber nicht sehr kalt,
und sie friert auch nicht. Mein Pullover ist kobaltblau. Den zieh ich nun aus.

Was ist bloß geschehen?! Hat was von einem Erd- See- Schneebeben, was immer das auch ist. Und von einer Sonnen- Mond- und Sternenmusik. Alles Quatsch natürlich! Aber sehr geheimnisvoll, und schön!

Hinter der Schnitzwerkstatt im Schuppen in Heu und Winterluft. Birte weint: „Ich hab Angst!"

„Wovor hast du denn Angst?"

„Davor daß ich dich hassen muß. Das wäre schrecklich, weil ich dich so lieb hab!" Dann erzählt sie mir die ganze Geschichte:

„Ich war zwölf, und durfte nicht mit auf Klassenfahrt, weil auch Jungs dabei waren. Überängstlich, wie meine Mutter war, schickte sie mich zu ihrem Bruder auf einen einsamen Hof.

Ich wußte nicht was das soll, und habe mich gewehrt, aber es hat sehr weh getan, bei mir, zwischen den Beinen. Er hat es immer wieder gemacht. Meine Mutter hat dann gemerkt, daß ich ihn hasse, konnte sich aber nicht erklären warum.

Mir war das dann egal geworden, da unten. Und wenn mich mal ein Junge darum bat, hab ich ihn gelassen, ihm zu liebe, aber immer nur einmal, weil ich ihn danach gehasst habe, und schließlich hab ich's gar nicht mehr gemacht."

＊

Zum ersten Mal in meinem Leben hab ich Yoghurt gegessen, in Oberammergau, mit Birte, den Becher für zehn Pfennige.

Und das war auch zum ersten Mal und auch in Oberammergau und auch mit Birte, für ... und das kam so: nach dem Pullover hat mir Birte auch noch ihre Parka geschenkt, mit Wolfspelzkragen und überhaupt alles, was sie hatte.

Dann stand sie auf dem Bahndamm unter herabsinkenden Flocken und wurde kleiner und versank in grauweißem Getaumel ... der Zug tauchte ein mit mir, in die Winternacht.

Was war nur geschehen! Birte hat mich mitgenommen in ihre so ganz andere Welt. Eine Welt wilder Kreativität und Leidenschaft. Und schöpferischer Kraft die selbst totes Holz, in ihren Händen, zum Leben erweckte. Eingelassen hat sie mich in ihre Welt der Hingabe an die Lebendigkeit des Lebens ...

Ja, die Ahnungslosigkeit, die es einem ermöglicht Angestellter zu sein, am Brotkorb irgendeines Betriebes zu hängen, diese Ahnungslosigkeit war die andere Unschuld, die Birte mir genommen hat.

Und nun? Ja! Kündigen! Sofort!, zum fünften Mai, dem Tag, an dem ich schon mal gekündigt hatte: der Schule und dem Elternhaus.

Sofort!, sonst ist es zu spät, und die Fangarme der Krake, die nach mir tasten, halten mich unentrinnbar fest.

Erfolg, Karriere sind ihre Namen. Einer dieser Fangarme: das Angebot des Personalleiters, mich als Stellvertreter zu übernehmen. Das gleiche Angebot des Leiters der Kunststoffabteilung ist, vom traumhaften Gehalt mal abgesehen, auch nicht gerade verlockend. Doch das wieder gleiche Angebot des Gründers und Leiters der Hermann Oberth Gesellschaft, die später ESA heißen sollte ...

Raketentechnik, das faszinierte mich. Und diesem Fangarm bin ich wirklich nur ganz knapp entkommen! Aber ich hab´s geschafft. In letzter Sekunde. Den Sprung in ´s kalte Wasser! Hab ich gerade noch geschafft!

Nun muß der Airbus C 160, an dessen Statik und Aerodynamik ich rumgerechnet habe, ohne mich ein Flugzeug werden.

Doch ganz soweit ist es ja noch nicht. Und noch ein paar Tage Urlaub warten auch auf mich.

Anfang April. Wieder in Garmisch. Die Erdenseele erwacht. Verborgenes Leben in Knospen, Wurzeln, unter Eis und Schnee sehnt sich nach Wärme und Sonnenlicht. Sie tut ihr bestes, die Sonne, taut Schnee von den Wiesen und Eis von den Bächen, auf deren einem Ufer manchmal noch Winter, und auf dem anderen schon Frühling ist. Erwachendes Leben überall. Das Lied einer Amsel unten im Tal. Hoch an den Hängen gleiten, schweben schwarze Vögel mit ihren hellen Stimmen über den Schnee. Grünblau funkelt ihr Federkleid im Sonnenlicht, rot ihre Beine und Füße, gelb der schlanke Schnabel und ihre Augen! Wild wie ein Gewittersturm, tief wie ein Bergsee in den man versinkt. Wenn man sich traut.

Noch jedoch weiß ich nichts von den geheimnisvollen Vogelaugen. Geheimnisvoll wie die Tiefen des Sees auf dem viele in Booten und auf Luftmatratzen umher rudern, einige wenige auch schon mal schwimmen, in Badeanzügen, nicht nackt – doch wer traut sich schon in die Tiefe! Wir sind es gewohnt auf der Oberfläche zu treiben. So ist es nun mal.

Die schwarzen Vögel aber haben Mut in ihren Seelen, Mut, in die Tiefe zu schauen, Mut, auch Todesmut, zu unbedingter Hingabe an das Leben ... und den Gefährten. Auch davon ahnte ich damals noch nichts. So ist es kein Wunder, daß ich Schreibtischtäter sie nicht gleich erkannt habe ... Birtes Vogelseele.

Frei wie ein Vogel ist sie wirklich. Eigentlich ganz fremd, und wieder auch vertraut. Berührt sie ein Stück Holz mit ihrer Hand, Ton, irgendwas, beginnt es bald zu leben. Sie ist der Quell, aus dem wir beide trinken, die Kraft, die uns Flügel verleiht. Sie ist eben ganz da, ganz Leben ... wie die Dohlen schwebt sie zwischen Himmel und Erde, läßt sich nicht stören in ihrem schwerelosen Flug ...

Barfuß durch das Eiswasser eines Gebirgsbaches zu der kleinen Sonneninsel dort. Unsere kältestarren Füße und Beine werden ja wieder warm. Am Berg, unterm Sternenhimmel, unsere bloßen Körper im Schnee. Die Kälte spüren wir nicht.

Wieder steht Birte am Gleis. Im Sonnenlicht. Wie eine Fata Morgana treibt sie davon.

*

Geh durch den Gang im Zug, an seltsam leblosen Gestalten vorbei. Birte so nah, jene so fern.

Große Fenster im Speisewagen. Grüne Hänge ziehen vorüber. Unten im Tal glitzert die Isar auf. Schwerer Flügelschlag. Ein Krähenpaar. Müssen nicht, wie ich, in´s Büro, oder in die Schule, wie Birte – dürfen fliegen wie und wo sie wollen.

Käsebrötchen an meinen Lippen. Wie kleine zuckend stechende Blitze brennt die Berührung. Das war noch nie!

*

Was wollte ich eigentlich in München. Bernd und Frida besuchen?
Mit ihnen auf irgendeiner Oberfläche rumgekrabbelt. Keine einzige Ameise in ihrer Wohnung, auch keine Spinne, nicht einmal eine ganz gewöhnliche Stubenfliege! Müssen alle tot sein!

Im Badezimmer riecht´s nach sterbendem Tannenwald – und die beiden ... leben die denn wirklich noch?!

Endlich wieder im Zug. Geh durch den langen Gang auf der Suche nach einem leeren Abteil, in dem ich nicht irgendwelche Mumienartigen sehen muß. Doch ... überall Menschen. Ausgerechnet Menschen! Hunde, Schlangen, Bienen, Mäuse, Igel, meinetwegen auch Fische auf dem Trockenen – aber ausgerechnet Menschen!

Jemand hält mir die Augen zu. Endlich! Nichts mehr! Dann baumelt eine unglücklich dreinschauende, nicht gerade schäbige, aber vielleicht etwas lumpige Stoffpuppe vor meinem Gesicht hin und her.

Ich bin die Butzel, sagt das kleine Geschöpf ... mit Birtes Stimme ...

Diesmal steh ich auf dem Bahnsteig. In Vegesack. Und werde immer kleiner. Der Zug mit Birte ...

*

Es ist ja schon sooo viel geschehen, und noch viel mehr noch nicht, daß ich gar nicht mehr weiß, was eigentlich los ist.

Aber was haben Birte und ich denn wohl die ganze Zeit, die wir zusammen waren, gemacht? Soll ich das verraten? Oder lieber nicht?

Kann ich ja auch nicht, selbst wenn ich´s wollte. So wenig wie ich dir eine Musik beschreiben kann, daß du sie hörst, oder Küsse, daß du sie fühlst. Nein, geht nicht! Warte mal!, ... aber die Holzgeheimnisse, soll ich dir *die* verraten? Will´s versuchen, könnte gehen.

Bin auch mit in die Schnitzschule. Hab zugeschaut – ein stück Holz und ein Messer in die Hand genommen und, wie die anderen, kleine Fische geschnitzt – als Anhänger für ein Lederband.

Ein kleines Stück Lindenholz verwandelt sich in einen Fisch! Weich und zart das gelblichhelle Holz. Ein leichter, milder Duft. Nicht der herb- sanfte Blütenduft, den, wenn der Windhauch ganz eingeschlafen ist, die summenden Flügel der Bienen, und vieler anderer kleiner Flugwesen, immer noch zwischen die Blätter und Zweige der mächtigen Linde, bis in deren Aura und weiter noch verfächern.

Und was summen die Bienen denn so? Hör ich richtig? Nicht so nah an´s Ohr, das kitzelt doch!

„Im Lindenbaum", summt die kleine Biene. „in all seinen Blüten und Blättern wohnt seine Seele. Sie ist Teil der Weltenseele, wie meine Seele auch, und die Seelen aller Bienen und anderer Geschöpfe. Aber auch die Seelen der Quellen, Bäche, Flüsse, Teiche, Seen, Meere und der Berge und Felsen und der Steine unter der Erde sind mit der Weltenseele verbunden. Die Seelen sogenannter Christen aber, sind, in der Regel, Weltenseelenfurze."

„Niemals!"

Nun direkt in´s Ohr, daß es wehtut:

„Doch! Und nicht nur Christenseelen sind Weltenseelenfurze!"

„Niemals! Ihr Bienen spinnt doch! Das kann nie und nimmer sein! Ihr habt doch ´n Bein ab, ihr Bienen, nicht alle Puppen in der Wabe! Ausgerechnet Christenseelen sollen Furze der Weltenseele sein?! Niiiiiiiiimals!"

Oh Schreck, ich glaub jetzt wird´s ernst, nun ist sie auf meinem Ohr gelandet. Sie wird mich doch nicht stechen wollen?! Und nun flüstert sie mir mit ihren schnellen Flügeln direkt in´s Ohr, daß es sich wie Donner anhört:

„Auch wenn du es nicht glauben willst; es stinkt doch weltweit ganz erbärmlich. Gibt´s doch nur noch sehr wenige Menschen auf der Erde, wie Hopi und Aborigines, bei denen die Weltenseele noch zuhause ist."

„Ausgerechnet bei dem arbeitsscheuen Indianergesindel?! Und den verdreckt-versoffenen Aborigines?! Da soll die Weltenseele noch zuhause sein?! Ihr seid doch wirklich nicht bei Trost! Ihr Bienen, und Schwebefliegen und Hummeln, und, wo wir schon dabei sind, meinetwegen auch noch ihr Libellen ... auf deren Flügeln – die Weltenseele – im Sonnenlicht glitzert ... oh ... Biene ... also doch!"

Was ist denn nun? Ist er etwa weggeschwommen? Mein Fisch aus Lindenholz? Und hat am Ende auch noch eine Seele? Seele oder nicht; und weggeschwommen ist er auch nicht. Liegt doch vor mir auf der Hobelbank zwischen Holzspänen auf dem Trockenen, schaut mich an, und denkt wohl: wär ich doch nur im Wasser?

Nein, das denkt er nicht, sagt er doch jetzt zu mir – nicht mit Worten natürlich – mit seiner Seele! ... Nur weiß ich nicht genau ob es die Seele des Fisches oder des Lindenholzes ist, die da sagt: ich hab dich an der Angel mein lieber!, und laß dich nicht mehr los! ... So fing alles an ...

Neben dem großen Fenster herinnen, draußen verwilderter Garten, steht die Hobelbank. Die sieht mich von der Seite an und sagt: „ich auch!"

Die, glaub ich, hat mich auch schon längst verhext, und ebenfalls an der Angel. Der Fisch, die schöne große schwere alte Hobelbank und das viele verwunschen beseelte Holz, was die wohl mit mir noch machen werden?!

*

Mein Bruder Eckart und meine Schwester Karin besuchen die Schnitzschule, und sind in Garmisch zuhause. Mein Vater inzwischen auch. Der besucht ein Bratkartoffelverhältnis und hat die Scheidung eingereicht. Eine Art ortsfestes Hoch scheint über Norddeutschland zu liegen.

Seit dem Bratkartoffelverhältnis meines Vaters ist meine Mutter in einem Buchladen beschäftigt. Endlich macht sie ihr Ding, und blüht auf. Das kleine Haus mit sechs Zimmern, Küche, Bad und Flur, das mein Bruder und ich zum großen Teil, während unserer Schulzeit, selbst gebaut haben, ist nun ein offenes Haus geworden.

Ein Freundeskreis ist entstanden. Und wird immer größer. Vor allem Jugendliche, aber auch Erwachsene gehören dazu. Sie scharen sich um eine ganz außergewöhnliche Frau … meine Mutter. Paradiesischer Zustand. Wirklich! So viele Freundinnen und Freunde da, und dennoch – natürlich fehlt mir Birte so sehr!

Sie will ja bald kommen, in den Ferien – doch bis dahin: Briefe, auch ein Selbstportrait von ihr, doch telephonieren? Was würden die Vögel denn sagen, zum Telephon? Und Birte sagt das auch: seine Stimme hören und nicht zu ihm können, das geht einfach nicht, sagt Birtes Vogelseele.

Vogelseele, die sich todesmutig fallen läßt – mit Haut und Feder oder Haar, auch in dem Gefährten lebt. Verliert sie ihn, ist auch sie verloren. Es stirbt der Teil von ihr, der in dem anderen lebt.

Glück und Liebe – dann Trauer und Verzweiflung – in vielen Vogelseelen – und kümmern dahin: Krähen, Dohlen, Raben, Elstern, Eulen – vielen Vögeln geht es so – und Menschen manchmal auch …

Mit Birte möchte ich den 5. Mai, den Tag meiner Freiheit feiern. Sie will bald kommen. Doch kommt erstmal noch ein Brief. Ein sehr langer Brief; schlag mich, mach mit mir was du willst, aber schick mich nicht fort, bitte!!!

So fängt er an, der sehr lange Brief. Dann schildert sie Ihre Verzweiflung, als sie aufwacht in einem Wagen, auf dem Weg von einer Party in Mittenwald nach Garmisch. Aufwacht aus einem Traum und erkennt, daß ich es gar nicht bin, daß es ein anderer ist.

Wir haben kein Telephon. Aber Schorse, der Tütenkrämer, hat eins, und ich die Telephonnummer von Birtes Freundin, die im selben Haus wie Birte wohnt. Über sie hatte ich manchmal mit Birte gesprochen ohne Birtes Stimme zu hören. Diesmal ruft die Freundin gleich nach ihr: versteh erst nichts, nur von Schluchzern zerrissene Wortfetzen, dann ... darf ich kommen? Am Abend ist Birte da.

Doch ist es nicht mehr wie es war – das Wir – Birte und ich. Etwas ist gestorben. Wir erleben und erleiden es, und wissen nichts.

Als Birte das passierte, im Wagen, in der Nacht, war sie kein Vogel mehr.

Nie wäre das einer Krähe passiert oder einer Dohle und schon gar nicht einer Elster. Auch einer Elster nicht, die ja, wie Birte eben, nur aus Gefühlen; begeisterter Leidenschaft für den Auserkorenen besteht, die für nichts garantieren kann, außer dafür, daß sie ihn niemals verwechseln wird mit irgendwem. Niemals.

*

Bald heiratet Birte einen Möbelfabrikanten. Sie ist wirklich kein Vogel mehr! Und das ist die eigentliche Tragödie. Denke ich ...

Meine Sehnsucht ohne Hoffnung war einfach nicht auszuhalten. Da habe ich die Erinnerung an Birte, so gut ich konnte, ausgelöscht. Ihre Briefe, in denen sie so schmerzhaft gegenwärtig war, verbrannt. Nur die Fische hab ich bei mir behalten.

*

Lustig schwimmen sie in meinem Kopf herum, und wollen raus. Dazu braucht es Holz. Lindenholz für schlichte Körperformen. Rio Palisander aber, dieses höhlenschwarze, moorigbraune, gewittriggelbe Holz lockt bizarre Formen aus meiner Hand: Räuber, Clowns, dicke schrullige Fische, kleine Seeungeheuer.

Geheimnisvolle Kräfte bannen sie in Holz, befreien sie aus ihrer Gefangenschaft in meinem Kopf. Seit die mich an der Angel haben bin ich nur noch gespannt darauf, was für ein Fisch wohl als nächster angeschwommen kommt.

Und immer größer wird der Schwarm. Auch Fische aus Zedernholz sind dabei. Hell, schlank, duften süß und verheißungsvoll wie Meerjungfrauengesang. Fühlen sich so lebendig an, und flüstern mit silbriger Stimme seltsame Dinge: höhlenschwarzes Holz und mondschimmerndes Silber, Fischschuppenglanz im Höhlendunkel.

Wovon reden sie denn bloß? Die Fische? Dunkle Höhle ... Fischschuppenglanz ... mondschimmerndes Silber ... leuchtet im Dunkel der Höhle ... erleuchtet die Hö ... ich hab´s, natürlich!: das geheimnisvolle schwarze Holz, mit Silber vermählt, läßt im Höhlendunkel verborgene Geistwesen erscheinen ...

Aber leider nur den Fischen. Die wissen, daß in diesem schwarzen Rio Palisander und dem Mondscheinsilber mein Schicksal verborgen liegt.

Ja, ja, der erste Fisch hat mir ja gleich gesagt: ich hab dich an der Angel, mein Lieber. Und sieht meine Zukunft, mein Schicksal, verrät aber nichts, außer ... und das verrate ich jetzt auch noch nicht ...

*

Hab den Rat der Fische befolgt: Holz mit Silber verbinden! Bei Degussa in Bremen habe ich Silberblech- und- Draht bekommen. Nach der Arbeit bei Weserflug bin ich in ´s Cafe´ Hellwig in Vegesack, und habe bei Kaffee und Kuchen Entwürfe gezeichnet.

Dann schnell an die Hobelbank. Konnte kaum erwarten zu erleben, wie nach der Zeichnung, aus Holz und Silber, ein neuer, noch nie da gewesener Schmuck zwischen meinen Händen entstand.

Auch Manschettenknöpfe aus Kieselsteinen und Silber hatte es noch nie gegeben. Dann kam noch eine Vision daher: Anhänger, nicht an einer Kette oder Lederband – an einem schlichten Silberreif.

Dabei entstand ein Gebilde, an dem fünf lange schlanke Holztropfen am Reif in kleinen Ösen baumelten. Auch hatte ich einen Silberring entworfen, mit einer Platte, auf die ich ein Stück Holz, an Stelle eines Edelsteines, kleben wollte.

Wahrlich schicksalhaft, diese Idee!, denn damit kam das Wunder. Erst langsam, dann in großen Schritten, und das kam so:

Meine „Silberschmiede" bestand aus einem kleinen Schraubstock mit Ambos, einem Hammer, Blechschere, Rundzange, Seitenschneider, Feile, Küchenmesser, und dann war da noch der Gaskocher in der Küche.

Es gehörte schon Mut dazu, oder jugendlicher Leichtsinn, sich mit diesen primitiven Werkzeugen an die Erschaffung eines Silberringes mit Holz zu wagen! Ich verfügte über beides: Mut und Leichtsinn und, machte mich an´s Werk.

In der linken Hand das Silberblech, in der rechten die Schere: schnipp, schnapp, die rechteckige Platte ist ausgeschnitten.

Ein bisschen schief und verbogen ... ob das noch was wird? Es muß! Los, auf den Amboß und mit dem Hammer drauf! Ja, na siehst du!

Nun ... feilen, feilen, feilen ... endlich fertig die Platte für das Schmuckholz! Da fehlt nur noch der Ring, das heißt ... drei Ringe sollen da ja, der Zeichnung nach dran, na, viel Spaß!

Silberdraht über einer Eisenstange rundgebogen, Größe abgeschätzt, Seitenschneider, abgeknipst, zweimal noch:

Drei Ringe, an den Enden platthämmern, genau auf die Stärke der Platte, da sollen sie ja dran, an die Längsseiten in der Mitte und an den Enden. In der Mitte unten sollen sie dann zusammenkommen, die drei Ringe.

Mittelring, Größe schätzen, Seitenschneider, knipp, knapp und feilen bis sich die Enden nahtlos an die Seiten der Platte schmiegen. Das war ja noch einfach, aber die Endringe!

Hätt ich doch bloß was anderes gemacht! Das ist nun schon der dritte Versuch, und ein Gefriemel! Und feilen, und nachbiegen, und, unmöglich die schrägen Enden paßgenau zu feilen, dann ... endlich ... am Abend, die Mücken tanzen noch nicht, nicht jetzt im April, liegt die Silberplatte kopfüber und wartet auf ihre drei Ringe.

Welchen denn nun zuerst? Der in der Mitte? Ja, dann wissen wir schon mal wo die Mitte ist. Drangeklemmt! Und dann? Dieser oder jener? Egal, ist doch gehupft wie gesprungen. Und tatsächlich, nur ganz leicht berührt, den Mittelring, und ... ist er nun gehupft oder gesprungen? Auch egal, aber dran muß er wieder!

So geht´s dann lustig weiter – woher ich die Gedult nehme weiß ich nicht – bis in den späten Abend hinein, und nun geht´s ja erst richtig los!

Über Kopf liegt die Silberplatte nun auf der Küchenmesserschneide. An den Längsseiten der Platte klemmen die drei Ringschienen, die sich oben berühren.

Mit einem feinen Pinsel hab ich Lötflüssigkeit über Ringenden und Silberplatte gepinselt, und je einen Silberlotschnipsel draufgelegt.

Nun die Küchenmesser-schneide mit dem silbernen Kunstwerk über die Flamme vom Gaskocher in der Küche. Die Lötflüssigkeit brutzelt, die Schnipsel tanzen umher, bis sich die Flüssigkeit beruhigt hat.

Als ich mich auch beruhigt habe, lege ich die Schnipsel zurück auf die Nahtstellen an den Ringenden, und halte das Messer wieder über die Flamme.

Das Silber verfärbt sich grün – gelb – blau. Ein Schnipsel beginnt zu glänzen, sieht wie Quecksilber aus, und, schwupps verschwindet es in dem haarfeinen Spalt zwischen Ringplatte und Ringende, wie eine Maus in ihrem Loch.

Ein Ringende ist nun fachgerecht angelötet und das andere ... dieses Schnipselchen hat eigenes vor; rollt als flüssige Silberkugel auf der Platte hin und her, hüpft auf die Messerschneide und von da runter – irgendwohin.

Ich laß mich doch nicht von ... nun erst recht! In aller Ruhe lege ich ein anderes Schnipselchen auf den Spalt und das ganze nochmal ... geklappt!

Und wieder rollt ein glänzendes Kügelchen lustig umher und ... feuriges Leben in allen drei Ringen – und winden, schlängeln sich glühendheiß umeinander – vor meinen Augen – giftende Schlangen tanzen verschmelzend den Feuertanz ... bis sie, als schwarzbraunes Gewurschtel, auf die Ringplatte niedersinken ...

So viel Mühe, und das kommt dabei heraus!

Ja, aber was ist denn dabei herausgekommen? Der Ring ist hin, klar! Doch bei längerer Betrachtung, und vorurteilsloser Beachtung, fangen die Schlangen wieder an, sich zu bewegen – und zu mir zu sprechen: „Wie Phönix aus der Asche, kannst du fliegen, wenn du willst!", und: „Siehst du denn nicht wie schön wir sind?!"

Verarschen kann ich mich selber ... und doch ... daß die Schlangen ein so reines Hochdeutsch sprechen, gibt mir schon zu denken – aber schön? So'n Klumpatsch?!

Doch, wenn das Geschlängel größer wäre ... Äste – Krater – Seen und Felsen, über die das Mondlicht fließt, und nachttiefe Schluchten?!, wie Schuppen fällt's mir von den Augen – aus dem Dunkel einer Höhle leuchtet mir ein verheißungsvoller Schatz entgegen ...

*

Sie haben nicht gesponnen, die Schlangen! Ich muß mich festhalten – gleich fliege ich davon! Wie Phönix aus der Asch ... festhalten! An irgendwas!

Hier, das Messer! Nein, das ist doch scharf, dazu noch heiß! Schnell raus in die Mondnacht, dort sind so viele Birken, da muß ich mich doch festhalten können, an einem Birkenstamm!

Schau über die silbrigweiße Rinde hoch durch die kahlen Zweige voller Knospen in denen die Blätter, noch eingesperrt, darauf warten, daß ihre winzigen Kerker sich öffnen, und sie ihre noch farblosen kleinen Gesichter der Sonne entgegenrecken, deren Küsse zartes Grün in ihre Gesichter malen werden.

Doch so lange will ich nicht mehr warten, bis irgendwelche Knospen platzen!

Diese Schlangen! Fließendes Mondlicht, nachtdunkle Schluchten! Birke – Baum der Erkenntnis?

Wie ein Blitz ist dieses Bild in mich hineingefahren! Silber ist da. Jetzt muß nur noch eine bewegbare Flamme her, mit der ich gezielt erhitzen kann …

Das wär doch was! Fließendes Mondlicht über nachtdunklen Schluchten! Größer könnte der Gegensatz zu dem aalglatten, strengen, leblosen Schmuck aus finnischen und dänischen Silberschmieden, der weltweit die Mode bestimmt, gar nicht sein. Das wär doch mal was!

*   *   *

5. Mai, Tag der Freiheit, aber auch der Tag, an dem meine, bis dahin zuverlässig fließende Geldquelle versiegt.

Es ist schon ein Sprung in´s kalte Wasser! Und da sind ja meine Fische drin, die auf mich gewartet haben.

Und mit mir fällt auch die Traumkarriere Raketenbau in´s Wasser, geht endgültig unter.

Ich aber tauche mit meinen Fischen wieder auf, gebe eine Abschiedsrunde Whyski aus, schwinge mich auf mein Zündapp- Moped und fahre das letzte Mal aus dem Werkstor, und in meine Freiheit hinaus.

*   *   *

Kühle Morgenluft. Fahrtwind badet mein Gesicht, zaust im Wolfspelzkragen der Parka. Mein Moped und ich schweben durch kühle Nebelschwaden, der aufgehenden Sonne entgegen. Der Sonne, die jahrein jahraus hinter den Schornsteinen der Klöcknerwerke als roter Ball über Worpswede aus den Teufelsmoordunsten aufgestiegen ist, ihr Licht auf mein Gesicht flutete und in meiner Seele ein Fernwehflämmchen entzündete, das gleich darauf im Einerlei der Büroarbeit erloschen ist.

Endlich! Die Schornsteine stehen nicht mehr vor der Sonne, sie sind jetzt hinter mir, irgendwo. Das Büro mit dem großen Fensterglas auch. Und das Fernweh- flämmchen begrüßt die Sonne ... ach was! So´n Flämmchen gibt´s doch gar nicht! Aber mich, mich gibt´s tatsächlich, und ganz neu, und begrüße nicht nur die Sonne ... die ganze Welt ... die mir nun endlich offensteht!

Ja, endlich unterwegs! Nicht vom Werk geschickt, nach Erding oder sonst- wohin, mit Entfernungsgeld zusätzlich zum Gehalt, Hotelzimmer und was weiß ich noch. Ja, endlich unterwegs, auf MEINEM Weg in MEINE Welt auf MEINE Kosten … ach, hau ab, Zweifel!, kann dich nicht gebrauchen. Am wenigsten jetzt, wo´s endlich losgeht, das Freisein!

Ja, viel Geld hab ich nicht mehr. Aber das Moped, fast noch neu. Die Parka, und einen Campingbeutel ... ganz neu ... und was da drin ist? Ich verrat´s mal gleich; meine ganze Hoffnung auf ein neues, freieres Leben: Schatzkästchen aus hellbraunem, fein gemasertem Nußholz, rötlichem Mahagoni und Kirschholz mit den singenden Jahresringen. Und sie alle sind randvoll mit Holz- und Silberschmuck.

Schnurgerade Landstraße. Am linken Straßenrand ragen schlanke Pappeln in den Morgenhimmel. Rechts, abwechselnd, mal Weiden mal Wäldchen. Hinter der endlosen Pappelreihe grünes flaches Land, auch mal ein einsamer Bauernhof auf einer Wurt. Was da wohl so geschieht! Keiner wird´s je erfahren – nur Gott. Der sieht ja alles, der Ärmste!

Napoleon hat diese Straße mal für seine Truppen durch´s Moor bauen lassen. Wie der jetzt wohl aussieht?

Höfe und Napoleon sind aber doch wurscht! Mir wird kalt. Auch wurscht? Meinetwegen! Werden ja bald ankommen ... in Worpswede.

26,85 DM, mein ganzer Reichtum, und viereinhalb Liter im Tank. Die reichen bis Hamburg und weiter.

Ortseingang Worpswede. Gleich vornean das Worpsweder Landhaus. Zwanzig Pfennige müssen drin sein, für eine Tasse Kaffee zum Aufwärmen.

Gemütlich ist's und wunderbar warm, im Frühstücksraum – und der Ober bleibt freundlich, als ich kein Frühstück mit Ei für zwei Mark, nur eine Tasse Kaffee bestelle. Und hätte eigentlich schon wieder Hunger. Wie von weit her berühren Teelöffelrührgeräusche, Besteckekläppern, Brötchenbeißkrancheln und Menschenschemenstimmengemurmel mein Ohr und, jetzt ganz nah, das Atmen des Meeres.

Seltsam. Glaube im Meer zu schwimmen, irgendwo, ganz allein. Und nur von mir hängt es nun ab, ob ich das Land je wieder erreiche – oder untergehe.

Angst beschleicht mich. Angst davor, frei zu sein. Wie ein Tier, zum Sprung geduckt im Hinterhalt, bedroht sie mich, die Freiheit. So also sieht sie aus, die, von der ich geträumt hab: unberechenbar, bedrohlich, zum fürchten!

Ja, wer es gewohnt ist, ein bequemes geregeltes Leben, in dem jeder Tag jede Stunde vorhersehbar ist: 7°° Wecker, gähnen, kaltes Wasser in's Gesicht, dreimal zwei Hände voll, kleines Frühstück: Cornflakes mit Milch. Moped unterm Vordach vor der Tür, mit ihm in den Morgen, Weserfähre von Vegesack nach Lemwerder, 7:56 Stechuhr in der Montagehalle, ein guter Geist bringt die Zeitung und frisch gebrühten Kaffee. Zwischendurch: schreiben, rechnen, klönen, mal ein Gang durch die Halle, 12°° Mittagspause, Kantinenessen, und dann mehr ein Warten auf den Feierabend ... punkt 16°° an der Stechuhr, von 18°° bis 20°° Training in Bremen, Sonnabend und Sonntag dann im Jugendheim.

Ja, wer ein solches Leben gewohnt ist hat auch allen Grund sich zu fürchten ... vor der Freiheit die einen läßt als wär man gar nicht da.

Und, so sehr ich geflucht und rebelliert habe, und so lange es auch schon her ist, von dem halben Jahr, das ich bei der Bundeswehr gedient habe, müssen sich auch noch Reste der Antifreiheitsperversionen, mit denen ich dort leben mußte, in mir versteckt halten: der U.v.D. (Unteroffizier vom Dienst) schaut in den eben erst blankgeputzten Lauf meines Gewehres und meint: da sind zwei Elephanten drin, der eine ist so groß, daß ich den dahinter gar nicht sehen kann. Was haben sie sich dabei gedacht?

Ich dachte ... Was? Denken wollt ihr?! Viel fressen und große Haufen scheißen, ja das könnt ihr. Das Denken überläßt mal lieber den Pferden, die haben größere Köpfe als ihr.

Die Würde ... ja wo denn? Aber wir waren ja versorgt, vierundzwanzig Stunden am Tag. Und denken? Das taten die Vorgesetzten für uns. Wir brauchten nur da zu sein und zu gehorchen. Wir fühlten uns geborgen in der Gruppe, in der Uniform. Hörten auf zu denken und man selbst zu sein, bekamen Respekt vor uns und unserer Uniform. Manch einer siezte sich sogar, wenn er sich in einem Spiegel in Uniform erblickte.

Geborgen und gesichert, der Sold pünktlich auf dem Konto. Es ist so beruhigend, so bequem als Hammel in der Herde mitzulaufen, immer nur dem Leittier zu folgen. Das denkt ja für einen mit, und an alles: Pinkelpause, Essen fassen, ein Lied!, oh du schöner Westerwald … singen oder grölen, egal, nur schön laut und zackig muß es sein.

Und besonders beim Singen ist man nicht mehr ich, ist man Gruppe so wie in der Uniform, Soldat, Bundeswehr! Nicht mehr ich, hab mich in der Uniform versteckt, bin zur Uniform pervertiert.

Es ist zwar noch nicht so, daß die Uniform den Geschmack der Speisen für mich schmeckt und für mich satt wird. Das machen wir schon noch selber. Pinkeln, scheißen, schwitzen, frieren auch. Aber wann, wo und wie, das wird uns befohlen. Und wenn wir dann mal Ausgang haben, versuchen wir wenigstens als Hobbymenschen rumzulaufen. Hab gelacht über die Uniform und den ganzen Zauber. Hab mich zu wehren, zu rebellieren versucht. Keine Chance gegen die schwarzmagischen Kräfte einer Uniform.

Meine Mutter ist ja nie beim Militär gewesen, aber wissend. Als sie einmal am Kampener Strand nackt vor dem Meer in der Sonne stand, meinte ein Mann mit Hut es sei doch pervers, so nackt in aller Öffentlichkeit herumzulaufen. „Das ist doch ganz natürlich", klärte ihn meine Mutter auf „in Uniform rumzulaufen, das ist tatsächlich pervers."

Muß ich denn gerade jetzt daran denken, an jene trostlose Zeit?! Jetzt wo ich auf dem Weg zu neuen Ufern bin? Ja, gerade jetzt, wegen der neuen Ufer eben. Denn diese Gespenster der Vergangenheit lassen einen ja nicht los, stellen sich einem in den Weg, der in die Freiheit führt. Unsichtbar. Hinterhältig.

Erst wenn man sie ertappt hat, ihre Fratzen erkennt, verlieren sie ihre Macht und lassen einen endlich los.

Ja, so kann´s gehn. Hab das Gefühl in einer Kiste gesteckt zu haben, wie die Fische in meinem Kopf. Die sind nun raus, und auf dem Weg in die Welt. Ich endlich auch.

*

In der „Insel" – die drei Fische liegen noch auf den hellen Seidentüchern und warten geduldig auf eine Käuferin. Schade. In der „Großen Kunstschau" aber sind zwei Fische verkauft. Die gute Frau Kohle sucht gleich vier neue Fische aus. „Die sind wirklich schön", versichert sie mir und bezahlt sie gleich: 6,- DM.

An all dem anderen Schmuck hat sie was auszusetzen: diese starren Reifen hängt sich doch keine Frau um den Hals. Und die silbernen Anhänger, ihre bizarren Formen erinnern sie an Bombensplitter. „Nein, nein, davon hatten wir mehr als genug!" Wiedermal Gespenster der Vergangenheit. Wo die auch überall rumspuken!

Die so verheißungsvolle Morgensonne hat sich hinter einen Wolkenschleier zurückgezogen, durch den sie nur manchmal noch, als blasses Himmelsauge, auf mein Moped und mich herabschaut.

Grasberg ... saukalt ... Fischerhude ... kein Gefühl mehr in den Füßen ... eiskalt die Beine ... Cafe´ Bellmann – gleich – erst noch zum Bäcker. Zwei Brötchen, 12 Pfennige kosten die schon, und eine Tasse Kaffee ist wohl auch noch drin. Uralt muß das Cafe´ Bellmann sein. Tische, Stühle, Gardinen, Fenster, alles, und gemütlich.

Die Brötchen hab ich heimlich gegessen, und heimlich nehme ich eine alte Zeitung mit auf´s Klo – will nicht nochmal so frieren.

Hab gezahlt und sogar 5 Pfennige Trinkgeld gegeben, wegen der heimlichen Brötchen, und der Wärme und Gemütlichkeit, und weil ich bestimmt bald reich bin. Staksig, mit Zeitungsgeknister in den Hosenbeinen, verlasse ich das gastliche Haus und steige auf´s Moped, im Vertrauen, dem Fahrtwind nun locker zu trotzen – mit fünf Lagen Weserkurier von den Knöcheln bis zum Gürtel.

Ottersberg. Keine Ottern mehr! „Ausgestorben", heißt es lakonisch ausgerottet, mit Gift und Schrot, Schlingen und Fallen haben sie, die welche sich Christen nennen ... alle Ottern: Kreuzottern, Fischottern. Unheimlich irgendwie, als wenn ein böser Fluch über dem Land läge – und stinkt erbärmlich nach Weltenseelenfurzen – nur schnell weiterfahren!

In einem Wäldchen, vor Rotenburg an der Wümme, befreie ich die Zeitungen aus meiner Hose. Alles ist warm geblieben.

In dem kleinen Städtchen entdecke ich einen Kunstgewerbeladen. Der jungen Verkäuferin gefällt mein Schmuck. Doch einkaufen kann sie ohne ihre Chefin nicht. So´n Pech!

Den Halsreifen mit den fünf schwarzen Holztropfen mag sie gar nicht in den Schmuckkasten zurücklegen. Er sieht so gut aus an ihrem Hals. Soll 30,- DM kosten, sie hat aber nur 15,- DM bei sich. Sie darf ihn umbehalten, für 15,- DM. Er steht ihr wirklich gut, und wer weiß wofür ich diese 15 Mark noch brauchen werde!

13°° Soltau, 13:15 Kunstgewerbeladen gefunden, ab 15°° wieder geöffnet. Warten, warten, kann nicht warten, bin zu gespannt wie´s weitergeht. Und mein Magen knurrt. Kleines Restaurant an der Ecke, nicht sehr vornehm. Speisekarte:

35

Kassler mit Sauerkraut

. und Salzkartoffeln 2,50

Schweinebraten mit Rotkohl
und Salzkartoffeln 2,50

2 Wiener Würstchen mit
Kartoffelsalat   2,20

1 Teller Erbsensuppe 1,20

Bisschen salzig die Suppe, macht aber satt, und durstig. Die zweite Fanta kann den Durst auch nicht löschen, ist zu süß.

Na endlich! Gleich 15°°, bin ich denn verrückt geworden?! Hab für das bescheidene Mittagsmahl 1,80 ausgegeben und noch 20 Pfennige Trinkgeld dazu! Das sind jetzt schon 25 Pfennige Trinkgeld!

Und dann auch noch umsonst so langsam gegessen und getrunken! Der Mann in seinem Ramschladen – fällt mir jetzt erst auf, daß es ein Ramschladen ist; lauter Nippes, aller möglicher, vor allem aber unmöglicher Krimskrams durcheinander – der gute Mann also: „Holz als Schmuck? soll das ein Witz sein? Nein junger Freund" … schnell weiterfahren!

Lüneburg? Auch nicht besser: Schmuck aus Holz, unmöglich!, und Bombensplitter; schrecklich!, wenn das so weitergeht!

*

Im Speiseraum der Jugendherberge sitzen zwei junge Mädchen an einem Tisch. Die eine schreibt was auf eine Postkarte, die andere lächelt mich an als freue sie sich, mich wiederzusehen.

Dabei kennen wir uns ja gar nicht ... und irgendwie beginnt das ganze jetzt peinlich zu werden ... I am Su ... gerettet! Das andere Mädchen hebt ihre zarte schmale Nase von der Postkarte, sieht mich überrascht an und gesteht mir: I am Laureen, I was just dreaming a bit.

Oh, sorry, did I interrupt your dreaming?

Sie lächelt mich so´n bißchen schräg von unten an; shure, but I like it, because I like you. Wieder beginnt die Situation peinlich zu werden, zumal ich merke, daß ich auch noch rot werde. Nun sieht Laureen mir, etwas besorgt, fragend, in die Augen; why are you flushing?

Ich weiß nicht warum, wirklich nicht! Vielleicht weil sie von Augenblick zu Augenblick immer schöner und vertrauter wird, oder auch weil sie mich ja eben erst zum ersten Mal gesehen hat, und mir gleich sagt, daß sie mich mag.

Das ist doch ... das geht doch ... woher will ... ich weiß zwar immer noch nicht was eigentlich los ist, aber ihre Augen sehen mich so offen, so an, daß es in mir ruhig und warm und schön wird, und ich endlich sagen kann: ich mag dich auch Laureen.

Nun sieht Su mich so´n bißchen von der Seite an: daß ich dich auch mag, brauch ich dir ja eigentlich nicht zu sagen. Aber ihr Deutschen seid ja meistens irgendwie ... schwerfällig ... freudlos, seht aus als würdet ihr den Krieg gerade erst verlieren. Aber du scheinst anders, und deine Augen auch, oder nicht?

Das war nicht bös gemeint, aber es hat gesessen. Ich spüre daß da ´ne ganze Menge dran ist. Viel mehr noch als Su wohl ahnt. Und wie von Geisterhand gezeichnet, seh ich die Arbeitsräume von Weser-Flugzeugbau, seh, wie Angestellte sich mit französischen Flugzeugbauern von Sikorsky besprechen, auf Französisch ... in Deutschland … obwohl sie ganz gut Deutsch sprechen, weigern sich die Franzosen diese Sprache in den Mund zu nehmen. Sie wollen ja, daß der deutsche Michel, untertänigst, sein miserables Französisch zum Besten gibt. Katzbuckelnd tut er das auch, brrrrrrrr!

Und die vielen Radfahrer, die sich goldene Lenker verdienen wollen ... nach oben buckelnd, nach unten tretend ... überall im Betrieb unterwegs ... haben wohl kaum das Selbstbewußtsein eines Regenwurms.

Jetzt seh ich mich auch noch über eine Zeichnung des Fahrwerks des Airbus C 160 gebeugt ... da stimmt doch was nicht ... die Statik ... wird doch bei der ersten Landung ... ich geh zum Büro des Ritters vom Goldberg, dem Argentinier, klopfe an .. seine Sekretärin öffnet, bittet mich herein ... selbstherrlich bleibt er sitzen, der große Mann in seiner kümmerlichen Gestalt; was ist!? fragt er drohend. Ich seh schon ... das wird nichts ... fang an zu stottern angesichts so viel Hochwohlgeborenherrschaftlichkeit ... d d darf ich i i i h nen a a auf d d dieser Z Z Z Zeichnung z z zeigen wo d d das F F Fahrwerk einen Ko Ko Konstruktionsfehler ... was?!!! Konstruktionsfehler?!!! Bin ich hier der Konstrukteur oder sie?!!! Gehen sie an ihren Platz und tun sie ihre Arbeit!!!

Lauter Statiker an den Arbeitstischen um mich herum. Das Arbeitsklima, die Zusammenarbeit, ausgezeichnet. Doch keiner will sich in meine Fahrwerks-fehlkonstruktionserkenntnis hineindenken. Falls was dran wäre ... keiner will sich an solch heißem Eisen die Finger verbrennen. Alle fürchten sich vor dieser kleinen Giftspritze mit den goldbestickten sporenbewehrten Cowboystiefeln. Wie ist die bloß auf diesen einflußreichen Posten gekommen?!

Ich war mir meiner Sache sicher und habe meinen Kollegen jede Wette angeboten, daß die C 160 bei der ersten Landung in die Knie gehen wird. Keiner wollte wetten! Zum Glück! Ich hätte die Wette verloren! Der Airbus ging nicht erst bei der ersten Landung in die Knie, sein Fahrwerk ist noch in der Halle, beim entfernen der Stützen, unter ihm zusammengebrochen!

Hab ich´s nicht gesagt?! Keiner will sich erinnern. Es sind doch allesamt Schlappschwänze. Diese Herrn Statiker!

Es können nur Augenblicke gewesen sein, nicht mehr, in denen mich dieser Film, der vor meinem inneren Auge ablief, in eine längst vergangene Zeit mitgenommen hat. Dennoch, bin wieder ganz hier, am Tisch, bei Su und Laureen. Und während sich die häßlichen Szenen wieder entfernen, erlebe ich eine seltsame Nähe zwischen uns, fühle, daß wir eine Familie sind. Wir, die wir uns gerade erst begegnet sind. Und das Geheimnis wird nicht kleiner, als sich, vor meinem inneren Auge, Laureens schmale Nase in einen Zeisigschnabel, und Su´s Arme in die Flügel einer Schwalbe verwandeln. Natürlich! Wir kennen uns ja schon so lange! Su´s Augen, die Augen der kleinen Schwalbe und Laureen´s ... nein, nichts sagen! Su ´s Schwalbenaugen träumen; Reinhart, glaubst du an Dinge wie Seelenwanderung?

Nein, an sowas hab ich bisher ... ehrlich ... wie soll das ...

Dann muß ich dir jetzt erzählen: als ich ein kleines Mädchen war, war ich mit einer Krähe befreundet. Wir liebten uns. Nur Gott weiß wie sehr. Es war das tiefste und schönste Erleben, das ich je gehabt habe. Und soll ich dir sagen – deine Augen ... es muß sie geben, die Seelenwanderung!

*   *   *

Lauenburg: ein sehr kleiner Laden, eine dürre Frau, sie mag keinen Holzschmuck und keine Bombensplitter.

Lübeck: ebenfalls.
Travemünde: auch nicht.

Kühler Meeresatem berührt mein Gesicht. Warmer Glanz der späten Nachmittagsonne. Timmendorfer Strand. Schau über die See, ihre kleinen lustlos daherschwappenden Wellen, die flüsternd am Strande vergehen – und meine Freiheit ... wird die auch? ... Nein!, darf sie nicht! Nicht nach Su und

Laureen, die es nie gegeben hätte, ohne diese Freiheit! ... Sein oder nicht sein – das ist wirklich jetzt die Frage!

Seh ich sie tanzen dort überm Horizont, die Nornen, Schicksalsfäden spinnend? Für mich einen Faden der jetzt bitte, bitte nicht zerreißen soll!

Neustadt: endlich! Zwei Fische, 3,- Mark!

Eutin: Wieder nichts, dafür hungrig und müde. Der Abend, die halbe Nacht mit Laureen und Su war ja noch lang.

Kleines Hotel. Rührei mit Bratkartoffeln ist am billigsten, 2,-- Mark – damit der Schicksalsfaden möglichst lange hält – und schmeckt!

Dem Frühstücksei hab ich´s dann anvertraut: mach mir Sorgen um das Frühstücksei von morgen. Mit einem Vermögen von immerhin 26,85 Mark sind wir vorgestern losgefahren, mein Moped und ich. 26,20 Mark beträgt unser Reichtum jetzt, das heißt: 65 Pfennige mehr ausgegeben als eingenommen. Und rund 200 Kilometer bis nach Hause.

Jetzt umkehren, alles hinschmeißen? Unterwegs gut essen und trinken und übermorgen wieder im Büro und die nächsten vierzig Jahre?

Und die nächsten vierzig Jahre danach? Seh mir womöglich dann schon die meiste Zeit der zweiten vierzig Jahre, so wie andere die Radieschen, die Gänseblümchen von unten an. Da könnte ich ja genau so gut gleich jetzt aufhören zu atmen! Also: mach´s gut, du aufgegessenes Frühstücksei!, auf zu neuen Ufern!

Eutin ... null.
Plön ... nichts.
Preetz ... gar nichts.
Kiel ... überhaupt nichts.
Eckernförde ... egal!
Schleswig ... ganz egal!
Flensburg ... scheißegal!

An diesem Morgen, in der Jugendherberge, kein Frühstücksei. Die 3,20 DM, wer weiß wofür ich die noch brauchen werde! Und hier in Flensburg – wie war´s denn hier? Auch nichts? Ich sag mal einfach, meine ganz persönliche Meinung: bis hier nur Holzköpfe, hier in Flensburg allerdings: nicht mal Bombensplitter, wäre ja noch zu verstehen – viel schlimmer noch: Sylvesterbleigießen! Da endet für manche schon die Welt … für mich die Freiheit – hier, in der kleinen Stadt am Meer …

Schau in das dunkle, ölige Wasser im Hafen – zu dumm – kann ja leider so gut schwimmen! Dazu fällt mir auch gleich noch die Geschichte von der Maus ein, die in einen Milchkrug gefallen war, die aber nicht ertrinken wollte und, obwohl es doch völlig sinnlos war, unverdrossen mit Armen und Beinen in der Milch herumpaddelte, bis das Wunder geschah, bis unter ihrem Bauch ein kleiner Butterberg entstanden war, auf dem sie sich schließlich ein wenig ausruhen konnte und dann, schwupps, von dort über den Rand des Kruges ins Trockene sprang. So ein Butterberg! Ja! Aber wo?!

Holm heißt die Straße, auf der ich mein Moped, warum, weiß ich nicht, am Kantstein längsschiebe. 3,20 Mark, reicht nicht mal für Benzin bis nach Hause. Sollte zum Marktplatz und meinen ganzen Schatz, jedes Schmuckstück für eine Mark, an die Leute dort verkaufen. Bei rund 40 Teilen wären das so an die 40 Mark. Damit kämen wir, mein Moped und ich, wenigstens wieder nach Hause.

Auf dem Weg zum Marktplatz fällt mein Blick durch ein Schaufenster auf Halsketten mit riesengroßen Bernsteinen. Sie liegen zwischen alten und ganz alten Messern, Gabeln, Löffeln, Zinntellern und Krügen, Messingleuchtern, Büchern und vielem mehr, und alles auf grobgewebten Tüchern. Nachtblau, meergrün, tiefweinrot.

Was kann schon passieren außer: Holz, Bombensplitter – natürlich wird das wieder nichts.

Wenn ich in einen Laden wollte, hab ich meine Parka immer ausgezogen und über´s Moped gelegt. Diesmal lasse ich sie an. Keine Rücksicht mehr auf die Gefühle von Leuten, die mich sowieso wieder wegschicken! Diese Genugtuung wollte ich wenigstens noch haben, wo doch schon alles den Bach runter gegangen ist.

Leiser Glöckchenklang begleitet das Öffnen der Ladentür – ich glaub ich hab sie schon mal auf einem Bild gesehen – nein, nicht Monalisa – obwohl, wie sie mich anschaut, halb lächelnd halb nicht ... doch jetzt ein fröhliches Lächeln, auch in ihrer Stimme; „Darf ich fragen, was sie in ihrem Campingbeutel mitgebracht haben ... etwas antiquarisches?" Nun muß ich lachen; „Ganz im Gegenteil, etwas sehr neues, gerade mal ein paar Tage alt."

Ihre schlanke Hand streicht eine kastanienbraune Haarsträhne über ihre Schläfe aus dem schmalen Gesicht, aus dem mich zwei dunkelbraune Augen warm und verschwörerisch anschauen; „Darf ich mal sehen?" als sie meine Schätze erblickt staunt sie; „Das ist ja wirklich ganz neuer Schmuck, sowas hab ich noch nie gesehen, wollen wir mal nach oben gehen?"

Ich folge ihr die Treppe hoch, in einen Raum voller alter Dinge, in dem ein junger Mann hinter einem Bündel afrikanischer Brautraubmasken hervorkommt und mich freundlich empfängt. Als er meinen Schmuck sieht glaube ich nicht recht zu hören, als er sagt: „Das muß Vater sehen!", und nicht recht zu verstehen, als er mit uns in einen großen angrenzenden Raum geht, in dem mich ein älterer Mann sehr freundlich begrüßt.

Jeden Fisch, jeden Ring, alles sieht sich der Mann mit großem Interesse an, reicht es seinem Sohn, dem jungen Mädchen und meint: „Endlich mal was anderes, und so besonders. Am liebsten möchte ich alles hierbehalten." Dann sieht er mich fragend an: „Wie sind sie nur darauf gekommen, solchen Schmuck zu machen?"

Die ganze Geschichte, wie ich sie ja schon erzählt habe, kann ich jetzt natürlich nicht nochmal erzählen. Wohl aber von dem ersten Lindenholzfisch, und was mir die Biene in´s Ohr gesummt hat, und von dem mißlungenen Lötversuch auf dem Küchenmesser über der Gasflamme natürlich auch.

„Ja, die spürt man, wenn man diesen Schmuck ansieht und berührt, die Weltenseele, das ist wirklich wahr. Darf ich denn alles hierbehalten? Nur diesen einen Fisch würde ich ihnen lassen wollen. Damit sie nicht so ganz allein weiterfahren müssen. Wie sind sie denn eigentlich unterwegs?"

„Mit dem Moped bin ich gekommen."

„Steht wohl unten an der Straße? Dann bringen sie es lieber in den Hof, man kann ja nicht wissen! Ich komm mal gleich mit."

Bewundernd musterte er die königsblaue Zündapp mit der Doppelsitzbank. „Eine sehr schöne kleine Maschine ... wenn ich noch jünger wär hätt ich ja auch wohl Lust. Sie haben´s gut! Das ganze Leben vor sich, und eine so schöne Maschine und dieser Schmuck! Sie werden sich noch wundern."

Es dauert, bis ich all die Ringe, Armreifen, Halsreifen und Fische auf die Rechnung geschrieben, und die Beträge zusammengezogen habe. 360,- Mark! Ich glaub ich träume! Soooooo viiiiiiiiiiiiel Geld!, und zu allem Überfluß, ich hab ja so´n Hunger, werde ich auch noch zum Mittagessen eingeladen! Dicke Bohnen mit Pellkartoffeln! Und die schmecken! Himmlisch! Dicke Bohnen mit verwunschener Soße!, und neuen Kartoffeln, zusammen mit neuen Freunden inmitten der alten und ganz alten Dinge!

Ohne Birte und die Fische wäre ich auch Su und Laureen nie begegnet, und auch den Dicken Bohnen hier in Flensburg nicht. Wär wohl, ja wer wär ich denn wohl? Wohl jemand, den ich gar nicht kenne!

Und der Schicksalsfaden, den die Nornen gesponnen haben, über dem Meereshorizont, hat, eh er riß, gerade noch gehalten!!!

Nun doch nicht nach Hause zurück, auf dem kürzesten Weg, und wieder in´s Büro! Kneif mich mal einer! Keiner da? Auch nicht hinter mir auf der Sitzbank? Aber der eine Fisch ist doch noch bei mir geblieben! Fisch!, bitte, beiß mich doch mal! … Aua! Er hat mich tatsächlich wohin gebissen! Es ist also wirklich wahr! Der Fisch und mein Moped und ich – auf dem Weg zu neuen Ufern, gen Westen!

*

Sonnenluft auf Gesicht und Händen. Tannenbäumchen. Atme Harz- und Kräuterduft – liege auf dem Rücken in jungem Gras. Streichle Moos, einen Stein, Erde, Gras ... ein Rotkehlchen ganz nah über mir, schaut zu mir herab und singt ...

Haben mir die Nornen doch noch eine Galgenfrist gewährt? Oder hat sie mir eine gute Fee geschenkt?

Wie auf Wolken schwebe ich mit dem Moped über die Landstraße dahin.

Von Niebüll schaukelt uns der Zug durch flache, grüne Weiten. Hier und da, neben dem Eisenweg, kreisrunde Teiche von schmalen Schilfgürteln umsäumt.

Alle von Bomben, die mühsam, und unter Lebensgefahr von England bis hierher getragen worden sind, den Eisenweg zu treffen, und ... daneben fielen … und doch nicht ganz umsonst, der Aufwand; Kaulquappen sind dort zuhause, ernähren sich von Wasserflöhen, versorgen Libellenlarven mit ihrem Fleisch, oder Störche, wenn sie es geschafft haben, als Frosch an Land zu gehen.

Schnurgerade laufen Wassergräben hin zum Horizont, und zu Höfen, die, wie hingeworfen, einer hier, einer dort hinten, und noch einer irgendwo, unter windgebeugten Bäumen vor sich hin zu träumen scheinen. All das läßt der Deich nun hinter sich zurück, gibt die trüben Wattenwasser frei, die auf beiden Seiten des Dammes, über den der Zug rattert, bis zu der Insel reichen.

*

Bei Ebbe ein riesiges stinkendes Matschland. Priele, tückischer Treibsand, grau, braun, trostlose Ödnis überall.

Solltest du als Unkundiger da hineinspazieren, in diese Schlick-und Schlamm-wüste, wirst du wohl schon Böses ahnen, wenn Seenebel feucht und kühl dir über Gesicht und Rücken, Brust und Arme kriecht – Deich, Insel, alles in hellem Grau versinkt und du so ganz ohne Boot und Kompaß im Matsche stehst. Und bald auch ohne Hoffnung. Auf Rettung. Aus der grauen Suppe.

Und wie war es denn?, eben grad, als das Meer noch nicht kam, und du in die echolose Watte hineingerufen hast: hallo, hallo, ist da jemand?, bis du entdecktest, daß die Fußspuren, denen du folgst, deine eigenen sind?, und wie war es denn als aus dem Nichts breite, schmutzig braune Wasserzungen auf dich zuglitten, dir die Füße leckten und flüsterten: es kommt, es kommt, das Meer, es kommt?

Wie's war, hat keiner je erfahren. Auch nicht ob das Vaterunser noch geholfen hat. Denke mal, ehr nicht.

Wer jedoch als Kundiger das Watt besucht, ein Vogelkundler vielleicht, bewundert die Vielfalt des Lebens zu Luft, zu Wasser und zu Land.

Wie aber tut er das? Das eben ist die spannende Frage. Will auch nicht lange drum herum reden und ganz klar sagen: weiß es nicht, weil ich es nicht wissen kann. Aber vermuten könnt ich mal. Und das ist ja auch schon was. Will also einfach mal losvermuten: Der Vogelkundler ist vermutlich männlichen oder weiblichen Geschlechts. So weit so gut. Wen nehmen wir denn mal? Den männlichen, der ist einfacher, simpler und weitaus erforschter.

Der männliche Vogelkundler, der MVK also, liebt das Wattenmeer und dessen Gestank, die Fische und Vögel – die gesamte Fauna und Flora – wie er als Fachmann das Leben im Watt so gerne nennt.

Also, das mit dem Gestank ist schon so'ne Sache; was für den Unkundigen – den können wir inzwischen wohl abhaken – Gestank war, ist für den MVK etwas ganz anderes. Für gewöhnlich verbreiten Furze ja Gestank. Und der Geruch des Wattenmeeres kommt ja von vielen tausend Millionen oder sogar Myrijarden, womöglich aber noch viel mehr kleiner und kleinster Furze zahlloser Lebewesen von der Ente bis zum Pantoffeltierchen. Das furzt ja wohl auch. Wahrscheinlich nur Atome. Aber immerhin, alle zusammen!

Ob die versammelten Wattenmeerfurze nun aber stinken oder nicht, hängt ganz davon ab, wer da gerade riecht. Für den MVK entströmt dem Watt ein lebenswürziger, süchtig machender Duft. Süchtig auf die große weite Wattenwelt. Geographisch gesehen ist die ja auf einem mittelgroßen Globus kaum ein Fliegenschiß. Bevölkerungsmäßig jedoch sollen, sie sind ja schon weit, die Wissenschaftler, aber immer noch nicht fertig mit dem Zählen, sollen allein in einem einzigen Kubikmeter Wattenschlick mehr Tierchen ihr ungezügeltes Dasein fristen, als alle Hunde, Menschen, Katzen und Ziegen auf der Erde zusammengenommen. So werden für den MVK die Wattenfurze zum Duft der großen weiten Welt.

Und wie steht es nun um seine Liebe zu dem Leben im Watt? Ja, genau! Es ist das Leben, das er da liebt. Pauschal. Nicht das einzelne Geschöpf liebt er, das kennt er nämlich nicht. Nur dessen Äußeres fällt ihm auf: Form, Schuppen, Federn, die geschmeidigen Bewegungen der Fische, der elegante Flug der Vögel. Eine große Bühne – das Watt. Schauspieler und Dekoration zugleich – die Bewohner. Er liebt es, dieses große Theater, der MVK. Und in seiner männlich schaumgebremsten Liebe planquadratiert er die Vögel – zählt: so und so viele, im Laufe einer Stunde, auf so und so vielen Metern im Quadrat.

Seh ich Gitterstäbe vor dem Fenster einer Gefängniszelle?, oder eine Gitterbrille vor Expertenaugen, die die Welt zerstückeln?: Population, Fluktuation, Grammophon? Nein, Originalton!

Aber was rufen, schreien, sagen sie denn nur, die vielen Vögel da draußen im Watt?! Was sollen wir Menschen sein? Unrein? Unberührbar?, … wenn das stimmt, wissen wir ja wirklich nicht, wer oder was wir sind. Die Vögel aber, wissen die´s vielleicht wirklich?, und würden sie uns Auskunft geben, über uns? Eher wohl nicht! Welcher Vogel würde denn schon mit einem Menschen sprechen wollen?!

Aber, ich glaub´s jetzt nicht – eine Seeschwalbe fliegt draußen vor dem Fenster neben dem Zug her, und schaut mich an, als ob sie mir was sagen will. Soll ich? Soll ich die Fensterscheibe runterlassen? Irgendwas wird dann geschehen, das fühle ich, aber was?

Der Vogel läßt sich auf der Rückenlehne des Sitzes mir gegenüber nieder, sieht mich an und spricht und … ich versteh ja auf einmal alles was er sagt, jedes Wort!: zwei Trollweibchen aus dem Niemandsland, dem Grenzstreifen zwischen Himmel und Hölle, wurden in einer Höhle unter dem Äquator vom Teufel geschwängert. Wie die da hinkamen weiß keiner. Nur, daß sie ihre Bastardkinder Adam und Eva nannten, und im Garten Eden aussetzten.

Gott, den es damals noch gar nicht gab, hat nur den Kopf geschüttelt und gesagt: Unglaublich, was Teufelsgeilheit alles so zustande bringt! Mega uncool kann ich da nur sagen! und: so geht das nicht! so geht das wirklich nicht! – und eilt sogleich nach Irland, an die Dingle Bay, dorthin, wo sich eine Elfe und eine Fee von einer Nixe die Füße waschen lassen.

Inständig bat er sie alle drei, Adam der Reihe nach zu verführen. Die Nixe sollte die letzte sein. Gott wußte schon warum. Wir werden es aber auch noch erfahren.

Als die Elfe und die Fee Adam erblickten, na ja, … jedenfalls konnten sie ihn einfach nicht ertragen … nur Gott zuliebe, ließen sie sich dennoch von ihm schwängern. Im Traum. Unbefleckt.

Sie hat dann auch nicht neun Monate, ganze neuntausend Jahre hat sie gedauert, diese einzigartige Schwangerschaft! Und sie hat sich gelohnt, und es wurde auch wirklich Zeit. Bei Evas Nachkommenschaft!

Was in den neuntausend Jahren alles passiert ist! – Kain und Abel und … mag gar nicht daran denken, und auch nicht drüber sprechen … die ganze bastardige Menschheit eben …

Der Teufel freute sich über seinen gelungenen Nachwuchs, und hat´s mit seiner Trolltochter Eva auch nochmal getrieben, denn ... Adam hat die Nixe nicht überlebt. Die hat´s ja wirklich versucht – mit Adam – sogar leibhaftig, und auch nur Gott zuliebe – aber ... zum einen ... und zum anderen ist Adam, in dem vielen Wasser zwischen ihnen ja ertrunken.

Und die Elfen– und Feenkinder? Wie Salz und Kräuter eine schale Suppe würzen, haben die Elfe und die Fee, mit ihren Kindern, und sogar die Nixe, allein durch ihren guten Willen, der Menschheit etwas vom Geist Gottes, und eine vage Ahnung von der Weltenseele geschenkt.

Die Rückenlehne gegenüber ist leer ... hab ich denn geschlafen?, nicht gesehen wie die Seeschwalbe davongeflogen ist? Ist sie vielleicht gar nicht dagewesen? Das Fenster ist ja auf, ja. Aber nicht eine Feder, nicht mal eine ganz kleine, hat der Vogel dagelassen. Und wenn alles nur ein Traum war?

Westerland. Der Wind hat gedreht. Bringt Nordkühle in die triste, wüste Stadt.

Wenningstedt. Witthüs Teestuben. Endlich! Das alte weiße Friesenhaus unter dem Reeddach mit den sanft geschwungenen Gauben. Wie ein geheimnisvolles, einladendes Versprechen steht es da, ganz allein, auf der Wiese.

Als sich mir die Tür nach drinnen öffnet, schau ich in eine andere Welt. Von der Mitte des Raumes, um den herum Nischen und kleine offene Räume eingerichtet sind, führt eine breite Treppe hoch zur Galerie.

Ein paar Stufen bin ich hochgestiegen, steh auf dem Absatz, wie auf einer kleinen Bühne, an das Geländer gelehnt, und möchte dir erzählen was ich sehe, höre, rieche, fühle, und versuch´s gar nicht erst, weil ich einfach nicht weiß, womit ich anfangen soll. Mit den Gästen vielleicht?, oder der Bedienung?, oder alles durcheinander schmeißen?, Bedienung und Gäste und das Tablett, von dem alles: Teelöffel, Kuchengabeln, Stövchen mit verlöschendem Teelicht, die Kuchenteller mit Nußkuchen, und Teeschalen, klirrend, scheppernd zu Boden fällt. Und das Teekännchen, von dessen kobaltblauen Scherben der dampfend duftende Tee über die Holzdielen kriecht?

Manche mögen das ja ganz lustig finden. Doch wir vergessen das schnell wieder, weil es so gar nicht in diese Teestube paßt. Zum Einen sieht hier alles so öffentlich aus, dann wieder ist es hier auch sehr intim. Das soll mal einer nachmachen! Doch wo gibt es das schon, daß Gäste zur Bedienung werden, wenn ihnen danach ist, und die Bedienung sich vom Gast bedienen läßt? Hier, im Witthüs, hier gibt es das, und noch viel mehr.

Doch wir sind ja noch gar nicht angekommen. Sehen wir uns erstmal die Haustür von draußen an. Sie ist so´ne Klöntür, zum klönschnacken. Man kann die obere Hälfte der Tür öffnen, und sich dort unterhalten wobei unten Wind und Regen draußen bleiben müssen. Das war früher so. Aber jetzt, wo es so angenehm ist, im Witthüs zu sein, will keiner mehr draußen vor der Tür stehenbleiben, und so gehen wir denn auch mal wieder rein.

Die große Holztreppe kennen wir ja schon. Wenn ihr mal zu mir raufkommt, könnt ihr in den Nischenraum neben dem Eingang schauen. Da sehen wir einen Jungen und ein Mädchen auf einer Holzbank über ein Buch gebeugt, in dem sie gemeinsam lesen.

Vor sich, auf dem Tisch, zwei blaukugelige Teekannen auf irdenen Stövchen, eine Tonschale, in der brauner Kandis in einem Sonnenflecken, der durch ein Gaubenfenster auf den Tisch gefallen ist, glühendbraun leuchtet, zwei Teeschalen, und auf einem Holzbrett wartet eine große dicke Scheibe selbstgebackenes, mit Butter bestrichenes Gewürzbrot darauf, verspeißt zu werden.

Die beiden scheinen jedoch in ihr Buch so vertieft zu sein, daß sie die Köstlichkeiten vor sich auf dem Tisch wohl ganz vergessen haben. Muß ja was besonderes sein, was in diesem Buch geschrieben steht.

Über Elfen- und Feenkinder vielleicht? Darüber wo die jetzt leben? Hier, in diesem Haus vielleicht?, irgendwo versteckt? Oder sind gar diese beiden „Menschenkinder" Nachkommen des Adam, mit der Fee, der Nixe und der Elfe?, durch Gottes weisen Rat?, in diesem Feenhaus? Feenhaus? Wie komm ich denn auf Feenhaus? Das könnte wieder eine dieser geheimnisvollen Eingebungen sein, die man nicht erklären kann!

Und nun spüre ich auch ihre Nähe, atme ihren Blütenduft, höre ihre Stimmen in den leisen Klängen der „Irischen Harfe" von Friedrich Oppermann. Es müssen Feenhände gewesen sein, die das alles hier in´s Leben gerufen haben.

Hier lebt wirklich alles. All die „toten Dinge", hier leben sie; der Tisch, an dem die Feenkinder sitzen. Aus dunkelbraunen Holzbohlen zusammengefügt, sehen aus, wie von einer Axt geformt. Ist es vielleicht mal ein Zwergenfloß gewesen, das das Meer hier an den Strand geworfen hat? An vier schweren Eisenketten hängt der kleine Tisch – und schaukelt ein wenig, als wenn sanfte Wellen ihn noch immer sachte wiegen.

Binn die Treppe ganz hoch, und in der ostwärts schauenden Gaube auf einem Friesenstuhl mit hoher gerader Stäbchenlehne gelandet. Die Fensterbank der Gaube ist zugleich ein langer, nicht sehr breiter Eichentisch.

Durch das Sprossenfenster schau ich über weites, helles Wiesengrün, graubraune Heide, blaugraues Wattenmeer und den fernen Seedeich hinweg in bläuliches Flimmern – und weiter, weiter, und komme in Flensburg an, in dem gastlichen Haus bei dem alten Mann mit den seelenvollen Augen, seinem Sohn, der jungen Frau, den dicken Bohnen ... hallo, ich bin die kleine Fliege, soll ich dir was bringen; ein Kännchen Tee, Nußkuchen, Gewürzbrot? – Klein? Rank und schlank ist sie – kein Mädchen, keine Dame, kein Kind, alles zusammen: ein Mädchendamenkind ... und womöglich noch dazu beschwipst!

Rätselhaftes Lächeln aus grünen Augen, Veilchenduft aus grünem Haar ... violette Blüten in grüner Brandung ... muß an die Nixe denken an der Adam gescheitert ist ... oder ... vielleicht ... auch eine unbefleckte Empfängnis? Die kleine Fliege? Unbefleckt? Rätselhaft ja, aber unbefleckt?

Möchtest du mal riechen? die sind echt!

Mit dem Bestellblock in ihrer schmalen Hand, der weiten weißen Bluse und dem langen hellblauen Faltenrock, macht sie eine art Hofknix, und neigt mir ihren Kopf mit den Feilchen im Haar zu.

Ich trau mich ja nicht ihr noch näher zu kommen als sie mir schon näher gekommen ist. Und dieser Duft! Veilchenduft und Meer und Wind und ... Elfe, Fee, oder Nixe? Jetzt das Lächeln eines Kindes; was soll ich dir denn bringen?

Beschwipst? Ja! Ja!

Das Gewürzbrot und der Tee: köstlich! Und ich?, könnte mich wohin treten! Hinter dem Kinderlächeln hat sich bestimmt eine Erkenntnis versteckt wie: so ein Langweiler, schade! Einerseits sympathisch, andererseits verklemmt.

Das tut schon weh! Zeigt eine fremde Frau mir ganz ungeniert ihr Gesicht, selbstbewußt, ohne Angst, einfach so ... verstecke ich mich in dem Urteil: beschwipst, um mein verklemmtes Gesicht nicht zu verlieren! Wär doch gar nicht schade drum, oder!?

„Ich bin die kleine Fliege", sagt sie sicher nicht zu jedem, und meint damit: „laß uns zusammen spielen, irgendwas, wie Kinder es tun".

Und ich hab Angst, und weiß nicht wovor ... fühle mich gefangen, wie im Netz einer Riesenspinne. Zäh die Fäden und klebrig wie Rotz – riechen nach Schlips und Kragen, Gesangbuch und Uniform. Das alles, und wer weiß was noch, hängt immer noch an mir, kaum sichtbar, wie das Netz einer Spinne eben – eine Krankheit – ein Seele erstickender Wahn!

Und ich dachte, das hätte ich alles längst weit hinter mir gelassen! Doch die wenigen Worte der kleinen Fliege: „Möchtest du mal riechen?, die sind echt!", haben meine verdrängten Ängste ans Licht gebracht: immer noch Wanderer zwischen zwei Welten.

Einer geregelten Welt, ohne Horizont, und einer abenteuerlichen gefahrvollen Welt ohne Grenzen. Endlich! ... wie Schuppen fällt es mir von den Augen ... endlich seh ich mich: eingeklemmt zwischen Umgangsregeln und Geltungssucht zappelt ein verklemmtes Tierchen …

Mit dem Rest Brot und Tee, laß ich es in der Gaube zurück, schwebe hinaus zu den Möwen, fliege mit ihnen über´s Wattenmeer ... schwerelos jetzt, wo er abfällt von mir, in die Tiefe sinkt, aussieht wie ein schmutzig gelber Kuhfladen – eine graue Fontäne steigt auf aus dem Wattenmeer, als er hinein plumpst, und untergeht ... der Karriereseelensiechtumbazillus …

*

Jugendherberge vor Hörnum. Endlich ist die Nacht zuende. Endlich Frühstück! Was hab ich gefroren, in dem verkommenen Kasernengebäude, durch das ein verdrehter Nordwind von einem Ende zum anderen heulte, klapperte, fauchte!

Hauke, Dörte und Helga, umschließen, wie ich, ihre Kaffeebecher mit ihren Händen. Wohlige Wärme. Kaffeeduft. Der verdrehte Nordwind hat sich schlafen gelegt. Wahrscheinlich im Osten. Dort steigt der gleißende Feuerball in einen blauen Morgenhimmel auf, flutet sein Licht über das kleine Hörnum, den Hafen, Dünen und das Meer.

Im Hafen wartet ein Schiff auf uns – das Meer wartet auf das Schiff – und im Meer wartet eine Insel auf uns und das Schiff: Helgoland.

Doch vor allem wartet auf uns die Zukunft. Und die ist grenzenlos und geheimnisvoll – wie das Meer.

Woll´n wir mal so´n bisschen in die Zukunft schauen? Ich versuch´s ja schon die ganze Zeit, mit dem Kaffeebecher in meinen Händen, und der Nase im duftenden Kaffeedampf.

Da! Jetzt seh ich mich wieder an der Hobelbank, Fische schnitzen, und mit der Flamme Silber in bizarre Formen verschmelzen, und ... wir sind ja noch nicht mal auf dem Schiff, das uns an der Insel Föhr vorbei, und den Seehundbänken zu dem roten Felsen bringen will. Dort ist eine Welt, in der Welt, aus dem Meer aufgestiegen.

Wie ein riesiges urzeitliches Tier, ruht er in der See. So groß das Weltall auch sein mag, diesen Fels gibt es nicht ein zweites Mal. Das Witthüs natürlich auch nicht und das Watt und den Hindenburgdamm. Diesen Felsen aber erst recht nicht! Und mich? Vorläufig auch nicht. Doch irgendwann wird es mich gar nicht mehr geben, nicht mal ein einziges Mal ... und das, lange bevor dieser Fels wieder untergeht.

Aber jetzt ist jetzt, und nicht irgendwann. Und gerade jetzt schwebe ich, als Möwe oder Schwalbe dicht an den steilen roten Klippen dahin.

Träume, schau auf die Nester der Lummen, auf brütende Vögel, in ihre wachsamen Augen, ihre zärtlich liebenden besorgten Herzen ... um mich her, über, unter, neben mir hungrige Schnäbel ... und alles was unbewacht in den Nestern zu finden ist, ob Ei oder Vogelkind – schmeckt ja sooo gut! ... entstehen und vergehen ... überall und ewig ... alle wollen satt sein, sterben will keiner und lieben wollen alle, und geliebt werden, und glücklich oder traurig dem Leben nahe sein und ... werden und vergehen ... geschieht vor unseren Augen … sehen es, und wissen doch nicht was geschieht! ... wie weit sind wir wohl weg von dieser Welt? – weit, weit weg, und noch viel weiter ... so weit vielleicht, daß wir nicht einmal mehr zu sterben brauchen, um tot zu sein.

Tot sein, was ist das?

Das ist es ja gerade! Wenn wer tot ist sieht er ihn ja nicht, seinen Tod. Nur Lebende sehen, daß wer tot ist, daß wer aufgehört hat zu atmen, zu leben, mehr nicht ... seinen Tod aber, sehen auch die Lebenden nicht ... und der Sterbende erlebt eine Verwandlung ... in was? Die Weltenseele würde uns das sicher sagen, wenn wir sie verstehen könnten.

Und da ist sie, um uns her, überall! Getragen von Vogelschwingen erfüllt sie die Luft, singt, tanzt über Meereswellen, um uns herum ... und wir hören und sehen sie, die Weltenseele, nicht.

Sie aber betrachtet uns mit all den vielen Vogel- Tier- Fisch- und Insektenaugen, und mit den Augen des Kanarienvogels, der als Einzelhäftling hinter Gitterstäben ein erbarmungswürdiges Dasein erleidet, und denkt: könnte ich doch endlich tot sein! – so tot, wie der Mensch, der mich hier gefangen hält! Doch das kann ein Vogel nicht, lebendig tot sein ... das kann nur ein Mensch …

*   *   *

49

Wieder hat der Wind gedreht: West, 5 bis 6, Böen, 7 bis 8. Na ja, zuweilen stampft der Bug der Weserstolz in die heran rollenden Wellen, daß das Schiff erzittert. Muß man deswegen aber gleich seekrank werden?, den zollfreien Schnaps mitsamt den heißen Würstchen in den Wind spucken, daß einem die stinkende Brühe entgegenfliegt?! Davon ist mir dann auch beinahe schlecht geworden.

In Bremerhaven bin ich mit meinem Moped an Land. Kann es gar nicht erwarten, wieder zu Hause zu sein, dort, wo das Abenteuer nun erst richtig beginnt. Ja, Abenteuer!

Ein kleiner handlicher Gasbrenner, ein stück Holzkohle als Unterlage für das Silber, eine dünne Nadelfeile, (kann ja nicht mit dem Finger in dem flüssigheißen Silber rumrühren) und viel, viel Silber.

Abenteuer ... ganz neue Wege. Fühlt sich an, wie in tiefen unberührten Schnee hineingehen, in der Morgendämmerung. Wie der Erde Samen anvertrauen, Samen aus denen neue, noch unbekannte Pflanzen wachsen werden – Pflanzen, wie sie noch kein Lebewesen je gesehen hat …

Wie ein kleiner schwarzer Backstein, sieht die Holzkohle aus, ein kleines bisschen Mond, das Silber auf dem Schwarz, und schläft und wartet darauf, wach geküßt zu werden.

In der faustgroßen Gasflasche: ein Puck oder so. Wer oder was auch immer; Puck, Geist, Musen – welche ja bekanntlich so besonders küssen – vielleicht sind die ja alle drin, in der kleinen Flasche, und wollen raus, endlich raus, aus dem dunklen Gedränge an´s Tageslicht.

Wie die aus sehn? Da! Da kommt einer raus: dünn und schlank ... leises Fauchen ... leuchtet hellblauviolettgrünlichgelb … ein Feuergeist! Heiß küsst er das Silber wach, daß es errötet, bis es zu schmelzen beginnt, und ich den Silberfluß mit der Spitze einer dünnen Nadelfeile, meinem Zauberstab, zu bannen versuche, wobei sich unter meinen Händen und Augen das Silber im Feuerhauch in lauter kleine Welten verwandelt: sturmgepeitschtes Meer, Fels in der Brandung, verträumter Bergsee, über dunklen Schluchten mondlichtschimmernde Gletscher, ineinander verschlungene Fabelwesen, singende Hunde und verlorengegangene Träume – tauchen auf aus der Flamme.

Diese kleinen Welten, Wesen und Gestalten – werden sich in Flensburg, Hamburg, Hildesheim, Hannover, Osnabrück, Bielefeld und Münster ihre Finger, die Ringe – die Reifen ihre Arme oder Hälse suchen, und mich mit leeren Händen und gefülltem Geldbeutel an meine Werkbank zurück entlassen.

*   *   *

Manchmal ist da dann auch Rolf, und guckt zu, wie ich da am feuerwerkeln bin. Wer Rolf ist? Ihn zu fragen hätte keinen Sinn, weiß der doch selber nicht, wer er ist! Und hat geheimnisvolles Wissen. Aber auch das weiß er nicht. Ich natürlich auch nicht. Aber spüren tu ich´s, zwischen den Fingern fühl ich´s. Wer Rolf denn nun ist?

Er ist eher eine Schlafmütze, die, in Tiefen grollend, so gerne mal aufwachen würde, wenn ... ja wenn die Welt nicht wär, mit all ihren Widersprüchen, ihrer unsinnigen Sinnlosigkeit, und dem über allem herrschenden Gott „Zweifel".

Rolf also: man kann so herrlich mit ihm streiten; darüber, ob das schöne nicht doch häßlich ist, und das häßliche nicht doch schön, das Gutsein nicht doch Schlechtsein ist, und, und, und ... dazu gibt es noch etwas, das man mit Rolf kann wie mit keinem sonst, den ich kenne: genießen!

Gutes Essen, guten Wein, Jazz, Gospels, Blues ... einfach alles, was es zu genießen gibt: Filme von Ingmar Bergmann, Gemälde von Picasso, Gauguin, tanzen im Jazzkeller Lila Eule oder wo auch immer.

Und dann, in einem Cafe´ bei Irischem Kaffee, wo mein Kugelschreiber auf einem Blatt Papier weiter nach neuen Schmuckformen sucht, während Rolf immer mal wieder rebelliert, gegen was auch immer, bis er zu der gleichen Einsicht kommt, wie die Dadaisten: alles Reden ist sinnlos, und macht die Menschheit auch nicht besser als wenn alle nur noch da, da, da sagen würden –

London – Stalingrad – Dresden ... alles weit weg ... die Titanic ruht auf dem Meeresgrund, wie so manch ein Kriegs- Handels- Sklavenschiff auch ... alles weit, weit weg – nie gewesen ... gelobet sei der Herr und gebenedeit die Jungfrau Maria!

Ja, ja, jahahahaha! Es ist ja alles wieder gut, alles nie gewesen!

Gott. Sei. Dank!!!
Da. Da. Da !!!

*

Und neuer Schmuck macht die Menschheit auch nicht besser, und ich könnte genauso gut alles hinschmeißen und einfach nur warten, bis alles vorbei ist. Das wäre konsequent, wahrhaftig!

Natürlich hat Rolf recht! Und natürlich hat er sie nicht mehr alle! Letzteres sagt mir mein Bauch, das andere mein Verstand. Muß irgendeinen Schaden genommen haben, der Gute. Womöglich an der Nähmaschine, beim Nähen der vielen Bruchbinden, im Laden seiner Mutter.

Nervtötend sowas! Weniger wahrscheinlich beim Dekorieren der Schaufenster der Buchhandlung Otto & Sohn oder ... seh ich richtig?, was macht Rolf denn jetzt?, der will doch ... eben noch hü und ... ich seh doch nicht richtig!, oder doch?, ... Rolf führt seinen Schreiber aus, auf einer Papierserviette und fordert ihn auf: such!, such!, da muß doch irgendwo was aufregend neues, schönes versteckt sein in diesem Stück Papier! – ein Collier vielleicht?, ein ganz neues Collier?, und Rolf´s geheimnisvolles Wissen?, wo das wohl ist?, in seinem Schreiber?, der Serviette?, wo auch immer ... jetzt fängt es an zu sprechen. Auf dem Papier.

Ganz leise, unhörbar leise, aber sichtbar, wird es jetzt auf dem Papier: ein Halsreif, von dem an Stelle schlanker Holztropfen, strenge, rechteckige Holzstäbchen herabhängen. Ganz einfach!, aufregend einfach!

Langweilig ist es mit Rolf wirklich nicht, aber anstrengend kann es schon sein. So ist Rolf eben: denkt er will nicht, glaubt an seinen Verstand – seinen nein sagenden Verstand. Doch ist da noch etwas in ihm, etwas sehr mächtiges, ein Es, das will, und am Ende immer noch das letzte Wort behält. Bei Rolf. Rolf denkt, Es lenkt.

*

Die Schatten werden länger. Mit jedem Tag. Herbst in Sicht. Die Herbstmesse in Frankfurt auch. Ohne Vorwarnung hat mein lieber Bruder Eckart, für uns beide, dort einen Messestand gemietet.

Schnapsidee! Wirklich! Kann doch so schon kaum genug Schmuck machen, um alle Wünsche meiner Kunden zu befriedigen. Und dann ... nach Frankfurt ... mit dem Moped? Unsinn! Nein sagen? Meinen Bruder allein lassen, auf der Messe? Na also!

Wilhelm. Wilhelm hat ein Auto. Wollen wir zusammen nach Frankfurt auf die Messe, Wilhelm? Rolf hat ja mal wieder keine Lust, weiß ja nicht was uns da erwartet, in Frankfurt. Wilhelm ist Feuer und Flamme. Und seine Arbeiten passen zu meinem Schmuck. Wilhelm, der Kupferschmied, findet es öde das Kupferblech für eine Schale mit einem Zirkel anzureißen, und mit einer Blechschere auszuschneiden, wie es sich gehört.

Mit einer sehr heißen Flamme schmilzt Wilhelm das Metall, und schneidet mit ihr die Formen, so, daß an deren Rändern ein bewegter Metallfluß erstarrt. Bei einem Bad in Salpetersäure, bilden sich dann Ornamente und wilde Strukturen, die an Eisblumen, Wind, Wasser und Wolken erinnern.

Aber was schwatz ich denn da! Wen interessiert schon, was Wilhelm so macht! Und die Messe überhaupt! Dieses Menschenfressende Ungeheuer! Unerträglich! Die Herbst-messe hier in Frankfurt. Da flieg ich doch, wenn auch nur in Gedanken, lieber zu einer gewissen Farm in Mexiko.

Was ich da denn will? Mir von Penny Porter die wundersame Geschichte, in der sich Becky und Ralph begegnet sind erzählen lassen. Sie ist ja so zauberhaft, diese Begegnung, in der sich, das hab ich gleich gewußt, Nachkommen der Fee und der Nixe vom Dingle Bay begegnet sind.

*

Auf ihrer Farm in Mexiko erzählt mir Beckys Mutter nun: Seit ihre älteren Geschwister zur Schule gingen, wurde die Ranch für unsere dreijährige Tochter Becky zu einem einsamen Ort. Sie sehnte sich nach Spielkameraden. Kühe und Pferde waren zum Kuscheln zu groß, und die landwirtschaftlichen Geräte und Maschinen waren für ihr Alter zu gefährlich. Wir versprachen ihr einen Welpen zu kaufen, und in der Zwischenzeit erfand sie fast täglich kleine Hunde.

Ich hatte gerade das Geschirr gespült, als die Tür mit dem Fliegengitter schepperte und Becky hereingestürmt kam, ihre Wangen rot vor Aufregung. „Mama!", rief sie, „Komm mit und schau dir meinen neuen Hund an! Ich habe ihm schon zweimal Wasser gebracht. Er hat so viel Durst!"

Ich seufzte. Wieder einer von Beckys Hunden aus dem Reich der Phantasie.

„Bitte komm mit, Mama!" Sie zerrte an meinem Hosenbein und ihre braunen Augen sahen mich flehend an. „Er weint und kann nicht laufen!"

„Kann nicht laufen?" Das war eine neue Version. Bislang konnten ihre erfundenen Vierbeiner die wunderbarsten Dinge tun. Einer balancierte einen Ball auf der Nasenspitze und ein anderer buddelte ein Loch durch die ganze Erde und fiel auf der anderen Seite auf einen Stern. Wieder ein anderer tanzte auf einem Seil. Warum jetzt ein Hund, der nicht laufen konnte?

„Nun gut, Liebling", sagte ich. Als ich ihr folgen wollte, war Becky bereits zwischen den Büschen verschwunden. „Wo bist du?", rief ich. „Hier drüben beim Stumpf der alten Eiche. Beeil dich, Mama!" Ich schob die dornigen Äste aus dem Weg und hielt meine Hand vor die Augen, als Schutz vor der grellen Arizonasonne. Mein Herzschlag stockte: Da war sie. Becky hockte auf ihren Fersen, die Zehen tief im Sand vergraben und auf ihrem Schoß lag unzweifelhaft der Kopf eines Wolfes! Hinter seinem Kopf erhoben sich große schwarze Schultern. Der übrige Körper lag vollständig verborgen in dem hohlen Stumpf einer umgestürzten Eiche.

„Becky!" Mein Mund wurde plötzlich trocken. „Beweg dich nicht!" Ich ging näher heran und wurde von blassgelben Augen fixiert. Schwarze Lefzen spannten sich an und dahinter kamen zwei mächtige Zahnreihen zum Vorschein. Plötzlich begann der Wolf zu zittern. Seine Zähne klapperten und ein Mitleid erregendes Jaulen entwich seiner Kehle.

„Alles in Ordnung", beruhigte ihn Becky. „Hab keine Angst! Das ist meine Mutter und sie hat dich genauso lieb wie ich." Dann geschah das Unglaubliche: Als ihre zierlichen Hände den großen struppigen Kopf streichelten, hörte ich, wie der Schwanz des Wolfes tief hinten im Baumstumpf ausschlug.

„Was mag dem Tier wohl fehlen?", fragte ich mich. „Warum kann es nicht aufstehen?" Ich wußte es nicht, wagte aber auch nicht, näher heranzukommen.

Ich betrachtete die leere Wasserschale und erinnerte mich an die fünf Stinktiere, die erst letzte Woche – bei dem verzweifelten Versuch, im Endstadium der Tollwut an Wasser zu kommen – die Sackleinentücher von einer undichten Leitung gerissen hatten. Natürlich! Tollwut! Überall waren Warnschilder aufgestellt und hatte Becky nicht gesagt, er habe so viel Durst?

Ich mußte Becky da rausholen. „Liebling." Meine Kehle schnürte sich zu. „Leg seinen Kopf auf den Boden und komm zu Mama. Wir holen Hilfe."

Zögernd erhob sich Becky und küßte den Wolf auf die Nase, bevor sie langsam in meine ausgestreckten Arme kam. Traurige Blicke aus gelben Augen folgten ihr. Dann sank der Kopf des Wolfs zu Boden.

Becky war sicher in meinen Armen. Ich lief zu den Scheunen, wo Brian einer unserer Hilfscowboys, gerade in den Sattel stieg, um die Jungkühe auf der Nordweide zu überprüfen. „Brian, komm schnell! Becky hat einen Wolf in der Eiche nahe der Wasserstelle entdeckt. Ich glaube, er hat Tollwut!"

„Bin sofort da", sagte er, während ich zum Haus ging, um Becky zum Mittagsschlaf hinzulegen. Ich wollte nicht, daß sie Brian aus seiner Unterkunft kommen sah, denn ich wußte, daß er dort sein Gewehr holte.

„Aber ich will meinem Hund noch Wasser geben", weinte Becky. Ich küßte sie und gab ihr ein paar Stofftiere zum Spielen. „Liebling, Mami und Brian werden sich jetzt um ihn kümmern", beruhigte ich sie.

Es dauerte nicht lange und ich war wieder am Baumstumpf. Brian stand da und schaute hinunter auf das Tier. „Es ist ein mexikanischer Lobo", meinte er, „und zwar ein ziemlich großer!" Der Wolf jaulte. Der Geruch von Wundbrand zog uns in die Nase. „Es ist nicht Tollwut", sagte Brian. „Aber er ist sehr schwer verletzt. Meinst du nicht auch, daß es das beste wäre, ihn von seinem Elend zu erlösen?"

Das Wort „Ja" lag mir auf den Lippen, als Becky aus den Büschen auftauchte. „Macht Brian ihn wieder gesund, Mama?" Wieder hob sie den Kopf des Tieres auf ihren Schoß und vergrub ihr Gesicht in seinem schwarzen, struppigen Fell. Diesmal war ich nicht die Einzige, die hörte, wie der Lobo mit dem Schwanz wedelte.

Am Nachmittag sahen sich mein Mann Bill und unser Tierarzt den Wolf an. Als der Arzt spürte, welch großes Vertrauen das Tier in unser Kind setzte, sagte er zu mir: „Becky und ich werden ihn schon wieder auf die Beine bringen." Das Kind und der Veterinär beruhigten das verwundete Tier und schließlich gab der Arzt ihm eine Spritze. Die gelben Augen schlossen sich. „Er schläft jetzt", sagte der Tierarzt. „Faß mal mit an, Bill." Gemeinsam zogen sie den wuchtigen Körper aus dem Baumstumpf. Das Tier mußte anderthalb Meter lang sein und wog bestimmt über 100 Pfund. Hüfte und Bein waren von Kugeln arg in Mitleidenschaft gezogen. Der Doktor tat, was er konnte, um die Wunde zu säubern, und gab dem Patienten hinterher eine ordentliche Dosis Penicillin. Am nächsten Tag kam er wieder und legte dem Wolf eine Metallschiene an, um den verletzten Knochen zu stützen.

„Nun, es sieht so aus als hättet ihr einen mexikanischen Lobo", sagte der Doktor. „Er wird wohl drei Jahre alt sein und selbst als Welpen sind die Lobos nicht leicht zu zähmen. Ich bin erstaunt, wie dieser große Bursche Kontakt zu deinem kleinen Mädchen gefunden hat. Aber oft gibt es etwas zwischen Kindern und Tieren, was wir Erwachsenen nicht verstehen."

Becky gab dem Wolf den Namen Ralph und brachte ihm jeden Tag Futter und Wasser. Ralphs Genesung war nicht einfach. Drei Monate lang schleppte er sein verletztes Hinterteil nur mühsam vorwärts, indem er sich mit den Vorderpfoten in die Erde krallte. Wir sahen, wie seine Augenlieder sich leicht schlossen, wenn wir seine verkümmerten Glieder massierten, und wußten, daß er große Schmerzen hatte. Trotzdem hat er nie nach den Menschen geschnappt, die sich um ihn kümmerten.

Auf den Tag genau vier Monate, nachdem wir ihn gefunden hatten, Konnte Ralph schließlich wieder ohne fremde Hilfe stehen. Seine riesige Gestalt wankte, als er die Muskeln zum ersten Mal benutzte, die so lange Zeit außer Gebrauch waren. Bill und ich tätschelten und lobten ihn. Er aber wandte sich immer an Becky, um von ihr Zuspruch, einen Kuß oder ein Lächeln zu erhalten. Er antwortete auf ihre Gesten der Liebe, indem er seinen buschigen Schwanz wie ein Pendel hin und her schwang.

Ralph kam wieder zu Kräften und folgte Becky in jeden Winkel der Ranch. Zusammen durchstreiften sie die verlassenen Weiden und das Kind mit den goldenen Haaren beugte sich oft nach unten, um flüsternd Geheimnisse über die Wunder der Natur mit dem Großen lahmen Wolf auszutauschen. Wenn der Abend hereinbrach, kehrte er wie ein lautloser Schatten zum hohlen Baumstumpf zurück, der zu seinem Lieblingsplatz geworden war. Obwohl dieses scheue Geschöpf die meiste Zeit im Unterholz verbrachte, wuchs es allen durch seine liebenswerte Art immer mehr ans Herz

Seine Reaktion auf Menschen, die nicht zu unserer Familie gehörten, ist allerdings eine andere Geschichte. Fremde machten ihm Angst, aber seine Zuneigung zu Becky und ihre Fürsorge ließen ihn immer wieder zurückkommen, wenn er vor irgendeinem unbekannten Pick- up oder Auto davongelaufen war. Ab und zu kam er näher heran, mit angespannten Lefzen, einem scheinbar nervösen Lächeln und klappernden Zähnen. Meistens jedoch lief er einfach nur umher, bis er sich schließlich wieder zu seinem Baumstumpf schlich, vielleicht um sich seine eigenen Gedanken zu machen.

Beckys erster Schultag war ein trauriger Tag für Ralph. Nachdem der Bus davongefahren war, weigerte er sich zum Hof zurückzukommen. Er legte sich stattdessen an den Straßenrand und wartete. Als Becky zurückkam, humpelte und taumelte er in wilden, freudigen Kreisen um sie herum. Dieses Willkommensritual begleitete sie ihre ganze Schulzeit hindurch.

Obwohl es Ralph auf der Ranch gut zu gehen schien, verschwand er im Frühling zur Paarungszeit für mehrere Wochen in die umliegenden Wüsten und Berge. Wir machten uns dann große Sorgen um seine Sicherheit, weil es die Zeit war, in der die Jungtiere zur Welt kamen und die anderen Rancher nach Kojoten, Pumas, Wildhunden und natürlich auch nach einsamen Wölfen Ausschau hielten. Aber Ralph hatte Glück.

Während der zwölf Jahre, die Ralph auf unserer Ranch lebte, veränderte er seine Gewohnheiten nicht. Er blieb immer auf Distanz und tolerierte andere Haustiere. Er ertrug die Aktivitäten unserer geschäftigen Familie und seine Liebe für Becky blieb so wie am ersten Tag. Schließlich kam der Frühling, in dem unser Nachbar uns erzählte, daß er eine Wölfin erschossen und ihren Gefährten verletzt hatte. Wenig später kehrte Ralph wieder mit einer Schußwunde nach Hause zurück.

Becky, inzwischen fast 15 Jahre alt, saß da mit Ralphs Kopf auf ihrem Schoß. Er mußte jetzt auch so ungefähr 15 Jahre alt sein und war grau geworden. Während Bill die Kugel entfernte, wanderte meine Erinnerung durch die Jahre zurück. Noch einmal sah ich ein pummeliges dreijähriges Mädchen den Kopf eines großen schwarzen Wolfs streicheln. Ich hörte eine Kinderstimme flüstern: „Alles in Ordnung, hab keine Angst! Das ist meine Mama und sie hat dich genauso lieb wie ich."

Obwohl die Verletzung nicht ernsthaft war, wurde Ralph diesmal nicht wieder gesund. Er verlor wertvolle Pfunde und sein prächtiges Fell wurde stumpf und trocken. Er kam immer seltener auf den Hof, um Beckys Nähe zu suchen. Stattdessen lag er oft den ganzen Tag und ruhte sich aus.

Bei Einbruch der Nacht verschwand er, alt und steif wie er war, in die Wüste und umliegenden Berge. Bei Tagesanbruch war sein Freßnapf leer.

Der Morgen kam, an dem wir ihn tot auffanden. Seine gelben Augen waren geschlossen. Er lag ausgestreckt vor dem Eichenstumpf und schien nur noch der Schatten des stolzen Tieres zu sein, das er einst gewesen war. Es schnürte mir die Kehle zu, als ich sah, wie Becky Tränen übers Gesicht liefen, als sie seinen struppigen Kopf streichelte. „Ich werde ihn so vermissen", schluchzte sie.

Als ich eine Decke über ihn legte, erschreckte uns ein seltsames Rascheln im Innern des Baumstumpfs. Becky wollte herausfinden, woher das Rascheln kam, und schaute in den Stumpf. Zwei kleine gelbe Augen starrten ihr entgegen und kleine Zähne schimmerten im Halbdunkel. Es war Ralphs Welpe!

Hatte ihm sein Instinkt, bevor er starb, eingegeben, daß ein mutterloser Nachwuchs hier genauso sicher war, wie er es einst selbst gewesen ist bei denen, die ihn liebten? Heiße Tränen fielen auf das weiche Welpenfell, als Becky das zitternde Bündel in ihre Arme nahm. „Alles in Ordnung, kleiner ... Ralphie", flüsterte sie. „hab keine Angst! Das ist meine Mama und sie hat dich genauso lieb wie ich."

*   *   *

Becky ... Nachkomme der Fee? Was denn sonst!? Ralph, der selbst angesichts des Todes, sein Kind noch liebte, beschützte und in Sicherheit brachte ... Nachkomme der Nixe oder Elfe oder Fee oder aller drei? Dieser Wolf, der in Liebe und Würde aus diesem Leben ging, wird wohl von ihnen allen abstammen, so unerklärlich das auch ist.

Und der Totschießnachbar? Mister Würdelos? Der die Mutter des kleinen Ralphie erschossen, und seinen Vater verwundet hat, stammt der denn auch von irgendwas ab? Sieht er da eine Mutter mit Kind die nicht so aussieht wie er ... und was passiert? Ein Trieb, eine Automatik klingelt in seinem Schädel: totschieß!, totschieß!, totchic! ...

Das Geklingel hat mich in Messehalle 6, Frankfurt am Main, abgesetzt. Mittenhinein in einen Drachenkothaufen. Wie der da hinkommt? Wonach der stinkt? Wie sich das anfühlt? Weich, sehr weich. Es ist gar kein Haufen. Eine Lache ist´s – Durchfall!

Die armen Drachen! Sie können ja nichts dafür! Sie haben sich ihre Eltern doch nicht ausgesucht!, und ihre Namen: Habgier, Geldgier, Machtgier, Neid, Geltungssucht, und wie sie sonst noch alle heißen, auch nicht.

Und auch nicht daß sie Menschen fressen. Das ist ihnen nämlich von allerhöchster Stelle befohlen worden, von ganz, ganz oben.

Dabei würden sie ja viel lieber Schafe und andere bekömmlichere Tiere fressen. Wer aber Machtgier, Habgier und ähnlich heißt, braucht sich nicht zu wundern, auch wenn er nichts dafür kann, daß er so heißt, daß er unschuldige würdevolle Tiere, wie Schafe es sind, nicht antasten darf, dafür aber Menschen fressen muß. Würdeloses Fleisch eben, von dem man natürlich Bauchweh und Durchfall bekommt.

„Stehen sie mal auf!, ich will saubermachen – am Eingang, links, sind Duschen!"

Seltsam … sobald der Drachenschiß beseitigt ist erscheint an dessen Stelle ein Gespenst … oder … schwer zu sagen … sollte das ein Mensch sein?

*

Von alledem hat Wilhelm nichts gemerkt. Nicht einmal daß ich die ganze Messe über in Mexiko gewesen bin. Und ich verrat´s auch nicht, würde mir ja doch niemand glauben.

Keiner wird verstehen, daß ich ein halbes Jahr darauf wieder hier in Frankfurt auf der Messe bin. Ich am allerwenigsten. Aber was seh ich denn da? Einen holländischen Stand mit lauter Kopien meines Holzschmucks. Maschinell hergestellt, und viel günstiger im Preis. Hätte keine Chance dagegen. Zum Glück: Schnee von gestern! Mein neuer Silberschmuck wird beachtet und gekauft. Rolf,s auch. Diesmal, auf Erfolgskurs, ist Rolf auch dabei.

*

War das ein Blitz? Schließe die Augen, kann so besser sehen. Aah, Sonnenlicht gleitet über die Tragfläche eines Flugzeuges, über Ma 45 12:30. Unten eine Stadt im Mittagssonnenlicht 12:30 Uhr. Dann wird 45 wohl für 1945 stehen. So weit zurück in die Zeit?! Und das Kirchengebäude, tief dort unten? Ein Dom? Ma … Magdeburg?

Friedlich liegt sie da unten. Die Stadt. Was aber will denn das Flugzeug über der Stadt? Und dem Dom? Doch nicht etwa … ?! Doch, doch, es will sein Ei dort legen! Weiß nur noch nicht genau wohin. In dem Flugzeug aber sitzt einer, der helfen will das Ei zu legen, der auch schon weiß wohin, und auch warum. Wir aber wissen das alles noch nicht … noch nicht.

12:30 unter der Sonne, in einem Flugzeug irgendein Flieger, deutsch, englisch, russisch, wer weiß, läßt das Flugzeug mit dem Ei paarmal um den Dom kreisen … nun mach schon Kerl!, das arme Ding bekommt noch Legenot, von dem dicken glänzenden Eisenei, wenn das nicht bald was wird!

Das hat geholfen! Unten der Dom. Drumherum Straßen, Laternen, Häuser, Tauben, Menschen, ein Hund. Hoch über dem Dom das Flugzeug und dazwischen das abwärts fallende Flugzeugeisenei.

Was da wohl rauskommt, aus dem Riesenei? Ein süßes kleines Babyflugzeug? Leider nicht einmal so ein kleiner Drache!

Es ist weg, das Ei. Im Domdach verschwunden. Und was da jetzt rauskommt? Wut brüllt, donnert der alten Orgel ihre vielen Stimmen weg. Die meisten jedenfalls.

Die arme kleine Kirchenmaus. Sie ist verhungert. Gestern, als diese Orgel zum letzten Mal erklang. Kein Mensch hatte ein Herz für sie und nicht ein Krümelchen Brot. Auch die Orgel nicht, trotz der vielen erhabenen Musiken, nicht der Organist, kein Pfarrer, nicht der Küster oder sonst ein Mensch.

Und Gottes Wege sind unergründlich. Also fragen wir ihn nicht warum das alles so kam und reisen in eine, inzwischen schon wieder vergangene, ferne Zukunft; zum 30. Dezember 2007.

Zwei millionen Euro hat sie gekostet. Die neue Orgel. Von Brot für nur zwei Euro könnte die arme kleine Kirchenmaus lange, lange sorglos leben. Doch wird auch diese Maus verhungern, begleitet von erhabener Orgelmusik – daß mir jetzt das Mädchen mit den Zündhölzern einfallen muß …

Nun bist du da, liebe Orgel, auf diesem blauen Planeten. Sei willkommen mit deinen himmlischen Klängen! Du kannst ja nichts dafür, daß dein Klingen kein Licht in die Herzen der Menschen bringt.

*   *   *

Moped – Osnabrück – Jugendherberge. Am Frühstückstisch ein Junge. Peer aus Horten – Norwegen, auf dem Weg nach Griechenland, per Anhalter. Ich, auf dem Weg nach Münster. Nur Schmuck im Gepäck. Peer´s ganzes Reisegepäck: drei Fremdsprachen: englisch, deutsch, französisch, und Herr Hansen, ein großer schwarzroter Regenschirm; sein ebenfalls mehrsprachiger Begleiter und Gesprächspartner. Herr Hansen, Peer und ich, mit dem Moped auf dem Weg nach Münster.

Lassen kein Cafe´ aus. Haben uns sooo viel zu erzählen. Von Mädchen und der Liebe natürlich. Chersti und Peer haben gerade gemeinsam das Abitur bestanden. Chersti, Peer´s große Liebe, erwidert seine Liebe nicht. Das stört Peer aber nicht, er liebt sie halt platonisch.

Als wir uns dann in Münster trennen, sind wir bereits Freunde geworden, und Peer hat mich überredet, Chersti zu besuchen. Ihr werdet euch verlieben. Ganz bestimmt! Besuchen will ich Chersti wohl. Aber verlieben? Nur, weil Peer das sagt? Gewiß nicht!

Noch ahne ich ja nicht, was mich da in Norwegen erwartet. Die Nornen indes spinnen schweigend und geheim an meinen Schicksalsfäden weiter.

Oslo. Norwegischer Sommer. Die Nacht hat sich in die Erde verkrochen – in Felsspalten versteckt, und ist womöglich auch noch in einem Fjord ertrunken. Und mit ihr die Zeit.

Es gibt ja keinen Abend mehr, nur noch frühen oder späten Nachmittag, auch keinen Morgen, nur noch frühen oder späten Vormittag. Alles ist durcheinander geraten. Seltsam unwirklich die Welt. Auch hier in der Jugendherberge, wo man nicht richtig schlafen kann, weil es nicht Nacht wird, und auch nicht aufwachen kann, weil man nicht geschlafen, nur halbwach vor sich hin gedöst hat.

*

Ein Lieferwagen. Wurst, Speck, Schinken. Der lustige, gutgelaunte Fahrer, redet die ganze Zeit. Ich versteh kein Wort. Drammen. Kleine Stadt am Oslofjord. Kaum Menschen in den Straßen. Richtig unheimlich. Haben die sich, wie die Nacht auch, in Felsspalten oder den Tiefen der Fjorde versteckt, vor dem vielen Licht?

Versteh den Mann noch immer nicht. Folge ihm in einen Kunstgewerbeladen. Leicht angeräuchert, wurstig duftet er vor mir her und begrüßt eine heitere kleine Frau. Die lädt uns zu Kaffee und Keksen ein, und fragt mich auf Deutsch, wo ich denn herkomme.

Bremen? Ich kenne den Worpsweder Töpfer Otto Meyer. Wir waren befreundet. Das ist aber lange her, gleich nach dem Krieg, war das …

So weit weg von Worpswede – und hier, in diesem kleinen Laden, holt es mich noch ein! So unheimlich ist mir, daß ich es einfach nicht glauben will, mich unter den Röcken dieser Frau verstecken möchte, oder doch lieber hinter ihrem erinnernden wehmütigen Lächeln.

Es darf einfach nicht wahr sein! das geht nun wirklich nicht! Nornen, seid ehrlich, habt ihr was getrunken, beim Spinnen? Das dürft ihr doch nicht! Ihr trinkt, und ich bin es, der euren Verstand verliert! Worpswede, hier in diesem kleinen Laden! Mein Schicksalsfaden muß betrunken sein!

Auf der Landstraße. Bis Horten noch so zehn – fünfzehn Kilometer. Kein Mensch, kein Auto, am Ende muß ich noch zu Fuß dort hin. Wasser, viel Wasser, Felsen, Tannen, Sonne, Einsamkeit, viel Einsamkeit. Kein Mensch, kein Tier, kein Vogel ... doch, Möwen, weit weg über dem Fjord, nicht hier.

Hier ist nichts, nur ich, und fühle mich mit einmal ganz verloren ... der Welt ist's doch egal, ob ich da bin oder nicht. Und mir langsam auch, und möchte mal schlafen. Im Schatten der Tannen dort oben? Auf dem glatten, weichrunden Felsbuckel? Wie der Busen einer Frau. Nur viel, viel größer. Schlafen, so zu sagen am Busen der Natur?

Und auch viel härter. Granit. Von der Sonne erwärmt. Glattgeschliffen von Sand- und Steineis in, ich weiß nicht wie vielen, wie langen, wie kalten Eiszeiten. Rund- und glattgeschliffen nur für mich, daß ich hier friedlich schlafen kann.

Für mich? Unsinn! Und irgendwie ja doch, wo ich schon mal hier bin – die Nornen, ja die müssen es doch wissen! Schade, daß die nicht mit mir reden dürfen! Sei's drum. Warm ist der Fels. Busenwarm und steinhart. Und wie ich mich auch lege: auf den Rücken, die Seite, auf den Bauch ,.. wie krieg ich diesen harten Fels bloß weicher?!

Womöglich ist dieser Stein ja doch extra für mich, und nur für mich da, daß ich dieses Rätsel mal löse!

Will der Fels hart bleiben, muß eben ich weich werden. Denn hart auf hart läßt sich nicht gut schlafen. Also: nicht auf dem Rücken, nicht auf der Seite, nicht auf dem Bauch. Seitlich auf dem Bauch, ein Bein leicht gestreckt, das andere angewinkelt, der Arm auf der gleichen Seite neben den Kopf leicht angewinkelt nach oben gelegt, der andere neben den Bauch nach unten, und schließlich den Kopf so legen, daß nur ein Nasenloch am Felsen riecht.

Muß gleich eingeschlafen sein. Glaubte auf einer Wolke zu schweben. So weich fühlt sich der Stein auch jetzt noch an. Aber kribbeln tut es auf der Hand über meinem Kopf. Was seh ich denn da? Eine Straße, die über meine Hand führt. Eine klitzekleine Straße mit klitzekleinen Verkehrsschildern die man nicht sehen, die man nur riechen kann, und das als Mensch auch nur, wenn man sich in eine Ameise verwandelt hat. Eine Ameisenstraße führt über meine Hand, als wenn sie eine Brücke wär.

Hin und her, kribbel krabbel, eilen die kleinen Tierchen. Hin mit leeren Zangen, zurück, an meinen staunenden Augen vorbei, mit ihrer Beute, die manchmal zehnfach größer ist, als sie selbst.

So auch ihre Intelligenz: sie wissen offensichtlich daß meine Hand gefährlich für sie werden kann, wenn sie die beißen. Also lassen sie meine Hand in Frieden obwohl sie gerne Fleisch verzehren. Regenwürmer töten und verzehren sie. Raupen auch und Schmetterlinge, alles, was sie bewältigen können, und Mäuse, Hunde und Menschen, wenn diese schon tot sind.

Doch meine Hand lebt, das wissen diese kleinen Tierchen und krabbeln möglichst unauffällig und leise über sie hinweg.

Wie kleine Menschen kommen sie mir vor, und es gibt sogar heute noch Ameisenvölker, deren Vorfahren sich wohl auch schon sehr menschlich verhalten haben, als es noch gar keine Menschen gab: Sie haben Nachbarameisenvölker versklavt …

Ha! Muß man sich mal vorstellen! Die benachbarten Ameisenvölker wußten natürlich in welchem Ruf das jeweils andere Ameisenvolk stand; hier das friedvolle, dort das räuberische.

Und natürlich konnte das Räubervolk das Nachbarvolk nicht mal einfach so versklaven. Die hatten ja ihre Wächter und kampfbereite Armee so aufgestellt, daß kein Feind sie hätte überrumpeln können. Und die Räubergeneräle, wozu waren die wohl da? He? Eine Kriegslist und Strategie zu erdenken und andere in den Tod zu schicken! Hier wie da! Hier, bei den Menschenvölkern (das Räuber lassen wir mal weg – Menschen sind oft so empfindlich, wenn man mit der Wahrheit kommt) wie da, bei den Räuberameisenvölkern.

Hier dereinst: Kamikaze = Götterwind.

Später: Selbstmordanschlag. Als Entlohnung: sechzig- siebzig Jungfrauen oder so. Nach dem Anschlag. Im Jenseits. Hier ist der Vorrat an Jungfrauen ja begrenzt.

So haben auch die Ameisenräubergeneräle Selbstmordbefehle erteilt. Doch waren die listiger als die der Selbstmordanschlagshomosapiensgeneräle. Sie schickten ihre Selbstmordkandidaten nicht mit einem Sprengstoffgürtel los. Friedvoll sollten sie, erstmal immer nur einer, das Gebiet der Nachbarn betreten und sich dort, ohne Murren und Gegenwehr, freundlich lächelnd, töten lassen.

Die sind ja doch nicht feindselig, unsere angeblich räuberischen Nachbarn. Sie lassen sich ja einfach so totbeißen! Die können wir getrost bei uns ein- und ausgehen lassen!

Und dann: Los!, ihr kleinen Stinker!, der Räuberameisengeneral. Lauft locker verteilt rüber, marsch, marsch, und nehmt unauffällig eure Posten ein, bis der Angriff rollt! Dann den Verteidigern in den Rücken fallen! Kapiert?!

Und es sieht ja wirklich so aus, als ob die Ameisengeneräle denken könnten. Können sie aber nicht, hat man mir versichert, mit dem bisschen Gehirn bestimmt nicht. Außerdem sind es ja nur Insekten, nicht einmal Tiere! Die handeln ohne zu denken, unbewußt, triebhaft, können gar nicht anders.

Und die Menschengeneräle, können die denn anders, müssen die nicht auch?!

*

Wenn wir die aber nicht hätten! Da komm ich gleich noch drauf!

Doch sollten sie nicht immer den Schützen Arsch vorneweg in die Schlacht schicken, sollten ihr Recht auf die erste Nacht im Kugelhagel wahrnehmen, und als erste erfahren dürfen, wie schön ihr Krieg doch ist!

Ja, wenn wir die nicht hätten! Die Herren Generäle!

Darf ich? Darf ich mal die Wahrheit sagen? Ja? Na denn … ich hab nichts gegen Krieg, im Gegenteil!

Denn jeder Krieg zwischen Menschen stört den Krieg der Menschheit gegen den Blauen Planeten, verhilft dem verbliebenen Rest Schöpfung, etwas länger zu überleben. –

Hätte es seit Christi Geburt keine Seuchen, Kriege und Naturkatastrophen mehr gegeben, wäre Mutter Erde, von ihren Söhnen, längst zu Tode vergewaltigt worden. Mehr als tausend Jahre, wäre sie schon mausetot! Ach was sag ich denn da! Nehmen wir mal an, zu Christi Geburt hätte es weltweit nur eine Million Menschen gegeben, und jedes Menschenpaar hätte vier Kinder in die Welt gebracht … dann hätte es gegeben:

Im Jahr	100	ca.	16	Millionen Menschen auf der Erde
„ „	200	„	220	„ „ „
„ „	3oo	„	3	Milliarden
„ „	400	„	45	„
„ „	500	„	600	„
„ „	600	„	8ooo	„

Im Jahr 600 gäbe es jedoch das, dann sicherlich schon längst für Mutter Erde tödlich gewesene Krebsgeschwür Menschheit gar nicht mehr.

Achttausend Milliarden Menschen. Wie viele das sind kann sich wohl kaum einer vorstellen. Und im Jahr 2000 erst, rein rechnerisch natürlich nur, würden die Menschen, über die ganze Erde verteilt, dicht aneinandergedrängt stehen, und übereinander in einer fünfhundert bis tausend oder noch viel mehr Kilometer dicken Schicht!

Welches vernunftbegabte Wesen würde das schon wollen?!

Die einzige Rettung also, für unser aller Mutter, und uns Menschen, sind nun mal die guten alten Kriege und Seuchen, Vulkanausbrüche, Flutwellen, alle denkbaren Katastrophen, die dem Wildwuchs Menschheit Einhalt gebieten können. Hätten können, wenn es nicht längst zu spät geworden wäre …

*

Was war denn das? Hat dieser Fels hier, mir das alles erzählt? Oder die Ameisen? Die laufen ja immer noch über meine Hand! Und was war das mit den Sprengstoffanschlägen, und den Jungfrauen im Jenseits? Seh ich Gespenster? Jetzt, hier, im Sommer 63 am Oslofjord? Oder sollte das gar ein Blick in eine ferne Zukunft sein? Oder hab ich am Ende einfach nur geträumt?

Und jetzt? Gibt es hier denn nur blauen Himmel, kein Wölkchen, alles trocken um mich her, nur da unten im Fjord ist Wasser, viel, viel Wasser, nur da unten, und hier oben, hab ich so ´n Durst!

*

Haben mich errettet, aus der Einsamkeit meiner Träumerei, die beiden Herbergsmütter der Jugendherberge in Horten, dicht am Meer. Nicht mehr jung, und noch nicht alt, so mitten dazwischen, mütterlich, schwesterlich. Sind glücklich, daß endlich mal jemand bei ihnen angekommen ist.

Horten. Kleine Stadt am Meer. Die Häuser: Holz, Stein, rot, gelb, bunt, wie vom Meer hingeworfen auf felsiges Land. Menschenleer; Straßen und Gassen. Was soll ich denn hier? Die Herbergsmütter wissen´s auch nicht … doch … ihnen Gesellschaft leisten! Sie müssen doch da sein, in der Herberge, die hat ja im Sommer auf. Die Städte in Norwegen nur vom Herbst bis zum Frühjahr.

Wenn die Nächte kurz, die Tage lang und warm, die Mücken, Gnitten und Riesenbremsen, im Landesinneren vor allem, blutdurstig werden, und besonders auf Menschenblut, zieht, wer kann, auf eine Hütte am Meer. Dann werden Straßen und Gassen in den Städten fast menschenleer.

Und Chersti? Ist die nicht auch irgendwo? Nur nicht hier in Horten? Und was wird nun aus der großen Liebe die Peer mir versprochen hat? Wenn Chersti gar nicht hier ist, he? Und überhaupt, was ist das denn eigentlich: Liebe? Na? Ist Liebe vielleicht das, was Birte und ich miteinander erlebt haben? Oder Becky und Ralph? Oder Tito und Joaquin?

Tito und Joaquin ist eine ganz verzwickte Geschichte, so wie Birte und ich ja auch. Was uns passiert ist, weiß keiner. Birte nicht, ich nicht, und auch sonst kein Mensch. Becky, das kleine Mädchen und Ralph, der Wolf? War DAS vielleicht Liebe, was sie miteinander verband? Wer weiß, wer weiß?!

Nur eines ist gewiß – es muß Zauberei gewesen sein – der Wolf hat das Kind, das Kind den Wolf verzaubert! Ja!, verzaubert!, aber wie? Und was ist das denn nun schon wieder, Zauberei?

Wer von Harry Potter weiß, weiß das ja schon … was fauler Zauber ist, jedenfalls. Doch wahrer Zauber? Ist es, wenn zwei Seelen einander wahrnehmen und berühren? Das könnte wirklich Zauber sein!

Doch nur bei ungetrübtem, vorbehaltlosem Wahrnehmen, kann eine Seele Augen haben, mit denen sie das ganz fremde so sehen kann, daß es ihr vertraut und nah ist.

Ralphs Gabe wahrzunehmen – unberührt, unbeeinflußt von seinem knurrenden brennenden Magen, der Gier nach warmem Fleisch und Blut zwischen seinen knochenbrechenden Zähnen – Ralphs Gabe wahrzunehmen, unberührt von irgendwas, hat das Häufchen Fleisch – Becky – verzaubert, es in ein bedingungslos geliebtes Lebewesen verwandelt.

Und Beckys Seelenaugen? Haben sie das Leid in den Augen des Wolfes gesehen, und seine Sehnsucht von ihr geliebt zu werden? Oder waren es die Augen einer Elfe? Beckys Elfe?, mit denen das Kind in die Augen des Wolfes sah?

Was ist denn das, eine Elfe? Wenn ich das wüßte! Doch was MEINE Elfe ist weiß ich recht gut. Wir haben ja schon viel miteinander gesprochen, und mehr noch zusammen erlebt. Mal ist sie irgendwo in mir, dann wieder geht sie im Weltall zwischen den Sternen spazieren. Ach was! Glaub mir doch nicht alles! Oder stimmt´s doch? Vielleicht so´n bißchen nur?

Ja die Elfen, das sind so Wesen für sich! Nicht sterblich. Für Menschen unsichtbar. Für die meisten jedenfalls. Keine Außerirdischen, auch wenn sie zuweilen im All herumspazieren. Keine Irdischen, auch wenn sie manchmal wie Menschenkinder aussehen. Meine Elfe zum Beispiel, sieht ganz unsichtbar aus, für die meisten Menschen jedenfalls.

Oft versteckt sie sich in mir drin in irgendeiner Ecke, wo auch ich sie nicht finden kann. Und sie rufen, daß sie hervorkommt? Meine Elfe läßt sich nicht rufen, macht nur was SIE will. Auch wenn sie irgendwie ja ein Teil von mir ist, ist sie eben doch anders als ich.

Ganz wild ist sie, aber nicht zügellos. Ihre Zügel sehen nur ganz anders aus als meine. Ich bin ja dressiert, erzogen, erzügelt könnte man auch sagen, eben alles was Eltern, Lehrer, Pfarrer und andere an mir rumverbogen haben. In Zügeln, Geschirr, mit Scheuklappen dazu, gehe ich durch´s Leben. Noch immer. All meiner Befreiungsversuche zum Trotz!

Die Zügel der Elfe sehen da ganz anders aus: sie sind die Wahrheit, die vor unseren Augen in einem Nebel versinkt. Deshalb können wir Elfen nicht sehen, weil sie die Wahrheit sind, und das Auge unserer Seele es nur ganz selten wagt, in die Welt zu schauen, um wirklich Wahrzunehmen.

Becky und Ralph haben einander wahr- genommen in wahrer Liebe. Denke ich. Und Tito und Joaquin? Joaquin Verdaguer erzählt in seinem Buch: „Die Lebensgeschichte eines kleinen Vogels", wie ihm jemand einen erst wenige Tage alten, noch ganz nackten Distelfink in seine Hand legt, und wie er sich auf eine zukünftige Liebesbeziehung zwischen sich und dem Vogel freut.

Na denn, denke ich, einsperren will er ihn, eine Liebe planen, an den Nornen vorbei, na denn! Einsperren in einen goldenen Käfig? Da sitzt er dann aber selbst mit drin!

Na, denke ich, das wird so was wie eine griechische Tragödie: tränende Herzen, darbende Seelen! Was denn sonst?! Das freie, unsichtbare in einem, die „Elfe" eben, wenn es sie gibt, läßt sich nicht binden, einsperren, dressieren. Und mit der Elfe bleibt auch die Liebe draußen. Vor dem Käfig. Das Ganze eine Tragödie eben, denke ich.

Am Anfang in der Hand, wie am Ende auch – irgendwoher ist die Liebe wohl doch gekommen, das fühle ich jetzt, am Ende der Geschichte. Ich muß einfach gestehen, daß dieses miteinander von Vogel und Mensch so anrührend und geheimnisvoll ist, daß ich nun doch, wenn auch mit Vorbehalt, ja dazu sagen möchte. Sehr geheimnisvoll eben, kann das Leben und die Liebe sein!

Aber Chersti, wo ist sie, in welcher Felsspalte hat die sich wohl versteckt? Um Chersti zu begegnen, der lange, lange Weg bis hierher und ... damit hab ich nun nicht gerechnet ... die Herbergsmütter wissen daß Chersti hier in Horten ist, und sagen mir auch, wo ich sie finden kann.

Sonnenlicht flimmert über dem weiten Wasser des Oslofjords, und dem kleinen weißen Kiosk, der mitten auf dem sachte zum Wasser hin abfallenden flachen Felshang steht. Verloren, auf dunklem Grund, leuchtet er im Sonnenlicht. Kein Mensch weit und breit, und in dieser kleinen Bude, da drin, da soll Chersti sein?!

In ein Buch vertieft ... ein Mädchen?, eine Dame, junge Frau? Sie hebt ihr Gesicht, erblickt mich ... Reinhart?

Kein Mädchen, keine Dame, keine junge Frau, Chersti, so wie ich sie mir gar nicht vorgestellt hab, aber, seltsam ... keine Fremde – so, wie in Lüneburg damals Laureen und Su, ist auch sie mir vertraut und ... ich ihr wohl auch. Ein sehr schönes Gefühl, wie nach Hause zu kommen. Seelenwanderung? Oder sind wir uns gar in einem früheren Leben schon mal begegnet? Ist ja egal. Was zählt, ist die Wärme im Herzen, und das Gefühl, bei Chersti, selbst hier in der Fremde, zuhause zu sein.

Noch ein Blick auf die Seitenzahl, dann klappt sie das Buch zu, läßt es in einer Rocktasche verschwinden und bemerkt: ich lese in der Autobiographie des Tänzers Vaslav Nijinsky. Der arme ist an der Menschheit verzweifelt und daran zugrunde gegangen. Dann gleitet ihr Blick über Informationsblätter und Landkarten und mit einem bedauernden Seufzer: ich weiß wirklich nicht, wozu ich hier in diesem Touristeninformationskiosk sitze und auf Touristen warte, die doch nicht kommen. Aber vielleicht hab ich ja auf dich gewartet, Peer hat mir nämlich geschrieben, daß du mich besuchen willst. Wo du nun da bist, geb ich den Schlüssel ab. Endlich! Wolln wir dann erstmal zu mir nach Hause?

Hoch über der kleinen Stadt auf einer Bergkuppe. Von wildem Garten umhegt, und Wildkirschenbäumen, ein schlichtes Holzhaus mit vielen Fenstern. Aus ihnen überschaut man die Stadt, den Fjord, sieht das Meer in der Ferne, fühlt sich wohlig geborgen zuhause. Ich auch. Chersties Eltern haben mich aufgenommen als wäre ich ihr Sohn. Und das, obwohl sie während der deutschen Besatzung in einer Notunterkunft wohnen mußten, weil der deutsche Stadtkommandant das Haus für sich beschlagnahmt hatte. In Deutschland bin ich auf die Welt gekommen; bin deswegen aber noch lange kein Deutscher. Dazu bedarf es mehr, als einer Geburt. Ich bin eben ein Erdenbürger, in ihren Augen, einer von ihnen.

Ein anderer ist´s den sie den Deutschen nennen – und Nazi: ein Junge aus Peer und Chersties Schulklasse. Der Ärmste ist ziemlich isoliert, hat keine Freunde, fühlt sich von niemandem verstanden. Als er mich dann sieht, glaubt er, endlich einen gleichgesinnten gefunden zu haben. Auf einer der Abiturfeierlichkeiten, zu der Chersti mich mitgenommen hat, fragt er mich aus heiterem Himmel: was sagst du zu „Mein Kampf?"

„Mein Kampf", kenn ich nicht.

Was?! Das ist doch Adolf Hitlers Manifest an die Deutschen, das hat jeder Deutsche mal gelesen. Jedes deutsche Ehepaar hat es vom Führer als Hochzeitsgeschenk erhalten, deine Eltern doch auch, und du weißt nichts davon?! In Deutschland spricht man über diese Dinge nicht mehr. Die Deutschen haben keine Lust im eigenen Dreck rumzurühren. Diese Zeit, das dritte Reich, ist weg, hat es nie gegeben – versuchen sie zu glauben. Darüber spricht man einfach nicht, und, tut mir leid, interessiert mich auch nicht.

Mit einem etwas schlechten Gewissen, es ist schon nach elf, suche ich den Weg zur Jugendherberge durch die Straßenschatten der Häuser. Die Sonne kriecht goldrot über eine Bergkette im Norden hin, als wolle sie mir folgen. Wir sind allein, diese Nordsonne und ich, doch ... eben noch, so viele neue Gesichter und Hände und Augen und Stimmen und ... an meiner Brust leuchtet tiefrot ein kostbares Geschenk: eine Schirmmütze, kaum größer, als eine Walnuß: Ausweis für das bestandene Abitur. Chersti hat mir ihre auf der Feier angesteckt und verkündet daß ich nun einer von ihnen bin, und morgen die letzte Klassenfahrt, auf der Fähre von Larvik nach Fredrikshavn und zurück, mitmachen darf. Die Verständigung ist kein Problem, sprechen doch meine neuen Freundinnen und Freunde Englisch wie eine zweite Muttersprache, wie ich ja auch. Sogar die Herbergsmütter sprechen Englisch und ... seh ich richtig?, die warten doch wohl nicht auf mich, daß ich nach Hause komme? Tatsächlich, kaum zu glauben, die Sonne ist mir wirklich gefolgt, weitergewandert über die Berge, aber noch da! Die beiden Frauen auch, und freuen sich, daß ihr einziger Gast endlich wieder bei ihnen ist. Orangensaft bieten sie mir an und Wasser und eine Zigarette, Benson & Hedges, die muß ich noch mit ihnen rauchen, und berichten was ich erlebt hab.

Der Mann am Gangway, der die Tickets kontrolliert, winkt mich durch aufs Schiff, als er die kleine rote Schirmmütze sieht, an meiner Brust. Für die Abiturientenklasse ist die Reise ja umsonst.

Nun hab ich schon so viele Lügengeschichten erzählt, in denen, wie ihr sicher gemerkt habt, so viele Wahrheiten versteckt sind, manchmal fast unauffindbar, nur für eine besondere Art von Intelligenz erkennbar. Doch was ich jetzt berichte hat sich, ohne Flax, genau so zugetragen.

Es ist ja nur eine ganz normale Fähre, aber ein ganz besonderes Gefühl, mit dem Schiff mit all den Freundinnen und Freunden auf´s Meer hinauszufahren. Und mit Chersti. Bestimmt hätte ich mich längst in sie verliebt, wenn Peer mir das nicht vorausgesagt hätte. So aber hab ich beschlossen, der Versuchung zu widerstehen. Peer sollte nicht Recht behalten, wenn ich auch nicht weiß warum. Die Nornen, falls sie wieder nüchtern sind, wissen´s ja vielleicht. Aber so ganz vermeiden, das sich verlieben, läßt es sich dann doch wohl nicht ...

Möwen segeln vor der Sonne – ihr Leuchten badet im Meer ... hellblau, smaragdgrün schimmernd tanzen Elfen, Feen, Undinen über fernen Wellen um sie her. Gebannt sitzen wir, Chersti, Christiane, Magdalena, Solveig und ich an Deck auf einer Bank – schauen – schweigen … Ewigkeit dort, Endlichkeit auch, irdisch und geisterhaft, real, unwirklich, ewig und flüchtig ... Wehmütige Schreie der Möwen, monotones Rumpeln im Bauch des Schiffes – silbriges plätschern der langen Wellen, die der Schiffsbug aus dem Wasser schneidet. Prosten uns zu, ehrfürchtig stumm ... Rotwein ... die Gläser versinken in den Wellen. Nach uns soll sie keine Menschenhand berühren ... ein bisschen Ewigkeit, ein bisschen Abschied, ein bisschen Ankunft auf dem Meeresgrund.

Cherstis Gesicht ... schön? Ihre blauen Augen, ihr blondes Haar, hellbraune Haut und so weiter vielleicht?

Verträumt vertraut ist Cherstis Gesicht und sehr nah, ihre Gedanken ... ganz nah ...fragend ruhen ihre Augen auf mir – Why don´t you talk on? Warum sprichst du nicht weiter?

Seltsam, ich hab doch noch gar nichts gesagt!
What did I say then? Was hab ich denn gesagt?

You said: I wonder whether it is our own will ore destination … Du sagtest: Ich frag mich ob es unser eigener Wille ist oder Bestimmungsort ...

I haven´t said a single word yet, but that is exactly what I was going to say, except for destination. Ich hab noch kein Wort gesprochen, aber genau das wollte ich sagen, außer Bestimmungsort.

Oh, now I got it: destiny, not destination, destiny is the word I was looking for. But I haven´t said a single word of this sentence yet. Oh, jetzt hab ich´s: Schicksal, nicht Bestimmungsort, Schicksal ist das Wort das ich gesucht habe. Aber ich hab noch nicht ein einziges Wort dieses Satzes gesagt.

And I was wondering, because I did not see your lips move. What, for heaven´s sake, happened just now?! Und ich hab mich gewundert, daß sich deine Lippen nicht bewegt haben. Was, um Himmels Willen, ist eben geschehen?!

Natürlich hab ich nicht geglaubt, daß es das wirklich gibt: Telepathie. Und ich war mir sicher daß ich, sollte ich doch einmal etwas so unheimliches erleben, vor Schreck tot umfallen würde.

Und nun, wo es aus heiterem Himmel einfach geschieht, gehört es, wie das Atmen auch, zu Chersti und mir. Und auf meine Frage, ob es unser eigener Wille oder Vorbestimmung ist, die unser Schicksel lenkt, antwortet Chersti mir: I can imagine, fate does offer us various ways for us to choose. Ich kann mir vorstellen daß das Schicksal uns mehrere Wege zur Wahl anbietet. Dabei schaut sie, mit einem kleinen Schalk in ihren Augen, in mein verdutztes Gesicht und fragt: What do we answer fate, let´s go on? Was antworten wir dem Schicksal, laß uns weitermachen?

Wir machen weiter, ganz von alleine. Chersti weiß, auf den Buchstaben genau, was ich denke, ob ich will oder nicht. Die ganze lange Zeit über, die wir auf dem Meer sind. Wie sich das anfühlt? Eine Schwalbe streichelt meine Seele mit einer kleinen rostroten Feder ihrer Kehle. Und ich muß *sehr* aufpassen, daß Peer nicht doch noch recht behält.

*

Chersti, Eva, Erik und ich. Schmaler Pfad zwischen Granitwand und Fjord. Kleine Ebene vor einer Höhle im Fels. Treibholzlagerfeuer. Rotwein, Brot, und Rippchen am Spieß. Die Sonne hinter dem Berg gegenüber. Sein Schatten liegt tief im dunklen Wasser des Fjords. Dunkel auch unter den Tannen auf der Insel dort. Ein Lufthauch kräuselt kleine Wellen über das Wasser zu uns her, fangen rotgelben Feuerschein auf ihren Rücken, plätschern leise glucksend zu unseren Füßen gegen den Fels.

Chersti und ich sitzen nah beieinander an die Felswand gelehnt. Die ist noch sonnenwarm. Cherstis Wärme fühle ich auch. Wir sind uns so nah, daß ein Birkenblatt gerade noch zwischen uns herabgleiten könnte. Noch näher? Auf keinen Fall! Es muß immer noch Platz für ein Birkenblatt sein zwischen uns. Vielleicht sollten wir doch lieber umkehren, zu Chersti nach Hause. Mal wieder ausschlafen im Zimmer von Boye, Cherstis Bruder, der auch irgendwo unterwegs ist. Es ist wohl erst Mitternacht. Wenn wir uns beeilen, können wir vielleicht noch bei mäßigem Nachtsonnenlicht einschlafen, und ein bißchen in den Tag hineinträumen.

Was zischt denn da? Wie ein weißgrauer Geist steigt ein Dampfwölkchen aus der Glut des niedergebrannten Feuers. Und jetzt, die nächste Welle schwappt ... wir müssen das Feuer retten!

Heimlich, still und leise ist das Wasser im Fjord gestiegen. Natürlich! Die Flut! Keiner hat an die Flut gedacht. Und nun? Der Pfad, den wir gekommen sind, ist abgetaucht. Weg. In die andere Richtung steigt er an, ist da noch nicht überflutet. Schnell da lang und trockenes Holz sammeln! Wer weiß wie lange das Wasser noch steigt, und wie hoch?!

Das Feuer haben wir vor dem nassen Tod gerettet, es hoch vor die Höhle gebracht. Und nun? Gefangen, vom Fjordwasser an diesen Ort gebannt, und wollte unsere Haut doch gerade noch retten! Nornen, Undinen, wer war das?! Kann man seinem Schicksal denn wirklich nicht entrinnen?!

Feuer mit Feuer bekämpfen? Wie in der Savanne? In breiter Front lodern sie heran, die Flammen, zu schnell um vor ihnen fliehen zu können. Leichter Wind weht auf das Feuer zu. Das trockene Kraut abreißen und auf der Seite, zum Feuer hin, anstecken. So macht das Zündeln richtig Spaß. Der Wind trägt Rauch und Feuer hinweg von dem Fleck, auf dem ich steh und zu seh, wie die beiden Brände aufeinander zu lodern, wie mein Feuer dem anderen die Nahrung wegfrißt, daß es, eh es mich erreichen kann, verhungern muß. Wäre sowas vielleicht die Rettung, auch für uns, für unser schwelendes Feuer sozusagen?

Ja, heimlich, hier, und keiner wird es je erfahren, soll unser großes Geheimnis bleiben!

Erik ist aufgestanden. Ihr seid als erste dran, gebt euch die Hand. Cherstis Hand zittert ein wenig, oder ist es meine Hand? Was hab ich denn nun schon wieder angestellt?! Ich glaub ich mach das ganze nur noch schlimmer ... Erik hebt seine Hände feierlich gen Himmel: dieser sternenlose Nachthimmel ist Zeuge, seine Hände verweilen über dem Wasser, gefangen von den Wassern des ehrwürdigen Oslofjords, vor den Flammen dieses heiligen Feuers, erkläre ich euch im Namen aller guten Geister zu Mann und Frau. Ihr dürft euch jetzt küssen.

Damit hab ich nun gar nicht gerechnet – Küsse sollten doch unbedingt vermieden werden ...

Es waren ja nur ein paar Tage. Dabei kommt es mir vor, als hätte ich einen ganzen langen Sommer hier erlebt.

Chersti, die mich zur Fähre begleitet, bleibt auf halbem Weg stehen, sieht mich an; ein Hauch Bedauern in ihrem Gesicht, etwas belustigt auch: Reinhart, ich muß dir ja gestehn: wenn Peer mir nicht geschrieben hätte, daß ich mich in dich verlieben würde, hätte ich mich bestimmt in dich verliebt! Stattdessen haben wir ja geheiratet, immerhin. Als ich Chersti gestehe , daß es bei mir auch so war, sind wir uns einig: unsere Hochzeit am Fjord, die wenigstens mußte sein.

*   *   *

Inzwischen ist viel Wasser aus den Bächen der Erde in Flüsse und Meere geflossen. Am Ufer der Themse. Hinter mir London. Drüben auch. Sachte fließt dunkles Wasser vorüber. Aus der Tiefe steigen Gedanken auf, Erinnerungen ... ich hab ja sooo viel erlebt! Dabei ist die Begegnung mit Chersti ein ganz besonderer Meilenstein an meinem Lebensweg.

In jener Sommernacht, auf der Fähre, zwischen Dänemark und Norwegen, durften wir ein Phänomen erleben, das sich jeder wissenschaftlichen Betrachtung entzieht: Telepathie. Das hat Vorurteilsfesseln gesprengt – mir eine freiere Wahrnehmung geschenkt – für Abenteuer, die in England auf mich warten werden …

Wie bin ich denn überhaupt nach London gelangt, und was hab ich in den letzten Tagen noch erlebt? Das will ich, ist ja alles Teil auch dieser Geschichte, doch schnell noch erzählen: eines Nachts wach ich auf aus einem Traum, der mich nicht loslassen will. Schreibe ihn gleich auf, in dem Bewußtsein: in diesem Traum habe ich etwas erlebt, das in naher Zukunft nochmal geschehen wird: Ich begegne zwei Mädchen und einer jungen Frau. Die junge Frau ist eine Indianerin. Ich empfinde ihr Wesen, nehme ihre braune Haut wahr und deren Duft. Eines der Mädchen schenkt mir, in einem kleinen Küstenort in Cornwall, ein Buch über Gespenstergeschichten. Das andere Mädchen hat einen Namen: Wawa. Wir kommen uns sehr nah – unsere Gedanken und unsere Gefühle.

Zwei Wochen später, in Kopenhagen, in dem besetzten Stadtteil Nörrebro, entdecke ich in meinem Freundeskreis eine junge Frau aus Grönland, die etwas Ähnlichkeit mit einer Indianerin hat. Das könnte die Frau aus meinem Traum sein, denke ich, und spreche sie an. Aber, weit gefehlt, sie ist es nicht. Nun, denke ich, Träume sind eben doch nur Schäume, und vergeße diesen schönen Traum.

Als ich Bente gegenüber erwähne, daß ich vor habe nach London zu fahren, erzählt sie mir von einem alten Mann, der Holzbildhauer ist, und mit einer jungen Frau zusammenlebt. Die solle ich besuchen, wir würden uns anfreunden. Und für ihre Freundin Anne gibt sie mir ein Päckchen mit.

Bonn. Letzte Station einer Verkaufsreise. Das Ladeninhaberehepaar, das mir etliche meiner Silberarbeiten: Schalen, Kerzenleuchter und Schmuck abgekauft hat, lädt mich zu sich zum Abendessen und Übernachten ein. Der Himmel weiß, warum ich diese Einladung angenommen habe. Ich jedenfalls weiß es nicht und denke mal; Geschäftsreisen sind ja auch so'n Ding, können einem schon den Verstand vernebeln, und wer weiß, was noch! Nornen! Spinnt ihr wieder krumme Fäden? Oder gar betrunkene?

Alles modern: Bungalow, Nierentisch, verchromte Stuhl- und Tischbeine, Fenster so groß, wie die halbe Wand, und lassen sich nicht öffnen. Nur die Tür zur Terrasse. Die ist halb auf, läßt frische Nachtluft herein und ... einen großen, dicken, rotbraunen, surrenden Nachtfalter, der sich in den schweren, bis auf den Boden reichenden Gardinen verfängt, und nun nicht mehr weiter weiß.

So liebenswürdig der Mann zu mir auch ist ... grabsch, hat das Tierchen in der Faust, schmettert es auf den Parkettboden und zerquetscht es unter seinem tadellos blankgeputzten Schuh. Tatzeit: 26. Februar 23.56 – erhebe mich aus dem mondänen Ledersessel mit den Worten: ich fahre nach England. Jetzt auf der Stelle. Die Fähre legt in gut zehn Stunden ab. Muß mich beeilen ... diese Leute haben nie wieder von mir gehört.

*   *   *

Gegen ein Uhr, in meiner Volvo Amazone auf der Autobahn, ist die Welt wieder im Lot. Ja, ich bin auf dem Weg nach England. Bin gespannt auf Anne, der ich das Päckchen von Bente bringen soll, den alten Mann und seine junge Frau, und Anette, die das Gymnasium Swanwick Hall School besucht an dem ich auch mal Schüler war, und nicht zuletzt auf Penny, der Frau meines Freundes Alexis Corner, des Vaters des europäischen Blues.

Aus dem Nachthimmel über der Autobahn sinken vereinzelt helle Flocken herab. Es werden mehr. Weißes Gewimmel leuchtet auf im Scheinwerferlicht, legt sich sacht auf die Fahrbahn nieder. Klammheimlich ist der Winter noch einmal zurückgekehrt, mir eine gute Reise zu wünschen. Meine Tachonadel zeigt auf   160 – nehme den Fuß vom Gas, fahr langsam, genieße das Flockengewimmel, wünsche auch dem Winter eine gute Reise – nach Hause zum ewigen Eis. Eingehüllt von den sinkenden Flocken fühl ich mich geborgen, und von einer seltsamen Freude erfüllt. Doch bald zieht sie sich zurück in die Nacht, die weiße Pracht, und Ortsnamen gleiten an uns vorbei, der Amazone und mir ... Köln, Wuppertal, Dortmund, da, eine Tankstelle! Meine Amazone hat Durst auf Benzin, ich auf Kaffee.

In der Raststätte, nur ein Mann, löffelt schlürfend seine Suppe, kleckert auf die BILD, in der er liest. Es ist wohl *sein* Laster der draußen mit der Amazone wartet. Kaffe mit Käsebrötchen belebt die müden Lebensgeister, aber hellwach? Endlos das Grau der Fahrbahn. Langsam kriechen die Kilometer dahin. An Münster vorüber. Dort haben die gierigen Geschäftsfrauen vorgestern erst für achttausend Mark von meinem Schmuck gekauft. Jetzt sind es mehr als sechzehntausend, die sich, in vielen Scheinen, in einer Brusttasche meines Jeanshemdes drängen. Das reicht für England und mehr. Auf keinen Fall darf ich jetzt einschlafen, von der Fahrbahn abkommen, mit soviel schönem Geld!

Raststätte Münsterland. Nicht sehr einladend, aber es muß halt sein, eine Tasse Kaffee wenigstens.

Ich glaub diese Tasse hat mich erst richtig müde gemacht, die ganze Autobahn scheint zu schlafen, ich vielleicht auch. Ein paar tiefe Züge aus der Zigarette verscheuchen den sich anschleichenden Schlaf.

73

Drei Zigaretten bis zur Raststätte Dammer Berge. Sie ist wie eine Brücke über die Autobahn gebaut. Kassler mit Sauerkraut und Stampfkartoffeln, davon wach ich erstmal wieder auf und schau von meinem leeren Teller auf die ebenfalls leere Autobahn unter mir hinab. Doch weit da hinten geistert unruhiger Schein, kriecht hervor aus der Nacht, die schwer und dunkel auf dem Lande liegt, öffnet drohende Feueraugen, schiebt seinen Lichtfächer vor sich her unter mir hindurch und verliert sich im Dunkel der Nacht.

Das monotone Summen, der Herzschlag meiner Amazone, ist wieder so beruhigend, entspannend, daß ich gleich einschlafen könnte. Träumen meinetwegen, nur einschlafen darf ich nicht ... noch nicht!

Endlich! Östlich wehen Schatten an matter Helligkeit vorbei. Dort, unter dieser fahlen Helligkeit muß sie verborgen sein, die Sonne, und endlich die letzte Raststätte vor Worpswede; Wildeshausen.

Bremer Kreuz. Das milde Licht der Morgensonne streichelt mein Gesicht, weckt mich sacht. Endlich zu Hause! Wohlig im warmen Wasser der Badewanne, laß ich mich und meine Gedanken treiben: sechs Monate hat Tanja mit Anette und ihrem Vater zusammen gelebt. Davor war ihr Schicksalsfaden im Zickzack und mit Knoten und Schlingen verlaufen. Keiner weiß, was sich die Nornen dabei gedacht haben. Hat ihr das Leben in dem fremden Land vielleicht geholfen, ihren Schicksalsfaden zu entwirren? Und Anette vielleicht auch?

Wiedermal sind mir meine Gedanken weit vorausgeeilt – bin aber bemüht, sie gleich wieder einzuholen. Da!, irgendwo in London. Eine Holztreppe hoch. Im ersten Stock eine junge Frau. Sechsundzwanzig. Bin ich mir sicher. Langes dunkles Haar. Energisch ihre Bewegungen. Weiße Bluse. Langer weinroter Faltenrock. Wild drohender Glanz in ihren Augen: was willst du hier?

Ich möchte Anne besuchen.

Das bin ich, und wer bist du?

Ich hab ein Päckchen für dich, von Bente, aus Kopenhagen.

In barschem Ton: das ist nicht für mich. Hier wohnt noch eine Anne – für die wird es sein. Die ist aber verreist. Soll ich es in ihr Zimmer tun?

Was ist der denn über die Leber gelaufen?! Schnell raus hier!

Nach meiner Begegnung mit der schlecht gelaunten Anne, klopfe ich bei dem alten Mann und seiner jungen Gefährtin an. Die öffnet mir, und vor mir steht ... die Indianerin aus meinem Traum!

Wir sehen uns an. Sie fragt nicht wer ich bin und was ich will, bittet mich, mit einer einladenden Geste ihrer Hand, ihren großen braunen Augen, ihrer sanften Stimme, herein. Ich bin zuhause, und bei der Frau aus meinem Traum. Bente hat mir ja versichert daß der alte Mann, Roger, die junge Frau, Carol und ich Freunde werden würden. Ja, alte Freunde begegnen sich wieder. So fühlt es sich an. Wie das möglich ist kann ich mir nicht erklären außer ... vielleicht ... die Nornen könnten gezaubert haben. Egal! Und wen interessiert es schon daß wir jeden Augenblick unseres Zusammenseins genießen, gemeinsam diese Stadt erleben, miteinander glücklich sind?!

Wieder auf der Autobahn, die hier highway genannt wird, die in den Norden führt. Meine Gedanken eilen meiner Amazone und mir voraus: Anette. Ich hab sie angerufen. Tel. Nr. 587 ist ohne Vorwahl natürlich, die behalte ich für mich. Anette erwartet mich heute. Ihre Stimme hab ich ja schon gehört. Aber sie ... wer ist Anette?!

Eine Antwort auf diese Frage enthält mein Traum von Ende Januar: ich war vom Weg abgekommen. Zwei Mädchen auf einem Fahrrad, nehmen mich mit zu einem Haus in dem Wawa mit ihren Pferden wohnt. Wawa nimmt mich zu sich in ihr Haus und schlägt mich in ihren Bann. Wir kommen uns sehr, sehr nahe.

Dieser Traum, in dem Anette Wawa heißt, hat sich, wie Träume es so an sich haben, vorläufig aus meinem Gedächtnis geschlichen und ist erst einmal in meinem Notizbuch untergekrochen.

Anette lebt mit ihrem Vater in einem Haus auf dem Lande. Am frühen Abend gehen wir alle zusammen in die nächste Kneipe. Anettes Vater setzt sich zu Bekannten an die Theke, Anette und ich etwas abseits an einen kleinen Tisch. Wir schauen uns an und ... zwischen unseren Gesichtern hat sich Tanjas Schicksalsknotenschlaufenzickzackfaden entrollt. Wir schauen uns in die Augen bis auf den Grund unserer Seelen, und ich höre Anette sagen: vom ersten Augenblick unserer Begegnung an, fühlte ich: Tanja muß man lieben, mit ihrem Chaos, sie behüten, vor sich schützen, um sie bangen. Und ich weiß, Reinhart, dir ist es genauso gegangen.

Eben erst erschienen, aus dem Nichts – zwei Sternschnuppen berühren sich. Wieder fehlen mir die Worte, das zu beschreiben, was mit uns geschieht. Vertrauen, Nähe, was heißt das schon! Sind doch nur Worte, leere Worte. Denn wir sehen einander wie uns noch keiner gesehen hat.

Unsere Augen – Schlüssel zu Verborgenem – öffnen Knospen unbekannter Pflanzen, entfalten Blüten, verwandeln diesen Kneipenraum in einen geheimnisvollen Garten, in dem wir nie da gewesene Gedanken, Empfindungen, Gefühle entdecken und erleben …

Ein Windstoß! Blätter und Blüten wirbeln davon! Die Kneipe ist wieder da, und Anettes Vater auch, der uns fragt, ob wir nicht mit nach Hause wollen …

Solch eine Nähe, wie die zwischen Anette und mir, habe ich noch nie erlebt. Wir sind ganz ineinander drin. Kein Locken, kein Verführen, kein Bedürfnis nach Sex, nicht einmal Erotik. Es ist ganz anderes …

Freitagmorgen, ich hab Anette zur Schule gefahren, sieht sie mich an – feierlich: Vater kommt heute vor zwölf nicht nach Hause. Ich möchte mit dir schlafen, dich ganz erleben.

Als ob nichts gewesen wäre, steigt sie aus dem Wagen, dreht sich im gehen mit einem Lächeln noch einmal zu mir um, eh sie meinen Gesichtskreis verläßt.

Meereswelle hat Schatztruhe an den Strand getragen – gehört einer Meerjungfrau – die legt den Truhenschlüssel in meine Hand.

Und wenn die Springflut kommt, und Sturm, und spült und heult den ganzen Schatz ins Meer zurück ... wenn der Vater doch vor zwölf nach Hause kommt, und alles zerstört! Und für ein paar Stunden den Wecker auf halb zwölf gestellt? Unserer Beziehung und Gefühle unwürdig das ganze.

Die Schule ist aus. Anette ist zu mir in´s Auto gestiegen, sieht mich erwartungsvoll an. Statt sie zu küssen, ein tiefer Seufzer und: ich wünsche mir nichts sehnlicher als mit dir zu schlafen Anette, dich ganz zu fühlen. Doch selbst eine ganze Nacht wäre viel zu kurz für uns. Ich fahre morgen – nach London zurück. Glaube mir Anette, jede Stunde die wir noch zusammen sind wird uns nur verzehren.

Anette sieht mich an, nickt nur und sagt: das erste Mal, das ich das möchte, und das erste Mal, daß ich meinen Vater weit, weit weg wünsche …

Kein Vater da, der auf uns aufpassen könnte, aber der Fernseher. Ich, in den Fernsehsessel gesackt, Anette links neben mir auf der Armlehne, ihr rechter Arm auf die Rückenlehne gelegt, darauf bedacht mich nicht nochmal zu berühren. Brennender Schmerz die leiseste Berührung, sind wie zwei Wolken am Himmel zwischen denen Blitze zucken. Teilnahmslos versuchen wir dem Geschehen auf der Mattscheibe zu folgen. Es ist Folter – unseren Gefühlen, unserem Sehnen, unserer Lebendigkeit abzuschwören ...

Endlich, irgendwann geht die Haustür auf, und mit einem fröhlichen Hallo werden wir von Anettes Vater begrüßt.

Anette steigt die freischwebende Holztreppe zu ihrem Zimmer hoch. Ich begebe mich, wie gewohnt, unten im Wohnzimmer auf der Couch neben dem Fernseher zur Ruh.

Doch kommt sie nicht, die Ruh, auch nicht der Schlaf. Irgendwann, tief in der Nacht, ist Anette da, ganz, ganz nah. Am Morgen dann verwundertes Erwachen – wo ist Anette denn geblieben? Hab ich denn geträumt? Ist sie mir nur im Traum erschienen? Nur? Das war kein Traum! Das war wirklicher als jede Wirklichkeit! Und dann ... nach einer Weile ... schwebt ein verklärt lächelndes

Wesen die Treppe von Stufe zu Stufe zu mir herab: du kannst ruhig abreisen, Reinhart, ich hab dich ganz in mir erlebt, diese Nacht – ich hab dich auch erlebt Anette, du warst auch ganz in mir, diese Nacht.

*   *   *

Auf der Landstraße nach London. Meine Gefühle und Gedanken sind bei Anette geblieben, und werden bis London auch sicher noch bei ihr sein. Bis Anne sie mit ihrer schlechten Laune vernebelt und vertreibt, und die Falle zuschlägt. Der Köder ... ein Glas Tee ...

In der Hoffnung, der anderen Anne doch noch zu begegnen, geh ich nochmal die Holztreppe hoch. Und wer empfängt mich diesmal? Wieder die schreckliche Anne – und ich frage sie gleich ob sie noch immer so schlecht gelaunt ist, wie letztes Mal. Noch viel schlechter! versichert sie mir. Und weil ich keine Lust auf schlechte Laune hab, wende ich mich der Tür wieder zu, durch die ich eben erst reingekommen bin.

Diese öffnet sich. Ein Junge kommt herein und fragt mich so freundlich ob ich ein Glas Tee möchte, daß ich nur: ja bitte, sagen kann. Gleich darauf ist er, wohl durch die Küchentür, entschwunden und läßt mich allein, mit der Frau, mit der ich nichts zu tun haben möchte ... warten auf den freundlichen Jungen und den Tee.

Ohne Anne weiter zu beachten, geh ich durch die türlose Wandöffnung in den großen, sehr langen Nebenraum, und setze mich an den Tisch neben dem Fenster auf die Couch. Anne bleibt nur Tisch und Stuhl am gegenüberliegenden Ende des Raumes, das das Licht der Fenster kaum noch erhellt.

Hinsehen werde ich nicht. Glaube sehr leise kleine Schritte von dort her zu hören. Die Zeit kriecht dahin. Ganz langsam. Kein Tee. Hat der Junge mich vergessen, und den Tee? Wieder hör ich die sehr leisen kleinen Schritte ... sie kommen auf mich zu, näher, noch näher ... ein kleines Kind sieht mich an, schaut mir in die Augen, klettert auf die Couch, setzt sich neben mich, deutet auf die Bilderbücher, die auf dem Tisch liegen, und fragt mich: liest du mir was vor?

Nach wenigen Worten, das Bärenkind versteckt sich im Wald, in einer uralten hohlen Eiche, damit der Jäger es nicht findet, krabbelt das Kind auf meinen Schoß, von wo aus es die Bilder besser betrachten kann.

Weil das Bärenkind so nackt ist, ohne Farbe, und gewiß friert, malen wir ihm mit Buntstiften ein schön buntes Fell. Die Fische, die wir erst noch im klaren Wasser des Baches haben schwimmen sehen, sind wohl weggeschwommen, als wir das Wasser angemalt haben.

Die Turteltauben aber bleiben auf ihrem Ast sitzen und schmusen weiter, nachdem wir auch sie schön buntgemalt haben. Und weil die Tauben es machen, schmusen wir jetzt auch, und weil es so schön ist. Und es ist immer noch kein Tee da. Dafür kommt die schlecht gelaunte Anne nun zu uns –

Aber wo ist ihre Laune denn geblieben? Aus großen Augen schaut sie uns an, öffnet ihren Mund und schließt ihn wieder, ein paar Mal, bis sie sagt: ich kann es einfach nicht glauben was ich hier sehe. Ich bin die Mutter von Aileen. Sie hat noch nie mit Fremden gesprochen, nur mit denen, aus dieser Wohngemeinschaft. Selbst in der Kinderkrippe hat sie noch nie mit den Kindern dort gesprochen oder gar gespielt. Und mit dir ... ja, ich sehe, ihr gehört zusammen.

Wo unser Zusammensein nun sowieso unterbrochen ist, schlage ich Anne einen Spaziergang vor bei dem sie mir, ohne auf Aileen Rücksicht nehmen zu müssen, mehr erzählen kann.

Wir sitzen uns gegenüber in einem Cafe´. Zwischen uns ein kleiner Tisch und endlich ... der langersehnte Tee. Anne sieht mir in die Augen: ich bin verrückt, sagt sie, es gibt diese schwarzen Tage, schitzophrene Anfälle, weißt du. Dann ist die Welt die Hölle. Das Leben sowieso. Sinnlos alles. Geboren wird nur, um zu sterben. Verrückt, oder nicht?

Antworte nur mit den Augen, in denen noch die Liebe zu Anette lebt, und nun wohl auch zu meiner jüngsten Freundin, Aileen.

In ihnen kann Anne lesen, daß es da noch etwas, etwas sehr schönes, geheimnisvolles gibt. Dabei wird mir bewußt, daß ich immer auch der andere bin. Bei Anette war ich auch sie, bei Aileen war ich genau so klein, oder vielleicht auch so groß wie sie, so daß es keinen trennenden Unterschied gab, zwischen uns.

Und Anne ... irgendwie berühren wir uns ja auch, auf geheimnisvolle Weise, irgendwo – vielleicht war es ja auch bei den Elchen in Schweden so, in dem Bachwiesental, wo die Elche ohrwedelnd mit mir gingen, als ich für sie sang und glaubte, auch ein bisschen sie zu sein. Wer weiß das schon! Aber irgendetwas ist nun auch zwischen Anne und mir.

Noch nie habe ich zu jemandem so von mir gesprochen, wie zu dir. Aber du verstehst mich, seltsam, wie ist das möglich! Und Aileen, daß sie einfach so zu dir geht, wie zu einem alten Freund! Daß sie doch Vertrauen finden kann, Vertrauen, das sie zu mir, ihrer Mutter, die keine richtige Mutter ist, nicht gefunden hat. Aileen ist mir fremd. Ich kann ihr keine Liebe geben weil ich mir selber fremd bin, und einfach nicht lieben kann. Kann nur hilflos zuzusehen, wie das arme Kind sich nach Liebe und Geborgenheit sehnt, dabei so einsam und traurig ist, daß ich den Anblick nicht ertragen kann. Kannst du dir vorstellen wie das ist?

Ich antworte nicht mit Worten, die haben sich in meinen Bauch verkrochen. Doch meine Augen ruhen nicht mehr nur *auf* ihren Augen, sie sind auch etwas in sie eingetaucht, und fühlen und hören zu.

Manchmal war es so schlimm, daß ich drauf und dran war meine Hände um Aileens kleinen Hals zu klammern, sie von ihrem Elend zu erlösen. Alle meine Kraft mußte ich aufbieten, um es nicht zu tun. Kannst du dir das vorstellen, wie das ist?

Ich schüttel nur leicht den Kopf –

Es gibt kaum Hoffnung auf Heilung. Meine allerletzte Hoffnung ist Ronald D. Laing. Bei ihm habe ich mich angemeldet, und warte nun auf einen Platz in seiner Klinik.

Augenblicklich habe ich meine Worte wiedergefunden, genauer: Ronald D. Laing hat sie mir aus dem Bauch in meinen Kopf zurückgezaubert: „Wer in dieser Gesellschaft normal sein kann, ist krank. Das heißt nur leider nicht, daß die als krank geltenden, gesund sein müssen."

Sinngemäß steht dieser Satz in einem von Laings Büchern, gleich vorne an. Ich bin von ihm überzeugt. Ronald D. Laing muß ein großartiger Mensch und Psychologe sein.

Wenn dir einer helfen kann, dann dieser Mann. Ja, ich glaube auch an ihn, und warte voller Ungeduld darauf, endlich einen Platz in seiner Klinik zu bekommen. Aber Aileen, die Vorstellung sie dorthin mitzunehmen ... ihr beiden ... du und Aileen, ich möchte sie dir so gerne anvertrauen, wenn du sie nehmen möchtest ... ihr seid, wie für einander geschaffen.

Spontan möchte ich ja sagen. Doch wenn ich an den Zickzackknotenschlaufenschicksalsfaden denke, der uns mit permanenten Selbstmorderpressungsversuchen in die Quere kommen würde, kann ich leider nur nein sagen ...

Anne, das weiß ich tief in mir, hat sich in diesen letzten Stunden verändert. Etwas, wie kleine Wellen Kindesstaunen stieg aus der Tiefe in ihren Augen auf. Später werde ich den Jungen, der mir keinen Tee gebracht hat, immer mal wieder anrufen, und von ihm erfahren, daß es Anne von diesem Tag an ständig besser gehen wird.

Es gibt eben Kräfte, Energien, Gedanken, unsichtbar aber spürbar. Könnten das wohl Feen, Elfen, Undinen sein? Egal, wie man sie nennt, sie sind da und wirken ... wenn man es ihnen erlaubt ... wohingegen die dunklen Mächte wenig danach fragen, ob sie etwas dürfen oder nicht.

Statt Feen, Elfen, Undinen, könnte man sie einfach auch Gott nennen. Der aber würde sich bedanken, die Stelle weiblicher Wesen einnehmen zu sollen. Der Menschengott jedenfalls ... und was nun? Wie nennen wir die Elfen, Feen, Undinen, diese im Verborgenen wirkenden Kräfte denn mal? Richtig! Wir nennen sie K1001, K1002, K1003 (das ist die Undine). Oder einfach nur K1, K2, K3 ?

Die Wissenschaftler, welche die vierstelligen K Zahlen ja vergeben hätten, würden sich für einstellige Zahlen doch schämen. Unter 1000 machen die´s einfach nicht, würden sie ja in die Nähe der Bedeutungslosigkeit bringen, unter der sie so schon all zu sehr zu leiden haben.

Billigen wir ihnen also ruhig vierstellige Zahlen zu. Also: die Feengedanken K1001, die Elfenenergien K1002, die Undinenkräfte K1003 ... aber, was ist denn das? ... Hilfe! ... die sind jetzt ja alle tot!, so tot wie, (stimmt ja nicht, ist aber wahr) ihr erinnert euch doch noch an den MVK?, richtig!, so tot wie dieser MVK, der männliche Vogelkundler aus dem Wattenmeer, der in seinem ganzen dürren Leben, nie einem Vogel begegnet ist …

Doch sind wir nicht im Wattenmeer, sind ja noch in London. Und was machen wir denn jetzt? Alexis Corner besuchen? Und Penny? Im Queensway?

Eh ich´s vergeß, da war ja noch ein Traum, den ich gleich aufgeschrieben habe, um vier in der Nacht, auf der Couch neben dem Fernseher, bei Anette. Mir kam er wie die Fortsetzung des anderen Traumes vor. Nachdem ich ihn aufgeschrieben hatte, war er auch schon wieder vergessen. Viel später hab ich ihn, mehr zufällig, gelesen, und erkannt, daß ich ihn inzwischen auch tatsächlich erlebt hatte. Hier der Traum:

Wir sind am Strand vor den Dünen. Das Meer kommt mit großen Wellen, und ich folge dem zurückrauschenden Wasser. Dabei fühle ich mich sicher, obwohl es sehr gewagt ist, was ich da mache. Ich laufe in´s Meer hinein und es ist herrlich, von den wilden Wellen umher geworfen zu werden. Es dauert lange, bis ich zu dem um mich bangenden Mädchen an den Strand zurücklaufe. Und gleich, in der U-Bahn, beginnt mein Schicksal den Weg zu ebnen, der mich und das Mädchen zu jenem Strand führen wird …

*

Wie das mit mir manchmal so ist, bin ich ganz am Ende der U-Bahn eingestiegen, und schlendere nun in Richtung Lock durch die Wagen, auf der Suche nach einem Sitzplatz für mich. Nicht, daß der Zug überfüllt wäre, im Gegenteil. Es sind nicht allzu viele Reisende zu entdecken. Es sind nur ein paar Stationen bis ich aussteigen muß, wenn ich in die Queens Way will. Das will ich, aber, ...

endlich entdecke ich jemanden, die mir als Reisegefährtin gefällt, und frage sie, ob ich mich zu ihr setzen darf.

Bitte – sie lächelt – du bist nicht von hier, aus den Midlands?

Ich hab ´ne Zeit in Derbyshire gelebt, komme jetzt aber aus Worpswede bei Bremen, und bin Reinhart.

Ich bin Cass aus London.

Cass ist wohl anfang zwanzig, sieht aus als ob sie lebendig ist. Wie sie sonst noch aussieht? Ist das denn von Bedeutung? Wohl weniger. Na gut, wenn´s denn sein muß:

An ihr sehe ich ganz etwas Delphin, die Rückenflosse vielleicht und ein Auge und zwei Zähne. Auch Kuh, aber viel viel kleiner und ein Auge. Dazu die Schönheit einer Schlange, nicht ganz natürlich, so´n bisschen aber, auch ein dicker Brummer haftet an ihrem Aussehen, ein Marienkäfer und ... aber ja!, ein Nachtfalter, sehr deutlich, etwas Rabe, etwas Taube und ... ja, nee, ist zu vage. Ja, und was wissen wir nun von diesem Mädchen, das Cass heißt, mir gegenüber sitzt?, außer daß sie Delphinkuhschlangenbrummermarienkäfernachtfalter-rabentaubenschön ist, wissen wir noch nicht viel über sie.

Derweil rattert, quietscht, jammert die Bahn mit uns über, unter, durch die Stadt. Aber wie lange noch, wie weit? Und Cass, wenn sie vor mir aussteigt, oder weiter fährt als ich, wie sollen wir sie dann denn kennenlernen, wenn sie ganz woanders ist?!

Bei den Corners hab ich nur kurz reingeschaut und mich dann mit Cass, die dort auf mich gewartet hat, in einem Cafe´ getroffen. Wir mögen uns. Die Nacht bei Roger und Carol. Sie ist schön, Casses Nähe und Wärme und Zärtlichkeit. Kein Sex, denn wir mögen uns. Nicht mehr.

Ein neues Gefühl, Cass neben mir auf dem Weg in den Westen. Sie raucht auch, dreht mir, mit Old Holborn Tabak, sparsamdünne Zigaretten. Old Holborn, eine kleine sehr alte Hafenspeicherstadt in London, erzählt sie mir und zeigt mir das Abbild auf der Packung.

Vorbei an Feldsteinmauern, die sich bergauf, bergab und kreuz und quer über Weiden und Äcker, am Waldrand entlang, über Hügel und durch Täler ziehn.

Mal ein Cottage, mal mehrere, dann wieder Häuser, ein ganzes Dorf, mit Straßen, Kirche und Friedhof – sehr alt alles. Die Wege auch und Pfade, auf manchen sind vor den Römern schon die ganz alten Briten gewandelt. Nur die Straßen, vor allem die Landstraßen sehen etwas neuer aus.

Abgesehen von: soll ich dir eine Zigarette drehn?, und: ja bitte!, haben wir unterwegs nicht viel gesagt, den Anblick der vorbeigleitenden Landschaft schweigend genossen, wie auch das Abendbrot jetzt in einem kleinen Hotel hier irgendwo.

In unserem Zimmer: ein großes altes Bett für zwei, über dem ein Baldachin auf vier verdrehten Holzpfosten schwebt. Alte Stühle, alte Nachttische, alles aus Holz – der Kleiderschrank uralt, alles, auch die Fensterscheiben, durch deren milchig blaue Schlieren und Unebenheiten die Welt da draußen ganz etwas verbogen erscheint, und sich zu bewegen und sogar zu atmen beginnt, wenn man sich vor dem Fenster hin oder her bewegt. Nur die Dusche ist ganz neu.

Länger, viel länger noch, als der lange Satz eben, hat Cass diesen Raum staunend betrachtet.

Ich war noch nie in einem Hotel. Das ist ja so aufregend hier, so privat, so kuschelig, und das alles für uns! Sowas hab ich mir nie träumen lassen, ganz verrückt ist das! Hat doch dieses Zimmer schon vor hundert Jahren auf uns gewartet, gewartet schon, als es uns noch lange nicht gab. Und jetzt gehört es uns, fremd und vertraut wie es ist, eine ganze Nacht. Und dann die Dusche! Ich dusch mal gleich, dann auf ein Bier in´s Pub?!

Durch den blauen Zigarettendunst, vor sich ein dunkles Guinnes, sieht Cass mich an: ich fühle mich so anders, weit weg von London und der Welt. Und die ist ja nicht nur schön ...

In ihren Augen jetzt Rabenflügelschlag. Die wissen´s, die Raben. Die ganz besonders. So auch der Rabe in ihr, der jetzt erwacht. Rabeneltern? Kein Rabe wirft sein Kind aus dem Nest. Rabenkinder muß man einfach lieben, liebevoll betreuen und beschützen. Aber so weit ist Cass ja noch gar nicht mit ihrer Geschichte, hat ja noch nicht einmal damit angefangen.

Ich war sechzehn, er auch. Wir liebten uns bis ich meinem Freund offenbarte, daß ich schwanger von ihm bin. Mein Vater liebte mich dann auch nicht mehr und warf mich aus dem Haus. Ehre und Stolz eines kleinen Arbeiters durften nicht beschmutzt werden – durch eine ehrlose Tochter im Haus. Nein! Weg damit! Außer seines seltsamen Stolzes und einer fragwürdigen Ehre, hat er ja auch nicht viel, das er sein Eigen nennen kann ...

Ist er wohl ein Rabenvater? Nein, gewiß nicht! Sowas tun Rabenväter nicht. Solch eine Moral, Ehre, Stolz ... rraaab rab!, pfui Deibel! ...

Mein Baby kam. Man hat es mir weggenommen. Ich hab versucht mich umzubringen. Auch das ging schief. So landete ich in der Psychartrie. Nur wegen des Suicidversuches. Ich war doch nicht krank, außer vor Kummer und Enttäuschung über das was ich erleben mußte.

Ich war in einem Irrenhaus – irre, viele der Patienten, und irre, viele der Irrenärzte. Reinhart, du glaubst nicht was für ein absurdes Theater da gespielt wurde, und gewiß noch gespielt wird. Die Irrenärzte, natürlich alles Männer: überlegen, allwissend, omnipotent.

Konnten mich dennoch nicht krank kriegen, keine arme Patientin aus mir machen, mir keine Therapie verschreiben, über die ich nicht gelacht hätte: einen regelmäßigen Coitus mit ihm, wollte mir einer der Ärzte verschreiben. Bin doch nicht verrückt, habe ich ihm anvertraut, könnte mir ja den Irrenvirus einfangen. Nein danke!

Schließlich lautete die Diagnose: unheilbar gesund und unerträglich widerspenstig. Sie führte zu meiner Entlassung. Darauf hielt ich mich mit allen möglichen Jobs über Wasser, besuchte das Gymnasium weiter, und wurde Klassenbeste im Abitur. Inzwischen bin ich im dritten Semester auf der Uni – und jetzt mit dir hier, irgendwo zwischen London und Cornwalls Atlantikküste in einer gemütlichen Kneipe, bei einem leckeren, noch halbvollen Glas Bier.

Bleiches Mondlicht fällt durch die Fenster am gezwirbelten Bettpfosten vorbei, bleibt wie ein schlafendes Nachtlichtgespenst auf den Holzdielen liegen.

Mit Cass unter die Decke gekuschelt. Bierschwer. Leicht streicheln Finger über Schlangenschönheit, tasten über Falterflügel, betten sich in Rabenfedern und schlafen sachte ein.

*

Perranporth – kleiner Hafenort. Zwei – drei Handvoll Häuser über die zerklüftete Küste Cornwalls gestreut. Ein natürlich auch sehr altes Sandsteinhaus beherbergt ein Pub, Zimmer mit Betten und Frühstück und, seit ein paar Tagen Cass und mich.

Dünen in Cornwall hab ich noch nie gesehen. Sandstrand, vor allem in kleinen Buchten, ja. Schmale Streifen, die sich an die Felsufer drängen, als hätten sie Angst vom Meer verschlungen zu werden. Und Dünen hinterm Strand? Unvorstellbar! Wo die schroffen Felswände aufsteigen aus dem Meer, kaum Platz ist für ein paar Krümel Sand, und doch, wie in meinem Traum, den ich bei Anette geträumt hab, genau so: Dünen, Strand, Sturm treibt Atlantikwellen vor sich her, donnern auf den Strand.

Kein Mensch hier außer uns, Cass und mir. Wie soll ich das beschreiben?! Sturm ist nicht nur um uns her, er ist auch in mir. Wind und ich sind eins geworden; muß mir alles vom Leibe tun, nackt dem Sturm entgegenrennen, mit ihm tanzen, in das aufgischtende Meer hinein.

Cass, bei den zurückgelassenen Hosen, Hemden, Strümpfen und Schuhen; verloren bangt sie um mein Leben, dort, in diesen Elementargewalten. Bin nicht der allerbeste Schwimmer, plansch und paddel mehr so rum. Aber Luft anhalten: vier Minuten, tauchen: nicht ganz so lange, aber mehr als fünfzig Meter weit. So tauche ich in aller Ruhe, meine Kraft mit der des Wassers vereinend, unter die sich überschlagenden Brecher durch ... mich in den Wogen zu wiegen bis der nächste Brecher kommt. Cass steht, in ihren, im salzig tangigen Seewind flatternden Mantel gemummelt, und, wer weiß – vielleicht betet sie ja so ungefähr wie: Herr, hilf, daß der Wahnsinnige dort in den Wellen nicht ertrinke! Geholfen hat es allemal!

Es ist einfach schön, mit Cass in den Klippen herum zu klettern, am Strand, irgendwo in der Natur zu sein, im Cafe´, Restaurant oder Pub, oder abends mit einem Guinnes, einer Zigarette und einer ausgedachten, oder vorgelesenen Geschichte, im Bett den Tag ausklingen zu lassen.

„Bist du mit irgendwas mit mir nicht zufrieden Reinhart, daß du nicht mit mir schlafen willst? Ich würde ja mit dir schlafen wollen."

„Nein Cass, ich bin rundum zufrieden mit dir und uns, so wie es ist. Ich bin glücklich mit dir hier zu sein, mit dir so viel zu erleben. Mir fehlt nichts, auch nicht mit dir zu schlafen."

Ein kleiner Laden, in dem Cass verschwunden ist. Vor den beiden ausgetretenen Sandsteinstufen, ein wackeliger drehbarer Postkartenständer. „Wartest du eben, ich will nur schnell in den Laden!", hat Cass gesagt, und es ging wirklich schnell. Mit einem dicken Buch in der Hand läuft sie aus dem Laden die Stufen herab auf mich zu: ich weiß, daß du auf dieses Buch gewartet hast!, (aber sie weiß doch gar nichts von dem Buch in meinem Traum!) – es ist für dich. „THE LORD OF THE RINGS" 1077 Seiten von J.R.R. Tolkien über ... ja, wenn es keine Gespenster sind was dann?!

Es war eine sehr schöne Zeit mit Cass, die nun erstmal zuende ist. In London. Cass ist ausgestiegen, nachdem sie mir versprochen hat, mich bald in Worpswede zu besuchen, geht zwei- drei Schritte, kommt nochmal zurück, und sagt mit ernstem zufriedenem Lächeln: Es war wunderschön mit dir und mir hat wirklich nichts gefehlt.

Zweiter Teil

Die Vögel kommen

Zurück in Worpswede. Und der Zickzackknotenschlaufenschicksalsfaden? Nein! Kein Wort! Muß doch auch mal was geheim bleiben, von meinen Erlebnissen. Stattdessen fliegen wir mal durch die Zeit. Weit durch die Zeit.

Sanfte Landung in den Blumen am Haus, neben einem noch halbnackten Staren ... zefix halleluja woas soag i denn nua? Kücken?, ist doch kein Huhn!, Kind?, na ja, Nachkomme?, ach was!, Nestling?, igitt! ... Wo sich doch alles so blöd anhört, alles nicht paßt, sag ich mal Starenkind denn ... wie es aussieht ... von ganz oben am Dach aus dem Nest gefallen, hoffentlich auch sanfte Landung, ist es wohl jetzt mein Kind. Und wie ich es aus den Blumen hervor in meine Hand nehme, gibt es mir gleich zu verstehen, daß ich nun sein Versorger, denk mal Vater bin, indem es seinen strubbeligen Kopf auf einem langen dünnen Hals in die Höhe balanciert, und mich, mit einem verzweifelten Ausdruck in seinen kleinen dunklen Knopfaugen, aus dem weit geöffneten Schnabel anschreit, aus dem mir ein helles Rot entgegen leuchtet: räh, räh! Hunger, Hunger!

Kanariengold in Wasser geweicht, kleine feuchte Häppchen, das schmeckt! Dazu Mehlwürmer, die Köpfe zerdrückt, damit sie nicht beißen und nicht so lange leiden müssen, mit einer Briefmarkenpinzette, die vorne abgerundet ist, in den Schnabel gegeben und mit einem Tropfen Wasser aus einer Insulinspritze, ohne Kanüle natürlich, nachgespült. Und das alle zehn Minuten.

Kleines schalenförmiges Körbchen mit Küchenpapier ausgepolstert – sein neues Nest. Es scheint zufrieden mit mir zu sein, mein Starenkind, scheint alles zu schmecken und ist satt geworden. Kleine singende Laute wie: ich bin glücklich bei dir, so hört es sich an und die kleinen Augen, sie folgen mir, wohin ich auch geh. Bin wirklich sein Vater geworden. Ganz bestimmt!

Zehn Tage ungefähr, weilt es erst in diesem Leben. Woher ich das weiß? Besitze einen unschätzbaren Schatz. Ulf hat ihn mir mal aufgeschwatzt. Das ist schon lange her. Damals waren fünfhundert Mark viel Geld. Das brauchte Ulf dringend und meinte, daß ich die drei riesengroßen Bücher, ebenso dringend bräuchte. Er sollte Recht behalten.

Drei große schwere Bücher: „Die Vögel Mitteleuropas" von Dr. Oskar und Frau Magdalena Heinroth. Stufenweise, vom Ei bis zum fertigen Vogel, sind die Vögel abgebildet. Mit welchem Futter man sie versorgt, wie sie sich verhalten, und vieles mehr ist aus diesen Büchern zu erfahren. Und auch wie alt mein Kleiner jetzt ist, konnte mir eines dieser Bücher sagen: zehn Tage ungefähr, und, kaum zu glauben, wenn ich ihn da so gemütlich liegen seh, in sieben Tagen schon, soll er seine ersten Flugversuche machen!?

Abends, im Bett, lese ich in irgendeinem Buch noch eine kleine Stunde lang und wenn es mich sehr fesselt, was ich da lese, auch mal etwas länger.

Vom Bett aus seh ich, wie mein kleiner Freund einmal gähnt, zu mir rüber piepst, und sich tief in sein Papiernest kuschelt. Piep? Bist du noch da? Ja, mein kleiner, ich bin noch da. Die Pausen werden immer länger, und seine Stimme immer kleiner, bis er ganz entschlummert ist.

Von weither, ganz leise, weht eine Vogelstimme in meinen Schlaf und weckt mich sachte auf. Ja, mein kleiner, ich bin wieder da. Aber seine Stimme, hat sie an Kraft verloren?

Kleiner, geht es dir gut? Räh, räh! Hast du Hunger? Räh, räh! Ich hol was für dich. Räh, räh! Aber was ist das? Hat er denn keinen Hunger mehr? Warum sieht er den Mehlwurm nicht mal an, sperrt seinen Schnabel nicht auf? Kleiner, was ist mit dir? Räh, räh. Geht es dir nicht gut? Räh, räh. Die so lebendigen Äuglein verlieren ihren Glanz. Also doch innere Verletzungen vom Fall in die Blumen! Der ärmste muß schlimme Schmerzen haben! Was mach ich denn nur?!

Heiß und kalt durchschauert es mich. Langsam fallen die Augen zu. Kleiner! Mühsam öffnen sie sich wieder: räh, räh. Ganz anders seine Stimme als sein Zustand; Seinen Kopf kann er kaum noch hochhalten, sinkt immer wieder nach unten. Doch seine Stimme, nicht mehr ganz so laut, spricht klar und deutlich: ich hab ja keine Angst, du bist ja da! Der kleine Vogel glaubt an mich, glaubt fest daran daß ich ihm helfen werde … langsam sinkt der kleine Kopf, legt sich auf den Nestrand, die Augen wieder geschlossen … Kleiner! Inzwischen ist der ärmste so schwach geworden, daß er seinen Schnabel nur noch etwas auf bekommt: räh, räh, räh! Die kleine Kinderseele erzittert in seiner bittenden Stimme: hilf mir doch, bitte, bitte, bitte!

Es geht alles so schnell! Er liegt jetzt da, atmet nur noch schwach. Kleiner! Sein Schnabel öffnet sich nicht mehr … Kleiner, ich bin ja da, es ist alles gut … doch eine ganz kleine müde Stimme findet ihren Weg durch die winzigen Nasenlöcher noch zu mir: räh, es ist alles so gut …

Ganz vorsichtig nehm ich mein Vogelkind auf, mit beiden Händen, trage es vor die Tür, die Morgensonne blinzelt durch das Grün des Waldes zu uns her; mach's gut, mein liebs Kind … mit aller Wucht werfe ich meinen kleinen Freund auf eine Gehwegplatte … er hat sich auf mich verlassen können … habe ihm helfen können, nun hat er keine Schmerzen mehr.

Leblos liegt sein schlaffes Körperchen jetzt in meinen zitternden Händen, halboffen sein Schnabel, im jetzt schiefen Köpfchen, kühles … Blut … auf … mei………..!

Daß es ein Mord sein würde, fühlte ich in meinem Blut. Daß dem kleinen Vogel weiter nichts gefehlt hat, als ein bißchen Wärme, hätte ich merken müssen, als ich ihn trug, in meinen Händen. Doch Angst und Schmerz hatten mir den Verstand genommen.

Mea culpa! Mea maxima culpa! Hier paßt dieses Schuldbekenntnis wirklich mal. Mit vielen Tränen benetzt, bette ich den armseligen kleinen Körper meines Vogelkindes zwischen die Wurzeln der großen Tanne dicht an ihrem Stamm. Sie wird ihn beschützen, jetzt, in seinem anderen Leben. Sie, deren Wipfel weit über's Land schaut, in die Ferne und in den Sonnenauf- und Untergang. Sie, in deren Wipfel sein Vater all seine Liebe in die Welt gesungen hat, seine Liebe auch zu unserem Starenkind ……

Eines Tages dann, im neuen Frühling, wenn sein Vater wieder im Wipfel seiner Tanne voller Inbrunst singt, wird etwas von unserem Vogelkind unter der Rinde des mächtigen Stammes bis ganz hinauf gestiegen sein, bis dorthin wo Vater und Kind sich dann wieder berühren ……..

*   *   *

Wieder stiehlt sich eine Vogelstimme in meinen Schlaf. Von weit her. Nicht sehr laut. Viel leiser als die Rufe der Krähen und Dohlen, dennoch dringt sie viel tiefer in mich ein. Einen solchen hohen, ziehenden Laut habe ich noch nie gehört, aber seine Botschaft: S.O.S., elektrisiert mich hellwach. Wie es kommt daß ich die Botschaft des mir unbekannten Lautes dennoch verstehe? Weiß nicht, interessiert mich auch nicht, wohl aber, wer sich denn da in Not befindet!

Manuela – ruhig atmend neben mir – wohl in der Welt der Träume. Löse mich aus ihrer Wärme; Hemd, Hose, Klogs, Haustür … die mächtige Linde gleich am Hang, Kiefernstämme, Tannen, Ahorn. Wald, Morgensonnenlichtdurchglitzert. Goldgrüne Flecken auf taufeuchtem Gras, Moos, Kräuterduft – hohe Vogelstimme von irgendwo dort unten. Geh auf sie zu, an den beiden höchsten Tannen vorbei – der, nahe am Haus hinter der uralten Eibe, unter der mein Starenkind begraben liegt und der, die weitab am gegenüberliegenden Waldrand steht, in deren mächtigen Wipfel Vögel fliegen; einzeln oft – leiser Flügelschlag

– vielleicht ein „piep" (ich bin es), auch in Schwärmen schweben sie ein; Dohlen und Krähen. Palavern – schauen von dort oben weit in die Welt hinaus, und herab zu mir wie ich an dem Apfelbaum und den Kirschbäumen vorbeigeh, über die Lichtung, zwischen die beiden großen Tannen hindurch, die so fest verwurzelt sind im sandigen Boden am Westhang des Weyerberges, daß sie sich nicht mal einen ganz kleinen Schritt aufeinander zu bewegen können … und würden sich doch so gerne mal berühren – stehen immer gleich weit von einander entfernt, unter der Sonne, den Wolken, Mond und Sternen, drehen und winden ihre hochgewachsenen Leiber wenn der Sturm in sie fährt und rauschen einander zu, oder flüstern leise im einschlafeden Wind – doch von der Stelle rühren werden sie sich nie … hohe Vogelstimme von irgendwo dort unten, vom Waldrand her, wo das Kornfeld, noch im kühlen Waldesschatten, von Sonnenwärme träumt – von der Unendlichkeit über dem weiten Land, der grenzenlosen Ferne und den nahen Zweigen der Buche über dem Feldweg, aus denen der S.O.S. Ruf einer verzweifelten Vogelstimme weithin über das Kornfeld schwebt, in den Wald hinein und herab zu mir.

S.O.S.? save our souls? Unsinn! Schon gar nicht englisch. Wohl eher: Mama, Papa ich bin hier!, euer Kind!, ganz allein!, Mama, Papa!, hier!, hier bin ich doch!, ganz allein!, hier, ich, euer Kind, ganz allein!, Mama, Papa, kommt doch endlich!

Aber wer ruft denn da, zwischen Blättern verborgen, seine Not in eine Welt, aus der ihm keine Antwort kommt? Und wer kommt denn da? Mama und Papa sehn doch ganz anders aus – schnell weg!

Irgendwas kleines, sehr buntes, fliegt in den Wald davon … na ja, Schicksal eben, wird verhungern … doch … seine Stimme; hoch und spitz wie ein Zwergenpfeil kommt zurückgeflogen, sticht in mein Ohr und führt mich zu einer schlanken dünnen Birke, die alleine auf der Lichtung steht.

Ich weiß nicht was ich mach, aber ich mach es einfach: biege das dünne, schlanke Bäumchen, in dessen Wipfel ein kleines buntes, dicklich rundes Vögelchen, auf einem dünnen Ast, mal vornüber mal nach hinten schwankt, ein wenig herab. Stummelschwanz. Kurzer, gewaltig dicker Schnabel. Ein kreisrundes Auge schaut mich an; schnell weiter weg! Fliegt, flattert kraftlos abwärts und plumpst gleich da vorne schon ins Gras.

Wie lange der kleine Vogel wohl schon gehungert hat?! Es ist bestimmt höchste Zeit, daß er endlich wieder was in seinen großen Schnabel bekommt! Vorsichtig geh ich auf ihn zu. Wegfliegen kann er nun nicht mehr. Seine hellen Augen; ängstlich sehen sie mich an? Nein, ganz gewiß nicht! Hellwach, aufmerksam und neugierig, vertrauensvoll vielleicht sogar … nun doch lieber solch einen Vater als gar keinen? Einer der wenigstens mal da ist und mich sieht? Oder ist da noch ganz was anderes? Ein Wissen? Oder ein Nichtwissen?

Etwas geschieht, das ich nicht sehen, hören, riechen kann, das ich nur tief in mir fühle … es ist einfach da, etwas sehr geheimnisvolles … etwas das zaubern kann: Vertrauen – gegenseitiges Vertrauen.

Als ich meine Hände von beiden Seiten unter den kleinen Vogel lege, kuschelt er sich in die Mulde, die sie bilden und sieht mich an – was da ist?, so plötzlich wie ein Blitzschlag oder ein Atemhauch? – Auf dem Weg zum Haus wandern meine Gedanken nach London zu der kleinen Aileen – es war das gleiche geheimnisvolle „Etwas" das uns verband, das Anette und mich verzaubert hat – und war es nicht auch so mit Ronaugh in Telemark und Gunilla in München und gar mit dem, erst wenige Wochen alten schreienden Säugling, den Vater und Mutter nicht beruhign konnten, am Abend nach einer Brockdorfdemo in einer Emanzen W.G. in Bremen, dem Säugling, der sich augenblicklich beruhigte als seine Mutter ihn mir gab? Mit einmal weiß ich, daß es das gleiche geheimnisvolle „Etwas" ist, zwischen Menschenkindern und mir, und Vogelkindern und mir und dem Schwalbenkind damals, und dessen Mutter …

Doch was ich erlebt hab mit den Menschenkindern Ronaugh und Gunilla erzähl ich ein andermal, Indianerehrenwort! Oder vielleicht, doch gleich jetzt?

Einzimmerwohnung in der W.G. im Dance Center am Gärtnerplatz in München. Gunillas Mutter will zwei Stunden Training mitmachen. Für die Zeit bringt sie ihre kleine Tochter zu mir.

Ich soll anfangen. Das kleine Mädchen drückt mir ein Feuerwehrauto in die Hand und zeigt mir die Aussparung in dem Brett, in die es hineingehört. Es will aber nicht hineinpassen bis Gunilla mir hilft, es von kopfunter nach kopfüber zu drehen. Jetzt passt es.

Nun soll ich mich auf den Fußboden legen. Es folgt eine art Seiltanz, der auf meinen Füßen beginnt. Über meine Schienbeine balancieren ihre Füßchen, wackeln und rutschen. Meine Oberschenkel hoch balanciert die kleine über Bauch und Brust und setzt sich dort nieder. Wie alt sie denn eigentlich ist? Nun ja, so ungefähr … fängt gerade an zu sprechen, kann kaum mehr Schwedisch als ich. Sprachlich sind wir so auf gleicher Ebene, und sonst? Na ja, ich liege unter meiner kleinen Freundin, die klettert auf mir rum und hat auch sonst das Heft in der Hand. Ich sag´s ja; jetzt lächelt sie mich an, strahlt über´s ganze Gesicht, beugt sich zu mir herab und drückt mir einen Kuß auf den Mund.

Die Tür geht auf … Norbert, Tanz- und Schauspielschüler. Gunilla´s Kuß hat er gerade noch gesehen, jetzt schaut er in ihr strahlendes Hexengesicht, das ihn auf der Stelle verzaubert, so daß er sich augenblicklich in dieses Kindergesicht verliebt.

Armer Norbert, er weiß nicht, wie ihm geschieht, ahnt nichts von der Weltenseele, die hier sicher ihre Finger im Spiel hat. Er spürt sie wohl, erahnt einen Hauch ihrer Schönheit, die diesen Raum durchwebt, greift wie ein Blinder nach ihr – greift in´s Leere. Gunilla spürt diesen Griff, diesen begehrenden Griff, dieses sich hinein drängeln Wollen.

Schwupps liegt die kleine Hexe auf ihrem Bauch, breitet die Arme aus und ist ein Flugzeug. Ich der Motor. Am linken Oberarm und rechten Oberschenkel heb ich es auf und fliege es durch´s Zimmer. Es steuert mit dem Kopf, fliegt mit furchterregendem brummen und heulen auf Norbert zu, der völlig verunsichert zurückweicht, und nach einem Fastzusammenprall dann doch lieber geht.

Der Störenfried ist vertrieben, das Flugzeug verwandelt sich in Gunilla zurück und wir gehen viele Treppenstufen hinab in den Hof, über den Gärtnerplatz in den Selbstbedienungsladen gegenüber. Wie ein Vögelchen, das unentwegt erzählt, fühlt sie sich an, Gunillas kleine Hand, fliegt davon zu den Erdbeeren, Kirschen, Mirabellen – Kirschen, ja, und ein Eis – Brot, Milch, Käse? Meine kleine Gefährtin schüttelt den Kopf; den har wi hjäme, das haben wir doch zuhause. Ja zuhause, unser Zuhause, da leben wir doch zusammen, schon immer.

Vor uns zwei Einkaufswagen. Der Mann an der Kasse hat Gunilla entdeckt. Lächelt sie an. Das Lächeln fliegt zu ihm zurück und ein paar Wörter dazu. Hin und her, Blicke, Wörter, Gesten, Zeichen – ich glaube jetzt zaubert sie wieder!

Blauer Himmel über München. 12:30. Liege am Ufer der Isar im Gras, schau in´s tiefe Wasser hinab zu den Forellen. Ob sie mich gesucht hat? Ein Abschiedskuß auf ihren Lippen? Abschied von Gunilla? Undenkbar. Geht einfach nicht. Ist auch so schon schwer genug. Eben wird sie ins Flugzeug gestiegen sein und bald abfliegen. Zurück nach Stockholm. Ich bleibe noch bei den Forellen. Es ist besser so. Die waren schon da als wir noch im Teich auf den Storch gewartet haben. Und sie werden noch da sein, wenn wir wieder im Teich sind. Die Weltenseelengöttin wird dafür Sorge tragen, und wenn sie die ganze Menschheit ausrotten muß. Von ganz wenigen Menschen abgesehen: den Nachkommen der Elfe, der Fee, und der Nixe natürlich auch. Der vom Dingle Bay.

Nachmittag. Wieder im Selbstbedienungsladen. Der Mann an der Kasse sieht mich fragend an; wo haben sie denn ihre kleine Freundin gelassen?

Die ist nach Hause, nach Stockholm.

Nach Hause? Schade! Ein solches Kind hab ich noch nie erlebt, wir haben uns so gut verstanden. Hat sie denn aber nicht Schwedisch gesprochen? – Doch. Und gezaubert hat sie auch. –

Jessica, Gunillas Tante: du hast ja was angerichtet! Wir haben Gunilla mit Mühe und Not gerade noch in´s Flugzeug rein bekommen; sie wollte auf biegen und brechen nicht ohne dich einsteigen.

*

Völlig entspannt liegt der kleine Vogel in meinen Händen, wie ich mit ihm auf das Haus zugehe. Ronaugh? Ja, auch so ein kleines Vögelchen, irgendwie, aber nicht aus heiterem Himmel …

Seljord in Telemark. Bei Freunden sind wir uns vergangenes Jahr begegnet und sehen uns nun wieder. Sommerferien in Norwegen. Die Schulgebäude beherbergen Bilder- und Kunsthandwerksausstellungen. Unter freiem Himmel wetteifern Geigen und Volkstanzbeine um den Beifall des Publikums und … nachher wird ein Openairtheater am Fuße des Steilhangs hinter der Schule seine Vorstellung beginnen. Und Ronaugh möchte mich zu alledem ausführen.

Stolz und glücklich, wie eine junge Dame auf ihrem ersten Date, sitzt sie neben mir im Wagen und weist mir den Weg von ihrem einsam am Berg gelegenen Zuhause in den am Bergsee gelegenen Ort bis auf den Parkplatz der Schule.

Und nun muß alles sehr schnell gehen: Tür auf, aussteigen; komm schnell!, ich muß Pipi! Also: Rock hoch, Höschen runter bis zu den Knien und abhalten über dem Kantstein vom Parkplatz neben der Schule und, während ein wisperndes Geräusch allmählich verebbt, weist sie auf eine einsam am Kantstein blühende Glockenblume.

Höschen hoch, das kann sie dann schon alleine, geht auf die Blume zu, verharrt andächtig, pflückt sie vorsichtig und schenkt sie mir mit einem glücklichen Lächeln.

Nun führt sie mich in die Ausstellung alter Meister, in der uns die Augen, meist alter Männer und Frauen aus schweren alten Rahmen heraus beobachten, und erklärt mir: das da ist mein Opa, der dort auch, und der, und das ist Oma und so weiter. Großeltern hat meine kleine Lehrerin also reichlich. Das Kunsthandwerk interessiert sie weiter nicht, außer: eine handgewebte Decke hat sie entdeckt und geht auf Zehenspitzen darauf zu, so als ob sie vor hat ein großes Geheimnis zu lüften.

Auf taubenblauem Grund liegen verschieden große grüne, gelbe, braune Rechtecke, und eines das tiefrot und am größten ist. Sie sind durch schmale farbige Linien miteinander verbunden.

Meine kleine Freundin betrachtet das Tuch, winkt mich zu sich heran, berührt eine der Linien mit ihrem Zeigefinger, fährt auf ihr von einem Rechteck zum anderen, bis ihr Finger an der tiefroten Fläche ankommt. Die streichelt sie zärtlich mit ihren Händen und mit eben diesen Händen ihr Gesicht.

Darauf fordert sie mich auf, ihr das nachzutun. Nachdem ich mit meinen Händen die rote Fläche gestreichelt habe, und nun mit ihnen mein Gesicht berühre, lacht und tanzt sie außer sich vor Glück.

Inzwischen haben sich die ersten Theaterzuschauer auf dem Hang über der Bühne niedergelassen. Meine Freundin führt mich an der Hand den Hang weit hinauf. Dort hin von wo wir auf Schauspieler und Zuschauer hinabschauen, und ganz für uns alleine sind.

Das Theaterspiel, irgendwas über die Geschichte des Ortes, beginnt. Ronaugh scheint es nicht zu interessieren. Ich komme gleich wieder, sagt sie, und klettert weiter, irgendwohin. Bald ist meine kleine Freundin zurück, hockt sich neben mich und zeigt mir ihre Beute: eine kleine Hand ganz voll Blaubeeren. Den er din, meint sie und reicht mir die größte der Beeren, steckt eine kleinere in ihren Mund, gibt mir die größere und so fort bis alle Beeren verzehrt sind.

Wieder will sie gleich wiederkommen. Diesmal sind es Walderdbeeren, die sie gefunden hat. Wieder die kleine Hand ganz voll. In der anderen hält sie einen Strauß Kleeblätter. Seltsam. Keine Blüten, einfach nur Blätter. Sorgsam bettet mein kleiner Engel die Erdbeeren in eine Moosmulde, legt den Kleeblätterstraus dazu, wählt ein Kleeblatt, nimmt die roteste Erdbeere, wickelt sie in das Blatt, legt das ganze in meinen, vor Staunen geöffneten Mund und droht mir lachend mit dem Zeigefinger: alles aufessen! Die letzten Kleeblätter essen wir ohne Erdbeeren, mit Stengel, schmeckt nicht ganz so gut.

Am Tisch, den Ronaughs Mutter Anne Brit zum Abendessen deckt. Meine Freundin steht hinter mir und kämmt ihre Finger ganz vorsichtig durch meine langen Haare. Ronaughs Vater Knut, und Anne Brit, haben sich nun auch gesetzt und warten darauf daß Ronaugh sich endlich zu uns setzt. Das hat sie auch vor, kommt aber erst auf meine rechte Seite, gibt mir einen langen zarten Kuß auf die Wange, geht um mich herum zu meiner linken, noch ein solcher Kuß und setzt sich vergnügt zu uns an den Tisch.

Ob Knut eifersüchtig zu uns hergeschaut hat, verrate ich nicht. Und Anne Brit? Es ist schon eine Weile her. Ronaugh und ihr Bruder Tobias waren wohl noch im Weltenseelenmeer. Damals waren es Anne Brit und ich, die ineinander verliebt waren – und ich weiß, daß Anne Brit ihre Tochter jetzt sehr gut versteht.

Endlich sind wir, der kleine Vogel und ich, bei der inzwischen halbwachen Manuela angekommen. Auch sie hat einen solchen Vogel noch nie gesehen. Der Kosmos Vogelführer muß her; blätter, blätter, blätter, blä t   t   a ... da ist ja der dicke Schnabel, auf Seite 279 ! Ungerührt liegt er in meiner Hand, der endlich identifizierte Vogel, und sieht mich mit beiden Augen an.

Bilde ich mir das nur ein oder … das eine Auge erinnert mich an Gunilla, das andere an Ronaugh und beide zusammen an die Weltenseele … ob der kleine Vogel denn weiß wer er ist? Im Kosmos Vogelführer wird er unter dem Namen „Kernbeißer" geführt doch das interessiert ihn nicht, der kleine Kerl hat Hunger.

Er muß wohl ein Körnerfresser sein, bei dem Schnabel! Also schnell in den Bioladen. Sonnenblumenkerne, Haselnüsse, Cashewkerne und Haferflocken, alles zerdrückt und in den fordernd aufgesperrten Schnabel. Mit etwas Wasser nachgespült. Anfangs geht es ganz gut, doch bald läßt der Hunger nach. Dann bleibt der Schnabel zu. Der kleine Kerl wird immer schwächer, hat so gar keine Lust mehr, hockt nur noch da und schaut mit müden Augen teilnahmslos vor sich hin. Verdammt!, er wird sterben!, was mach ich nur?! Natürlich! Rufe im Vogelpark Walsrode an und erfahre: alle jungen Finkenvögel werden ausschließlich mit Insekten ernährt – wer hätte das gedacht?!, ich nicht. Nun aber schnell! Raus auf die Lichtung. Fliegenklatsche. Falter, kleine Schmetterlinge, gelbe, weiße – Flügel ab – tut richtig weh!, und schmeckt!

Kaum eine Stunde ist vergangen. In die Vogelaugen ist das Leben zurückgekehrt. Der ganze kleine Kerl beginnt wieder zu leben. Unter einem Holz hab ich auch noch Ameisenpuppen entdeckt. Dafür läßt der Leckerschnabel alles andere liegen, und die pickt er sogar schon selber auf! Doch … Manuela sitzt am Kopfende der Liege neben unserem Freund und der kleinen Schale mit den Ameisenpuppen, die er emsig aufpickt, doch … als er meine näherkommenden Schritte hört läßt die leckeren Puppen Puppen sein, und eilt zum Fußende der Liege mir entgegen um mich flügelschlagend zu begrüßen.

Einen Tag nur ist es her, daß ich meinen kleinen Freund aus dem Gras in meine Hände nahm. Die Ameisenpuppen schmecken. Ich laß ihn futtern, so viel er mag. Er wird schon wissen, was er vertragen kann. Doch er legt sich hin und stirbt …

Nervös wackeln und schaukeln Blumenblüten an genau der Stelle an der ich vor einem Jahr das kleine Starenkind gefunden hatte. Mea culpa. Ihr wißt ja noch! Und tatsächlich versucht ein noch kleineres, ganz nacktes, Starenkind an den Blütenstängeln vorbei irgendwohin zu krabbeln und landet natürlich in meiner warmen Hand.

Ganz nackt ist es, von ein paar Fusselhärchen, die vor allem seinen kleinen Kopf zieren, abgesehen. Fusseline also braucht viel Wärme, das weiß ich ja nun, aber wie, woher? Wärmflasche? Wärmflasche!

Jo ruft mich an, soll schnell kommen, Vogelkind in Not … auch ein Starenkind, nackt wie Fusseline, wie sie, vier, fünf Tage alt, rührt sich kaum noch …ausgekühlt. Schnell unter´s Hemd auf den Bauch und nach Haus. Neben Fusseline ist noch Platz für Joie in der Wärmflaschenwärme. Die holt ihn bald ins Leben zurück.

Schnell verwandle ich ein kleines Körbchen in ein mit reichlich weichem Toilettenpapier ausgepolstertes Nest in dem sich Joie und Fusseline nun zufrieden aneinander kuscheln. Richtig gelesen! Zufrieden! Warm, satt und zufrieden, das sagen mir ihre leisen Stimmen, nicht das laute Räähgeschrei beim Füttern. Leise singend erzählen sie mir wie glücklich sie sind. Ja, ich versteh die Vogelsprache wieder, wie damals als ich noch ein Kind war.

Es ist ja sooo viel geschehen! Erstmal hat Mecki die Nebelkrähe meinen Verstand und meinen Instinkt aus dem Dreck unter dem Fußabtreter des Gymnasiums in Vegesack herausgeholt, und mir wiedergegeben. Die „Kleine", die Singdrossel, hat dann den Rest Dreck, der meinem Bewußtsein immer noch anhaftete, abgeputzt. Ja, die Nebelkrähe hat schon als „teenager", sozusagen, meine Unzulänglichkeit, die mich als Mensch auszeichnete und auswies, erkannt, behandelt, und teilweise auch geheilt.
Ein paar Jahre zuvor sah alles noch ganz anders aus: Die beiden Stare damals, die nicht mal einen Namen hatten, haben´s gar nicht erst versucht mich zu erziehen. Wie denn auch, so schwach und klein sie im Vergleich mit Mecki waren, und ihre Schnäbel, mit Meckies Schnabel verglichen. Und Mecki bestand auf Strafe, mit dem Schnabel vollzogen, auch für das kleinste Vergehen. Und das tat weh!, und das verstand ich, und das merkte ich mir!

Die beiden Stare damals haben ja dennoch so viel gemacht und ich hab es nicht gemerkt. Ist auch kein Wunder, wo mein Bewußtsein zu der Zeit ja noch unter dem Rost im Dreck begraben lag, meine gehörgeschädigte Seele taub für ihre Sprache, blind für ihre Seelen. Ich habe sie nicht für voll-, drum auch nicht wahrgenommen, hab nur getan, was ich für meine Pflicht hielt, und das aber auch ganz!
So durften sie alles was sie wollten, denn es waren ja immerhin meine Kinder, auch wenn sie kein Bewußtsein und auch keine Seele hatten. Sie durften einfach alles; überall hinmachen, auf mir rumklettern, schlafen wo sie wollten. So schlief der eine auf meinem linken Auge, der andere, auch links, an meinen Hals geschmiegt. Erst traute ich mich nicht einzuschlafen, aus Angst ihre kleinen Körper unter mir zu begraben, wenn ich mich im Schlaf herumwälzte, wie das wohl jeder tut ohne es zu merken. Als ich dann doch langsam wegdämmerte gab ich mir schnell noch den Befehl kein Glied mehr zu rühren, die ganze Nacht. Er kam an, der Befehl, zum Glück! Aber so konnte das ja nicht ewig weitergehn, und wo die beiden Vögel inzwischen schon munter in Garten und Wald umherflogen, und auch Eßbares wie Schnaken, Raupen, Käfer fanden und verspeisten, konnten sie ja eigentlich auch schon im Freien übernachten.

Lettow Vorbeck, General in Kamerun, damals. Verdammt! Wie der jetzt wohl aussieht? Auch so wie Napoleon? Ich weiß es nicht. Vielleicht gibt es Würmer die es wissen. Doch ich, was weiß ich von dem, was damals in Kamerun geschah? Damals als ich noch ganz sorglos herumschwamm, im Teich, und auf den Storch wartete, der ewig nicht kam … und Lettow Vorbeck; General in Afrika, Albert Schweizer; Arzt in Afrika, Albert Einstein; Mathematiker in Irgendwo, wer von ihnen hat denn nun Recht?! Vielleicht ja alle drei, doch einer wird mehr gewußt haben als die anderen beiden zusammen … na? … richtig! war doch auch leicht!

Und nun? Ach ja, draußen übernachten sollten die beiden Starenkinder endlich! Doch wie soll das gehen? Tagsüber sind sie ja im Garten und Wald unterwegs, holen sich zwischendurch mal Mehlwürmer von mir und fliegen zurück in ihre grüne Welt. Gegen Abend jedoch warten sie draußen vor der Tür und wollen rein, den Abend mit mir zu verbringen, und die Nacht dann wieder auf meinem Auge und an meinem Hals.
Diesmal aber laß ich sie nicht rein und bleibe draußen bei ihnen. Sie fliegen mir auf die Schulter – legen sich da schon mal gemütlich nebeneinander nieder. So geht das aber nicht!, sag ich, ohne zu bedenken daß sie mich ja gar nicht verstehen, schiebe meine Hand unter ihre Brust, setze die mich kopfschüttelnd und verständnislos anschauenden Vögel auf einen Ast im Apfelbaum und eile, ihre Verwirrung ausnutzend, zur Haustür, die ich schnell hinter mir schließe. Geschafft!
Nun eile ich durch den langen Flur auf das Wohnarbeitsschlafzimmer zu, um von dort, durch ein Fenster, meine alleingelassenen Kinder zu beobachten, öffne die Zimmertür und … werde von meinen Starenkindern freudig begrüßt. Oben, ganz oben im Fenster fehlt eine kleine Scheibe, nicht mal so groß wie diese Papierseite die meine Worte trägt.
Da sind sie nun. Na klar. Wunderbar. Dabei hab ich die kleine Scheibe doch nur für das Schwalbenpaar zertrümmert, das sich über meiner Schlafstatt, hoch oben in der Ecke, sein Zuhause eingerichtet hat, daß sie da rein- und rausfliegen können, Herr und Frau Schwalbe und später auch die vielen Kinder aus dem Nest da oben.
Eben erst aus Afrika zurückgekehrt, nachdem auch der Sommer seine Wiederkehr angekündigt hat, schmettert der verliebte, vorerst nur glücklich verlobte Schwalbenjüngling seine ohrenbetäubenden Liebesarien in den Raum, daß sich Spinnen, Kellerasseln und alle kleinen Tierchen erschrocken verkriechen. Nach Beendigung der Nestbauarbeiten folgt die Heirat. Eier finden sich ein im Nest. Die werdende Mama wärmt und wendet die geheimnisvollen kleinen Gebilde geduldig und liebevoll (sie schaut sie so lieb und zärtlich an). Der werdende Papa musiziert von früh bis spät. Nicht mehr ganz so laut, verheiratet ist er ja nun.

Und wo schläft er denn wohl? Die Nestordnung befolgend auf dem Nestrand bei seiner Angebeteten (seine Gebete waren ja wirklich nicht zu überhören).

Eines Tages dann, die werdende Mama hat doch wohl nicht einen grauen Bart bekommen?!, einen Backenbart an beiden Seiten des Schnabels? Jetzt seh ich`s deutlich ... Eierschale ist´s! Mit ihr fliegt sie durch die kleine Fensteröffnung nach draußen. Möglichst weit weg vom Nest läßt sie die verräterische Eierschale fallen, kommt mit dem Schnabel voller winziger Insekten zurück, die sie dem Erstgeschlüpften in den Schnabel gibt, um sie später, als „im Klarsicht-beutel mit Tragehenkel verpackten Kotballen", wieder entgegenzunehmen und eben-falls hinauß zu bringen.

Nach drei Wochen, in denen nie ein Kotballen im Zimmer gelandet ist, sind die fünf Schwalbenkinder flügge geworden, und fliegen nun im Zimmer umher und hinaus und herein durch das weit geöffnete Fenster.

So ist das Schwalbenpaar anfangs auch nur durch das weit geöffnete Fenster rein- und rausgeflogen, bis ich die kleine Scheibe oben entfernt hatte, und als die Schwalben im Zimmer waren, das Fenster schloß. Was nun? Die große Öffnung war geschlossen, die kleine kannten die Schwalben noch nicht.

Unverdrossen suchten sie, dicht hinter dem Glas umherfliegend, nach einem Ausweg. Dabei erreichten sie auch die glasfreie Stelle. Irgendwer muß mal wieder die Fenster geputzt haben. So konnten die Schwalben zwischen Glas und kein Glas nicht unterscheiden aber ... die eine, ich glaube es ist Frau Schwalbe, interessiert sich jetzt für die glaslose Stelle, hält sich mit leichtem Flügelschlag hinter ihr in der Schwebe ... witt!, witt!, ahnt sie was?, kein Echo ihres Rufs, die Laute von draußen sind hier deutlicher zu hören, jetzt, ein Lufthauch weht herein, trägt sie ganz etwas zurück in den Raum, vorsichtig, ganz vorsichtig lufttastet sie sich näher, näher, noch ein kleines, kleines ... schwebt hindurch, steigt in den Himmel auf; witt!, witt!, witt!

Wer will nun dringend hinterher?, ihrem Ruf schnell folgen?, wer weiß was da so alles in der Luft ist!, auch Schwalbenmänner! Stubst seinen Schnabel gegen die Scheibe, schimpft, verstehe, schnell beide Fensterflügel auf, Sichelflügel teilen die Luft, tragen ihn eilend Himmelwärts –

Nachdem Frau Schwalbe ihrem Gatten das neu entstandene Flugloch gezeigt hat gewöhnen sich die beiden Vögel schnell daran dort oben ein- und auszufliegen.

Manchmal wird mir angst und bange wenn ich sehe wie die Vögel, übereck und mit leicht angezogenen Schwingen, um nicht gegen den Fensterrahmen zu stoßen, plötzlich aus heiterem Himmel erscheinen und blitzartig durch ihr kleines Tor zur Welt hereingeschossen kommen.

Mag nicht daran denken was passieren würde wenn sich die Vögel in dem kleinen Rahmen, in dem sie sich ja nicht ausweichen können, begegnen würden.

Bei einer Fluggeschwindigkeit von 40 Kmh, also 1000 Meter in 1,5 Minuten = 1000 Meter in 90 Sekunden beträgt die in einer Sekunde zurückgelegte Strecke 1000/90 = 11,111 Meter. Der vom Nest auf das Flugloch zufliegende Vogel wird nur ca 80 Zentimeter des Flugweges eines Sturzfluges einsehen können. Der aus dem Himmel herab fliegende Vogel sieht, wegen der Spiegelung der Fensterscheiben, den von innen auf das Flugloch zufliegenden Vogel nicht. Der alleine hat nun 11,111/0,8 Meter = 1/13,75 Sek. also den dreizehnkommafünfundsiebzigsten Teil einer Sekunde Zeit sich zu überlegen wie er den unvermeidlichen Frontalzusammenprall vermeiden will und dann ... man soll den Teufel nicht an die Wand malen: 20 Kmh + 40 Kmh = 60 Kmh und dann ... so wahr ich hier sitze und es immer noch nicht glauben kann jagt der fleißige Insektenjäger, liebende Gatte und Papa mit gefülltem Schnabel in seiner ganzen Schwalbenschönheit kopfüber aus grenzenloser Himmelsweite herab. Pfeilschnell ... ich mag gar nicht weiterdenken ... daß es dann vielleicht doch nicht passiert!, auf das Flugloch zu, und seine geliebte, wunderschöne, noch ganz lebendige Gattin, ganz so schnell nicht wie er, aber genau bemessen für die Katastrophe (wenn beide Eltern tot sind, mag es für sie vielleicht ja nur sowas wie eine gewesene Katastrophe gewesen sein, anders für deren hinterbliebene Kinder natürlich, weil die ja noch weiterleben wollen, mit ihren Eltern, wenn möglich!) und jetzt ... Papa Schwalbe und Mama Schwalbe im Flugloch und schneller als das Schicksal sind sie an einander vorbeigeschossen. Sie, auf in den Himmel, er, mit einer leckeren Mahlzeit im Schnabel zu den ewig hungrigen Kindern.

Na ja, das Schicksal meint es eben gut mit uns allen. Da kann man nichts machen. Auch mit hochkomplizierten Berechnungen nicht, wie damals ja auch, als wir noch Kolonialwarenläden mit Bananen hatten (heute sind die ja überall zu haben, auch in Bioläden sogar), alles vor dem Krieg, vor welchem ist jetzt wohl egal, als Deutschland nur Kolonialmacht, noch nicht Weltmeister war, im Fußball (nicht im Fußball drinnen, sagt man nur so und meint: mit Hilfe eines bestimmten Fußballs, wenngleich der kein bisschen geholfen hat, wegen dem Unparteiischen, der das ja gleich gemerkt und das Spiel sofort abgebrochen hätte. Also mit Hilfe eben auch nicht aber mittels, ja, mittels, endlich!, so muß es heißen, der Fußbll als Mittel zum Zweck, dem Sieg!), wohl aber in Deutsch waren wir immer schon Weltmeister. Deutschland, das Zauberwort; Deutschland sind wir. Meine Vorfahren also und ich, wir alle zusammen. Deutschland und meine Vorfahren hatte(n), verdammt nochmal, Kolonien! Eine wenigstens: Kamerun. Deutschland, wir also, wenn wir dann schon da waren, oder hier oder dort, war(en) eine Kolonialmacht. Später wurde Deutschland, und mit ihm natürlich wir, Fußballweltmeister. Darauf hatte Deutschland, und mit ihm natürlich auch wir, nicht nur unter Weltruhm sondern dazu noch unter erheblichem Muskelkater zu leiden. Locker schaffen wir es auch noch Papst zu werden. Wir, Deutschland.

Und schafft es Deutschland vielleicht noch ganz nach oben?, bis hinauf zu Gott? Ja warum denn eigentlich nicht?! Und wenn das Schicksal es will, sind die präzisesten Berechnungen doch nur Schall und Rauch. So ist das Schicksal eben; unberechenbar! So wie auch das der Schwalben. Aber erst im nächsten Jahr. Vorerst, ist alles noch gut.

Hin und her, kreuz und quer segeln Mama und Papa Schwalbe unter dem Himmel dahin, pflücken ,schnappen, klappen kleine Tierchen aus warm wirbelnder Luft, mit denen sie ihre irgendwo sitzenden bettelnden Kinder versorgen, in deren Schnäbel, wenn sie denn tatsächlich mal ein wenig umherfliegen, sich auch schon mal das eine oder andere fliegende Insekt verirrt. Zum Abend hin, trudeln die Kleinen dann durch das weit geöffnete Fenster wieder ein und kuscheln sich aneinander in ihr Nest.

Schwalben sind ja so anders als Meisen, die ja auch etwas wie Menschen sein sollen. Beide fangen mit M an. Das ist doch schon mal was! Doch ist da noch viel mehr; die Meisenfrauen jedenfalls, heißt es, gehen ab und zu auch schon mal fremd. Wie Menschen ja auch. Undenkbar jedoch für eine Schwalbe. Schwalben sind da eher wie die Raben. Bedingungslos treu stehen sie zu ihren Partnern.

Habe sie gesehen, auf dem Asphalt der Landstraßen, plattgefahren, die Schwalben. Fast immer zwei. Ganz nah beieinander lagen sie. Warum immer zwei?! Begriff endlich, als ich sie sah, die Schwalbe die versuchte ihrem toten Gefährten aufzuhelfen, bis das entgegenkommende Auto nicht anhielt, sie einfach überfuhr. Da lagen sie nun. Nah beieinander. In ihrem Tod.

Doch manchmal weiß ich auch nicht gleich, was ich glauben soll. Wissenschaftler, na ja, wollen diese Form der Flexibilität der Meisenfrauen durch Gentests an ihren Eiern herausgefunden haben.

Und ich weiß wirklich nicht, ob man kleinen Eierdieben überhaupt was glauben kann! Ist so wie so schon verdächtig, daß solche kleinen Wissenszwerge immer wieder in den Intimsphären der Vögel herumschnüffeln müssen – sollen sich mal lieber um ihren eigenen Schniddelwitz bekümmern!

Ich, jedenfalls, hab da ganz anderes erlebt: die Treue einer Blaumeisenfrau bis in den Tod. Völlig entkräftet lag sie neben ihrem Toten Gefährten am Straßenrand. Autos brausten nah an ihnen vorbei. Es kümmerte sie nicht. Ihr Gefährte begann nach Verwesung zu riechen. Es kümmerte sie nicht. Mehrere Tage hatte sie treue Totenwache gehalten, ohne Speise ohne Trank und war dem eigenen Tod schon nahe. Es kümmerte sie nicht. Menschen, die sie fanden, brachten sie zu mir. Sie sah mich traurig und müde an. Nichts mehr wollte sie essen oder trinken. Sie starb in meiner Hand.

Im nächsten Jahr ist es, daß die kleine Schwalbenfrau im Nest über meinem Bett wieder auf ihren Eiern liegt, als es passiert, das Schicksal, und ich nicht weiß was es ist. Die Ärmste da oben, auf ihren Eiern, wird wohl wissen warum ihr Mann nicht wiederkehrt, von seinem letzten Ausflug.

Vögel, bin ich mir inzwischen ganz sicher, können Gedanken lesen, auch über weite Entfernungen. Und ganz besonders die ihrer Gefährten und Kinder. Die kleine werdende Schwalbenmama wird wissen welches Schicksal ihren Geliebten ereilte, und daß ihn seine Schwingen nie mehr zu ihr tragen werden.

Trauer liegt schwer auf ihrem Herzen, aber auch Sorge um das Leben das sich schon unter den Schalen der vier Eier zu regen beginnt.

Ja, sich sorgen um das Wohl ihrer Kinder, bis zur Verzweiflung, wenn die Nahrung ausbleibt und das Gespenst Hunger Vater, Mutter und die Kinder umschleicht. So ist es bei den Schwalben. So war es auch bei einer Schwalbenfamilie in der Nachbarschaft: als nur noch wenige Insekten die Luft bevölkerten haben Schwalbeneltern in ihrer Not große Libellen gefangen, und sie ihren Kindern gebracht die sie nie und nimmer schlucken konnten, und verhungert sind … Hunger … Sorge … Wahnsinn …

Und meine Schwalbenwitwe dort oben, die sich vor Kummer und Sorgen abends in den Schlaf weint … ach so, weil du sie nicht weinen hörst und auch nicht siehst … dieser verdammte Kartoffelsack!, nun auch über die kleine Schwalbenfrau gestülpt … ach ja?, also doch nicht ganz, nur so halb?, dann schmeiß ihn doch einfach weg und schau ihr endlich einmal in die Augen … aah! – na siehst du! Und den gleichen Rat hätte ich damals, als all das geschah, auch noch sehr nötig gehabt.

Doch war da niemand der ihn mir hätte geben können, und so sind die Gefühle der Schwalben auch an mir vorbeigegangen. Damals. Und nun, unter Pastorentöchtern, so leise, daß es sonst niemand hört: dabei hab ich mich damals ja tatsächlich für allwissend gehalten! Erst aus späterer Sicht kann ich nun, im Nachhinein, etwas von ihrer Seelenlage schildern.

Die Begegnung mit der wunderbaren Blaumeise ist dagegen authentisch, hat sich allerdings auch erst nach Meckies Erziehungsmaßnahmen ereignet. Die beiden Stare und die Schwalbenfamilie erlebte ich also noch ohne zu begreifen was wirklich geschah, ohne zu merken wie doof ich doch war, dumm würde Einstein gesagt haben, und er hatte gewiß recht, als er sagte: „Zwei Dinge sind unendlich, das Universum und die menschliche Dummheit, aber bei dem Universum bin ich mir noch nicht ganz sicher." Er hat schon recht, und damals war auch mein Dummsein grenzenlos. Doch mit Mecki, der Nebelkrähe, konnte Einstein damals noch nicht rechnen. Die Nornen schon. Und das Schicksal auch. Doch die durften ja nichts verraten. Auch dem Genius Einstein nicht.

Es ist ein Elend! Ich kann mich doch nicht da oben auf die Kleinen setzen, auch nicht eine Wärmflasche über sie legen, wenn die Mutter sie frieren läßt, weil sie nicht gleichzeitig auf Insektenjagd fliegen und ihre Kinder wärmen kann! Was würde sie sagen wenn sie heimkäme und, statt ihrer Kinder, eine Wärmflasche im Nest läge?!, schimpfen würde sie, entsetzt schreien und aus der Haut fahren, und dabei vor schreck alle Federn verlieren und so nackt sein wie ihre Kinder. Nein, das alles geht nicht! Aber was denn dann?

Die Lösung dieses Rätsels kommt endlich, nachdem die Kleinen ein paar Tage gehungert und gefroren haben, in Gestalt eines jungen Schwalbenmannes hereingeflogen.

Wo die Trauer, wo die Treue? Natürlich im Herzen der Schwalbenmutter. Nach wie vor. Für die interessiert sich der junge Mann auch gar nicht. Ist ihr nur mal so`n bisschen nachgeflogen. Reine Neugier. Kein besonderes Interesse. Hatte gerade sonst nichts vor. Mal nachschauen wo die hinfliegt. Die, mit Trauer und Not in den Augen.

Kommt herein gesegelt. Wundert sich. Was ist denn das? Schwebt über eine große Bettdecke, von der zwei kohlköpfige Tiere mit großen dümmlichen Augen zu ihm aufschauen. (Das eine bin ich, das andere verrat ich nicht) Nun hört er sie, landet auf einem Brett über den Kohlkopftieren und schaut auf zur Schwalbenmutter auf dem Nestrand, die ihren leise, sehr leise fiependen Kindern spärliche Speise in die Schnäbel gibt. Vier hungrige Schnäbel. Anderthalb Mücken für jeden. Diese Mutter muß eine Zauberin sein! Verhungern oder erfrieren? Sie kämpft um vier kleine Leben, fliegt gleich wieder hinaus auf Insektenjagd, braucht nicht erst auf Kotballen zu warten, bei der mageren Kost.

Was in dem jungen Schwalbenmann, der das alles aufmerksam verfolgt, jetzt wohl vor sich geht? Was er empfindet, was er denkt? Wir werden es nie erfahren. Wohl aber was er tun wird.

Der Schwalbenmutter hat er nachgeschaut. Jetzt dreht er seinen Kopf um 45° nach links, kratzt sich mit der linken Kralle des rechten Fußes an seinem Hinterkopf, sieben mal ganz schnell hintereinander, insgesamt eine knappe Sekunde lang, und fliegt aus dem Fenster in´s Freie. Was er dort macht weiß ich natürlich nicht, wohl aber was er eben tat.

Wie ein Mensch auch, der nach einer Antwort auf eine schwierige Frage sucht, hat sich der kleine Kerl am Kopf gekratzt. WAS NUN?, war seine schwerwiegende Frage. Erstaunlich lang die Antwort die er sich gegeben hat!, fast eine ganze Sekunde hat er nachgedacht. Das ist sehr viel, wenn man bedenkt daß Vögel tausendmal schneller denken als Menschen. Wer mal ein Vogel war, weiß das ja.

Eine Vogelsekunde sind also 1000 Menschensekunden, 1000/60 = 16,666 Menschenminuten. Diese knappe Vogelsekunde dürfte also ungefähr einer Viertelstunde Nachdenken beim Menschen entsprechen. Der Vogel hat lange über WAS NUN? nachgedacht, sich seine Entscheidung also reiflich überlegt. Sicherlich weiß er nun, was er zu tun gedenkt. Die Schwalbenmutter, ihre Kinder und ich werden es in den nächsten Wochen so nach und nach erfahren. Der jetzt wohl neugierig gewordene Leser schon gleich, aus den nächsten Zeilen. Beneidenswert? Bedauernswert? Wer weiß!

Schwalbenmutter ist bald zurück – auf dem Nestrand gelandet. Der junge Mann landet, gleich darauf, ihr gegenüber. Um ihre Schnäbel kribbeln verzweifelte Insektenbeinchen. Die wollen da endlich wieder raus! Vier Augenpaare sind auf sie gerichtet, vier Schnäbel schreien ihren Hunger in die Welt.

Endlich sind die Schwalbenkinder mal satt geworden. Der Schwalbenjüngling wartet nicht, bis die Mama sich über ihren leicht unterkühlten Kindern zurechtgehudert hat, nimmt einen nun erscheinenden Kotballen von dem dargebotenen Hinterteil auf, und saust mit ihm davon.

Das alles hat er eben zum ersten Mal in seinem jungen Leben gemacht.

Trieb?, Automatik?, Genbefehl?, was anderes fällt den "Wissenden" dazu wohl nicht ein?! ...

Dummheit?, dürftiges Bewußtsein?, ein mix aus beidem?, tragisch für die Welt, bis hin zu den Sternen –

Irgendwas IST da oben um die Schwalbenfamilie, etwas heiliges, die Weltenseele?, und ganz bestimmt kein Weltenseelenfurz!

Immer geheimnisvoller und unmenschlicher wird das Verhalten des neuen Papa. Er scheint völlig vernarrt in die Kinder, welche mit Menschenmaß gemessen, gar nicht die seinen sind. Er liebt sie einfach bedingungslos. Er liebt SEINE Kinder auch wenn er nichts davon hat, außer Insektenjagd, Kotballen und viel Kindergeschrei.

Zwei Welten sind´s mal wieder, die sich hier gegenüber stehen: die, dieser Schwalben, und die, jener Löwen.
Ist unser Schwalbenersatzpapa vielleicht dumm, daß er keine Ahnung von Genen hat?

Die Löwen jedenfalls, sind es nicht, wissen genau bescheid, auch über den Wert ihrer Gene. Die haben nämlich, laut Wissenschaft, nichts anderes im Sinn als ihre wertvollen Gene möglichst komfortabel unterzubringen, und, die mit fremden Genen verseuchten Kinder ihrer Vorgänger, tunlichst totzubeißen –

Hat ihr erster Mann, wenn die Mama sich zur Nacht über die Kinder legte, mit einem Schlafplatz auf dem Nestrand vorlieb nehmen müssen, später dann auf einem Ast neben dem Nest, wenn die Mama seinen Platz besetzte, hat der Neue die Rollen vertauscht, und Mamas Teil übernommen … ein erstaunliches Verhalten, aber es kommt ja noch schöner!

Das Bild habe ich vor Augen, als würde es alles grad geschehen. Seit acht Tagen ungefähr, fliegen die Schwalbenkinder umher. Mal drinnen, mal draußen. Sitzen zu zweit, dritt, oder alle zusammen auf einem Ast im Kirsch- oder Apfelbaum. Dann wieder, wenn es tüchtig regnet, dicht gedrängt in ihrem geliebten Nest.

Es regnet. Die Kleinen drängeln sich im Nest. Papa will auch nicht naß werden, ist zu seinen Kindern. Mama Schwalbe befindet sich etwas abseits, im wahrsten Sinne des Wortes, wie auch im übertragenen Sinn, auf ihrem Ast.
Jetzt fliegt sie auf den Nestrand, neben Papa Schwalbe, und schimpft mit ihren Kindern. Sie sollen raus aus dem Nest! Was die wohl hat?! Der Papa schaut sie verständnislos an, die Kleinen drücken sich tief ins Nest, wollen da nicht raus, und kommen erst wieder hoch als nun der Papa schimpft, mit der Mama.

Die sagt nichts mehr, spaziert nur etwas ratlos am Nest umher, steigt schließlich auf ihre Kinder und legt sich mitten über sie. Außer der Schwalbenfrau weiß keiner was da eigentlich läuft. Auch ich nicht, außer, daß der Papa der Mama verbietet mit den Kindern zu schimpfen.
Als es aufgehört hat zu regnen, und die ganze Familie wieder ausgeflogen ist, werfe ich einen Blick ins Nest. Der fällt auf ein kleines helles Gebilde. Mama hat ihr Ei, auf ihren Kindern liegend, zwischen sie hindurch gelegt. Arme Vogelmutter! Keiner wollte sie verstehen. Am wenigsten ich der einfach nicht glaubte was er da sah. Tja, so war das damals auch mit mir, wirklich!

*

Und die beiden Stare, die ich genau so wenig verstehe, was mach ich nun mit denen? Eines wenigstens hab ich ja doch verstanden: Die beiden wollen unbedingt bei mir schlafen! Die, sind, stur. Ich, auch. Soll'n sie doch bei mir schlafen, aber draußen!

Traut beisammen unter dem Apfelbaum, meine beiden Starenkinder, mein Bettzeug und ich. Auch mal eine Mücke, läßt sich nun nicht ändern.
Mit nur einem Auge bewundere ich den Sternenhimmel. Was sind wir doch klein hier unten, die Schwalben, die Stare und ich. Mein anderes Auge schläft schon etwas, unter dem weichen warmen Bauch eines Starenkindes.
Vielleicht bin ich ja auch verrückt, oder sogar ganz bestimmt. Hoffentlich bleibt das auch so, dann könnte aus mir vielleicht doch noch was werden!

Jetzt ist es allerdings noch lange nicht soweit. Da muß wirklich erst noch viel passieren!
Meine Starenkinder mögen mich. Trotzdem, vielleicht auch gerade deshalb, weil ich so einfältig bin, haben wohl Mitleid mit mir, wollen mich behüten, beschützen, aufklären über das was Vögel wirklich sind. Ihr Armen!, kämpft da auf verlorenem Posten! Da ist einfach nichts zu machen!, aber nett von euch, danke, hab euch ja dafür auch so lieb.

*   *   *

Undenkbar, Vögel zu verstehen, so lange man ein Mensch ist. Stammen doch von den Dinos ab. Saurierblut fließt immer noch in ihren Adern. Zähne haben sie allerdings keine mehr, Zahnschmerzen auch nicht, die Glücklichen!

Stammen von Dinosauriern ab … wir Menschen, mental jedenfalls, eher von Hunden, und umgekehrt, wobei Hunde nicht selten die besseren Menschen sind. Wie sie, tauchen wir Menschen in Rudeln auf, vom Leittier im Zaum gehalten. Tauchen gern in Menschenmassen unter, wo wir uns am wohlsten fühlen; in Fußballstadien, Karnevalveranstaltungen, Kirchen, Mosch … darf ich nicht sagen, könnte ausländerfeindlich sein.

Wissenschaftler – die hatten wir ja schon – versichern jedoch, daß wir vor 35 millionen Jahren sowas wie eine Kreuzung zwischen Eichhörnchen, Erdmännchen und Ratten waren, als Vögel schon das waren, was sie heute noch sind.

Son Quatsch! Von Eichhörnchen und Erdmännchen sollen wir abstammen, von Rattenungeziefer noch dazu! Dabei weiß doch jedes Kind, daß unsere Urahnen Adam und Eva gewesen sind!

Ist ja jetzt auch egal, so lange her, aber die Menschhundementalität wird nie die eines Sauriernachkommen verstehen können.

So!, nun bin ich endlich aus dem Schneider, brauch´s also gar nicht erst versuchen, die Vögel zu verstehn! Vögel sind ja ganz anders als Mensch und Hund! Denken wir nur an den Stierkampf in Frankreich und Spanien! So wie ein Hund seine Duftnote an einen Baumstamm pinkelt, das würde ein Vogel niemals tun, pinkelt der Torero seine Pikardos, oder wie die Dinger heißen, dem Stier ins Gesicht (im übertragenen Sinn, was dem armen Stier aber auch nicht hilft).

Dem Stier seine Würde weg pinkeln, die Unbefleckte anbeten, und um Beistand bitten, für den Sieg über die Bestie, und dann sagen: das war ich …
Ja, tatsächlich, der Stier hat wirklich ein Gesicht! Toreros, Spanier, Franzosen und Gartenzwerge allerdings, wissen das wohl noch nicht!

So ungefähr sieht es aus, mit den Menschen, Hunden und Vögeln im Allgemeinen, und im Besonderen mit meinen Vogelkindern und mir.

Der Alltag mit ihnen läuft reibungslos ab, auch die Nacht, wie gehabt, unterm Apfelbaum und dem Sternenzelt dort oben. Dabei weiß ich immer noch nicht was in ihnen vorgeht. Die beiden Stare aber, wissen genau das voneinander, und, man könnte aus der Haut fahren, … auch von mir! Und weil das so unglaublich ist glaube ich es eben nicht. Obwohl ich es sehe und erlebe.

Zum ausruhen, Federn pflegen oder einfach nur in den Tag träumen, fliegen sie in unseren Apfelbaum. Von dort ist es nicht weit zum Gras hinunter in dem sie stöbern – Schnaken, Spinnen, Falter, Raupen, Grashüpfer, all das und noch mehr leckere Speisen finden – und Ameisen, was ganz besonderes.
Die werden jedoch nicht verspeist sondern, wie soll ich sagen, gewissermaßen gemolken, könnte man, wenn man es nicht so genau nimmt, vielleicht sagen. Da stehn sie also, stimmt auch wieder nicht, sie hampeln, strampeln, tanzen auf den Ameisen herum, bleiben auch schon mal stehen, legen sich womöglich sogar mal eben schnell, mit ausgebreiteten Flügeln, in das Gewimmel, schütteln sich, laufen wieder umher und sammeln die zornigen Sechsbeiner, aber erst nachdem die all ihr Gift ins Gefieder der Vögel verspritzt haben, mit der Schnabelspitze daraus hervor, um sie schnell weit von sich zu werfen.
Woher wissen meine Starenkinder denn das schon wieder?!: Ameisen mit Getrampel ärgern, ins Gefieder krabbeln lassen, ihr Gift entgegennehmen und sie schnell wieder loswerden.
Biologische Parasitenbekämpfung mit Ameisensäure hilft gegen Milben, Federlinge und sonstiges Getier. Wär ich nie drauf gekommen. Meine beiden Stare wissen wie das geht, woher nur?!

Von Tag zu Tag werden meine Starenkinder selbstständiger. Kommen immer seltener hereingeflogen um sich bei mir ein Zubrot an Mehlwürmern zu erbitten. Doch wenn sie mich draußen irgendwo entdecken kommen sie sofort, mich mit freudigen Rääääs begrüßend, auf meine Hand geflogen. Wenn ich dann ins Dorf fahren will, begleiten sie mich ein Stück des Weges zum Auto, um, wenn ich einsteigen will, wieder abzuschwirren.

Rolf kennen wir ja noch von früher. Er hat, wie ich auch, in den vergangenen vier Jahren viel Silber- und Goldschmuck gestaltet, damit inzwischen ein kleines Vermögen verdient und sich einen nagelneuen Volvo mit Gepäckdach, und ein kleines Segelboot geleistet. Ich nur einen Volvo, dafür aber die Amazone, mit viel Platz hinten drin.
Jetzt könnte ich ins geschäftliche und übliche übergehen, doch – keine Angst – ich wär nicht ich wenn ich das wirklich täte. Stattdessen frag ich Rolf, ob er weiß, wo das Boot denn hin will. Er weiß es: übers Watt nach Sylt. Mich fragt das Boot, unhörbar leise, ob ich denn mitmöchte. Übers Watt.

Meine beiden Starenkinder hocken auf dem Bootsrand. Nanu? Geh auf sie zu und halte ihnen meine Hand entgegen, daß sie drauf landen können. (Die wissen alles, ich jedoch nichts). Schwupps, sind sie auf die andere Seite des Bootes geflogen. (Was soll das denn, so haben sie sich noch nie verhalten?!) Irritiert geh ich um den Wagen herum, auf die andere Seite. Noch eh ich bei ihnen ankomme, haben sie die Seiten schon wieder gewechselt.
Nein, das kann nicht sein, meine Vogelkinder haben doch nicht plötzlich Angst vor mir?! Einfach unbegreiflich!, fast auch schon beleidigend. Bin ich denn aussetzig geworden, daß man mich meidet?! Dabei fällt mir mein mißlungener Versuch, sie etwas scheuer zu machen ein.
Hatte mich verkleidet, daß sie mich nicht wiedererkennen. Schlimmer geht's wirklich nicht: eine schwarze afrikanische Brautraubmaske, mit der man unerkannt eine Braut rauben kann, über den Kopf gestülpt, sieht schrecklich aus, dazu einen riesigen Strohhut auf dem Maskenkopf und die Parka mit dem Wolfspelzkragen. Da hätte ich erwartet daß sie Angst vor mir haben, doch sie begrüßten mich und kletterten lustig auf mir herum.
Meine Kinder ließen sich von der Maskerade nicht täuschen, wußten daß ICH darunter verborgen bin. Und woher wußten sie das? Und jetzt?!
Die erste Frage lassen wir vorerst noch offen, komm gleich noch darauf zurück, und jetzt?, Angst vor mir weil sie mich nicht wiedererkennen?, unmöglich! Zudem würden sie dann einfach wegfliegen und nicht beharrlich auf dem Boot bleiben, egal auf welcher Seite.
Das Boot also hat es ihnen angetan. Aber wieso denn nur?! Ich weiß es nicht. Doch die beiden scheinen was zu wissen. Aber was?

Natürlich haben die Stare gewußt, daß ich diesmal nicht, wie sonst, in den Ort oder ein- zwei Stunden weiter fahren wollte sondern sehr weit und ohne Wiederkehr, und sie wollten mit, unbedingt mit uns mit nach Sylt!

Ich hätte sie ja so gern noch einmal auf meiner Hand gefühlt, meine Vogelkinder, die auf einmal nichts mehr von mir wissen wollen. Und auch vom Boot nicht mehr runter wollen.

Dann laß uns mal losfahren, schlage ich Rolf vor, und nicht zu langsam den Holperweg runter, damit wir sie auch bestimmt abschütteln.
Bis zur Landstraße sind es wohl einige hundert Meter. Als Rolf dort anhält, ich kann´s nicht glauben, hocken zwei verängstigte Vögelchen immer noch auf dem Boot. Natürlich sind wir diesmal sehr langsam zurückgefahren. Dann hab ich die beiden überlistet, wie, verrat ich nicht, müßte mich dann ja schämen, und mit Nadia in der Wohnung eingesperrt. Als Nadia sie später wieder raus ließ, sind sie in nördlicher Richtung davongeflogen. Natürlich uns nach! Sind aber nie bei uns angekommen. Werden wohl auf dem langen Weg zu uns verhungert sein.

Nun die Antwort auf die erste Frage, WOHER WUSSTEN SIE DAS? Sie hatten einen direkten Draht zu meinem, wenn auch noch sehr dürftigen Bewußtsein. Wie auch immer der aussah. Wie auch immer wir ihn nennen wollen. Er, war, da! Und im Grunde habe ich ja auch einiges gewußt, von ihnen. Damals schon. Nur geglaubt hab ich mir nicht. Es war doch verboten so etwas zu verstehen. Wahrhaftigkeit hätte doch den Fahrplan vieler Kirchen in Frage gestellt, ach, die ganze abendländische Kultur überhaupt. Und so was kann ich nicht dulden!, nicht mal der Wahrheit zuliebe! Fühlt sich an als ob man mir einen Keil in den Kopf getrieben hat, mein Bewußtsein gespalten, mich von allen lebenden Geschöpfen getrennt, abgespalten hat, letztendlich auch von den Menschen und jene von mir, alle von allen … drum haben wir ja auch den Salat, den wir nun haben!!!
Natürlich ahnte ich, daß die Vögel bei der Maskerade mit meinen Gedanken verbunden waren, und wußten, daß ich es bin. Und natürlich wußte ich, daß sie wußten, daß Rolf und ich nach Sylt fahren würden und daß sie mit wollten. Unbedingt mit wollten! So stupide, daß ich das nicht gemerkt hätte, war ich ja auch wieder nicht. Ihr Verhalten hat es ja so überzeugend dargestellt daß es auch der Dümmste verstehen mußte. Und ich war nicht mal der Dümmste, glaub ich, ehr noch nicht verrückt genug, um nicht mehr verdreht zu sein. Da kann nur noch eine art Urknall helfen, in dem ich Schwarzes Loch verschwinde damit – sein oder nicht sein – wahres Bewußtsein entstehen kann.
Eine ganze Weile mußte ich noch so mit mir dahinvegetieren bis der Urknall endlich kam. In Gestalt der Nebelkrähe Mecki, endlich kam!

Was mir als erstes auffiel, als ich Mecki begegnete, war seine Saurierseele! Wie nun beschreiben und nicht lügen?! Damit sind wir schon am Kern seiner Seele; keine Lüge kein Falsch, Liebe ... und weiter?, ja, da stecken wir schon fest! Wie sieht sie nun aus, seine Liebe ... wie ein vollgeschnupftes Taschentuch?, nein, überhaupt nicht!, wie eine Haselnuß?, auch nicht, wie ein Sonnenaufgang?, genau so sieht sie aus, Meckies Seele, und auch wieder nicht ... eben nicht wie *ein* Sonnenaufgang ... wie alle zusammen ... so etwa sieht sie aus, die Liebe, in dieser Handvoll Fleisch und wärmt wie das erste goldene Licht am Morgen. Und ein Zauber geht von ihr, dieser Saurierseele, aus! Mir hat er sich gezeigt, dieser Zauber, aber nicht mit Tinte auf Papier.

So geht das eben nicht, und doch, was soll ich machen, will´s einfach mal versuchen: in ihrer Umgebung beginnen tote Dinge zu leben; der Stein dort erzählt von vergangenen Zeiten, auch der Sand in meiner Hand, wie er zwischen meine Finger herabrieselt, und der Wind er denkt an gestern und fernes Land, und an morgen, wenn er schlafen geht. Alles um uns her beginnt zu leben, Schönheit, Ruhe und Glück zu atmen.

Ach was sag ich denn! Meckies große kleine Seele bleibt versteckt hinter all den Worten!, nichts zu machen!, außer ... vielleicht ... beten? „Saurierseele, zauber doch mal, bitte!," nichts, leider!, will aber dennoch weiter erzählen, obwohl ich nicht einmal weiß warum.

Da liegt er nun in seiner ganzen Häßlichkeit, (Menschenmaß!) der Fleischklos, verpackt in schrumpelig grünlicher Pergamenthaut, wohlig, zufrieden, glücklich sogar in seiner mit Klopapier ausgepolsterten Nestmulde.

Ekelig häßlich, der ganze kleine Kerl. Doch von innen, aus seiner Seele eben, strahlt er nur Schönheit aus; wer die nicht sieht, hat nie in seine himmelblauen Augen geschaut, auf deren Grund seine Seele leuchtet. Hat nie seiner zärtlich singenden Stimme gelauscht, der Ärmste, und kein Gebet, kein Ich kann ihm da weiterhelfen. Wenn ich so an quengelige Menschenbabys denke, an das Gequietsche, Geplärre und Geschrei. Dann an das Vogelbaby, das erst vor wenigen Tagen aus dem   na,   richtig!, dem Weltenseelenmeer in diesem Leben angekommen ist: dankbar, glücklich, rücksichtsvoll.

Womit haben Rabeneltern sich eigentlich so Zauberhafte Kinder verdient?, möchte ich wirklich mal wissen! Wir Menschen dagegen so´n ... ich sag´s lieber nicht!, ach ja, jetzt fällt´s mir wieder ein; da war doch mal so´n "Sündenfall" mit Adam wo Eva den Apfel zugesteckt hat ... ja *jetzt* ist alles klar, so ein Mist! – Und Mecki?, thank heavens!, ... was anderes fällt mir erst mal nicht ein ... dem Himmel sei Dank, daß er mir erlaubt ein Rabenvater zu sein, auch wenn ich nicht weiß womit ICH das verdient habe: dankbar, glücklich, rücksichtsvoll ist mein dickes Vogelkind, ja!

Das beginnt schon am Morgen, wenn ich mal verschlafen hab, $10^{\circ\circ}$ ist es bereits, so gegen $6^{\circ\circ}$ sollte es eigentlich das Frühstück gegeben haben; kein Gejammer kein Geplärre, und Meckies Stimme, rääääh, kann fast schon markerschütternd sein wenn er will.

Will aber nicht und könnte tot sein, so ruhig wie er da liegt auf seinem Klopapier, wenn da nicht seine so lebendigen Augen wären, die alles im Blick haben, auch mich, und man könnte fast glauben, über meinen Schlaf wachen.

Tun sie ja auch, denn; braucht sich nur eins meiner Augen so´n bisschen zu öffnen, ungläubig in den müden Tag zu blinzeln, sich gleich wieder schließen.

Das jedoch gilt nicht. Nicht für den kleinen Dino. Endlich ist auch aus mir der Schlaf gewichen. Keine Rücksicht mehr auf müde Augen! Die tun nur noch so. Als ob sie müde wären. Doch losschreien muß man auch nicht gleich. Einmal gähnen. So. Die Nacht ist nun endgültig rum. Knie durchdrücken, so gut es schon geht, Flügelflunken strecken, dabei leise vor sich hin erzählen. Nochmal gähnen, endlich, das hat geholfen, der müde Kerl kommt hoch, da gibt´s jetzt auch kein Halten mehr!, rääääh!, stummelflügelschlagend kriecht, stolpert der kleine Kerl aus seinem "Nest" auf der Fensterbank über das Bett auf mich zu und legt sich weich und warm in meine Hände.

In ihnen liegt jetzt, kein Zweifel, der Mittelpunkt der Welt. Der Kleine weiß was sich gehört – so klein er noch ist, keine zwei Wochen alt – hab ich gedacht und mich gewundert, mir aber noch nichts dabei gedacht.

Muß gleich wieder an den Pikardos pinkelnden Torero denken, der ja im Grunde seines Herzens wohl ein anständiger Mensch ist, auch wenn er sich weit von seinem Herzensgrund entfernt zu haben scheint. Anständig ist er jedenfalls – auch wenn er die Unbefleckte immer wieder zu mißbrauchen versucht – anständig jedenfalls im Vergleich mit der "Christlichen Seefahrt" als sie, dem endlich verbotenen Transport des „Schwarzen Goldes" von der Elfenbeinküste nach Amerika noch diente.

Die freie Marktwirtschaft hat einfach nicht mitgemacht, als der Sklaventransport nach Amerika verboten wurde. Christliche Seeleute haben fleißig weiter Sklavenhandel getrieben, wobei das Geschäft so lukrativ war, daß es auf ein paar baden gegangene Geschäfte auch nicht ankam.

Drum hat man die schwarze Ware so verstaut, daß man sich ihr, im Fall einer Kontrolle auf hoher See, schnell und unspektakulär entledigen konnte: das „Schwarze Gold" wurde zu je zehn bis zwanzig Stück an einer langen Kette mit Handschellen befestigt, an deren Ende sich ein mit Steinen beschwertes Netz befand. Das warf man, im Bedarfsfall, einfach über Bord, so daß es das Stückgut eines nach dem anderen mit sich in die Tiefe riß, wobei Unwilligen, die sich irgendwo anklammernden Hände abgeschlagen und ihnen nachgeworfen wurden. Sie sollten auf dem Meeresgrund komplett ankommen.

So ist das Geschäft dann buchstäblich in´s Wasser gefallen … würde unser kleiner Dino, wenn er denn könnte, und auch noch Vorteile wie einen immer gedeckten Tisch davon hätte, so etwas tun?

Natürlich beantworten wir eine derart bescheuerte Frage nicht und wenden uns Meckies Geisteshaltung wieder zu. Die scheint sowas, wie durch seine Urahnen geadelt. Drum könnte der Vogel auch nie sowas, wie ein Mensch sein, ein Politiker schon gar nicht, und irgend so ein Religionspopanz schon ganz und gar nicht. Auch der "Sündenfall" nach dem Genuß des Obstes, durch den Adam erkannte daß Eva nackt ist, kann Vögeln nicht widerfahren. Die dürfen so viel Obst essen wie sie mögen, sind ja immer gut gekleidet. Seine Nacktheit erkennen, kann nur der Mensch, sonst nichts, höchstens noch der Regenwurm. Der kleine Vogel aber, hat ganz anderes erkannt … sowas wie die neun Rabengebote. Vielleicht noch nicht ganz jetzt, aber später, und die wird er mir noch beibringen. Rabenehrenwort!

Noch ist das Vogelkind einfach nur lieb, bescheiden, rücksichtsvoll und glücklich. Was sollte es auch sonst noch sein?, so klein und hilflos es noch ist …

Derweil donnert, brandet, kriecht Welle auf Welle auf den Kampener Strand. Hier in Kampen hat der kleine Vogel das Licht der Welt erblickt, irgendwo im Wipfel einer Kiefer im Kupferkannenwald. Und jede verrinnende Welle nimmt ein bißchen Zeit mit in´s Meer zurück. Mit jeder Welle wird der Kleine etwas größer und etwa sieben Sekunden älter, die Zeitspanne, die eine Ameise braucht, um eine Blattlaus zu melken.

Hab ich gesagt der Kleine wird mit jeder Welle etwa sieben Sekunden älter? Hab ich gesagt, und irgendwie stimmt´s ja auch. Man braucht nur auf die Welle zu schauen, den Vogel, irgendeine Uhr mit Sekundenzeiger, alles gleichzeitig wenn möglich, und das Ergebnis: sieben Sekunden sind vergangen.
Dem Sekundenzeiger nach ist der Kleine um sieben Sekunden gealtert. Doch was hat ein Sekundenzeiger, der von nix ne Ahnung hat, schon zu sagen?, eben nix! Die Wahrheit ist, mit menschlichem Maßstab gemessen und verglichen: der Vogel ist, in diesen gemessenen sieben Sekunden, in Wirklichkeit siebenhundert Sekunden, das sind 11,66666 Minuten älter geworden. Krähen wachsen und entwickeln sich ja hundertmal schneller als Menschen!

Als Andrea ihn fand, vor einer Woche – einsam lag das kleine Bündel auf einem Hügel im Gras – muß er so fünf Tage alt gewesen sein. Inzwischen, zwölf Tage alt, würde er als Mensch ein vier Jahre altes Kleinkind sein. Und nun?, die wievielte Welle haben wir denn gerade? Die achthunderttausendste Welle spült schon einen sechszehnjährigen teenager auf den Strand. Oder einen dreiunddreißig Tage alten Rabenvogel, der seinen ersten Flughopser macht und damit beginnt die Welt zu erkunden, allerdings vorerst nur in Begleitung der Eltern, wenigstens aber von Andrea oder mir. Und da will ich auch gleich die Katze aus dem Sack lassen: Mecki und ich?, na ja, bin sehr zufrieden mit ihm. Und er mit mir? Mit Andrea aber ganz gewiß! Zwischen den beiden ist ein sehr festes Band, unglaublich aber wahr. Die beiden scheinen VONEINANDER, also Andrea auch von Mecki , zu wissen was sie denken und fühlen! PAAAU! Und die beiden zusammen werden mich aufklären und erziehen und mir zeigen wo´s lang geht! In der Vogelwelt! Endlich!

*

Etwas sehr anderes, unbekanntes, ist das seltsame Paar ... Mecki und Andrea ... ein lebendes Geheimnis. Aus Fleisch und Blut!
Ich, Mensch, dazu noch Mann, frag mich natürlich; wie kommt das?, sollte Andrea, natürlich wird sie es bestreiten, sollte sie vielleicht, ausnahmsweise, doch der Klapperstorch gebracht haben, indes meine erste Tierbegegnung die mit Rolf dem Schäferhund war, damals in der Winternacht? Ich ein Hundemensch, Andrea ein Vogelmensch! Das erklärt alles! Und nichts! Damit bin ich noch keinen Schritt weiter, außer, daß ich nun nochmal weiß was ich auch davor schon wußte; der Vogel ist ein mir im Grunde fremdes Wesen, das ich mit meinem Hundeverstand nicht erreichen und verstehen kann. Und es hilft auch nicht, daß ich den kleinen Kerl inzwischen sehr, sehr lieb habe.

Es ist nun mal so, meinem Verstand fehlt das entscheidende, das was Vogelwesen eben haben, die dritte Dimension.

Unsere zwei Dimensionen führen nicht sehr weit, wenn man die Entfernung in "Qualität" statt in "Quantität" mißt. Quantitativ führt unser zweidimensionales Denken um den ganzen Globus. Unsere zwei Dimensionen entsprechen den beiden bits: + und – ,oder 1 und 0, oder ja und nein – für Komputer alles die gleichen bits, mit denen sie so viel "Denkarbeit" leisten. Diese Automaten können allerdings nicht denken, nur Befehle ausführen mit einem absoluten "Einbahnverstand". Komputer sind ja einfach nur Rechner, die auch nichts anderes tun als eben rechnen. Und das auf allerprimitivste Weise. Diese Maschine "versteht" eben nur den Befehl: "ja" und "nein", wobei ja für +1 steht und nein für −1. Die Aufgabe: 10 + 5 rechnet er: +1+1+1+1+1+1+1+1+1+1+1+1+1+1+1 = 15, die Aufgabe: 10 – 5 : +1+1+1+1+1+1+1+1+1-1-1-1-1-1 = 5 oder 2 – 5 : +1+1-1-1-1-1-1 = -3 wobei das Ergebnis allerdings atemberaubend ist.

110

So viel das auch sein mag, es befindet sich auf EINER Ebene, EINER Oberfläche, EINER Ratio, EINER Logik, und das entspricht genau unserer zweidimensionalen Bewegung, von gelegentlichen Luftsprüngen abgesehen. Vögel bewegen sich dreidimensional sowohl physisch wie psychisch. Ihnen steht zu dem + und – eine dritte Dimension, x, zur Verfügung.

Und dieses x eben, diese verflixte Unbekannte, ist der Schlüssel zum großen Tor in der Mauer hinter der sich: (   ), das große Unbekannte verbirgt.

Nun steh ich da , ich armer Tor, und bin nicht klüger als zuvor! Fällt mir gerade so ein. Mehr weiß ich auch nicht. Noch nicht!

*　　　*　　　*

Wieder seh ich die Nornen an meinem Schicksalsfaden spinnen. Blut an ihren Fingern, Schweißperlen im Gesicht! Wie schwarze Flammen flackern ihre Blicke umher, als suchten sie … doch wohl nicht die dritte – die Vogeldimension?! Immer wieder schauen sie hoch, folgen ihre Blicke dem Vogelflug, tauchen wieder ein in das wollige Fasergebilde aus dem sich der zwirbelnde Faden löst, flüstern ihm zu, heiß ihr Atemhauch, forschend wieder aufwärts gerichtet, ihr Flackerblick … herab schwebt eine schwarze, blaugrün schillernde Vogelfeder, verharrt, hängt über dem, über meinem Schicksalsfaden wie ein Falke über einer sorglos Körner sammelnden Feldmaus, neigt ihren Kiel zum Sturzflug auf den Fadenanfang zu, senkt ihn zwischen die zwirbelnden Fasern meines Schicksalsfadens – Nornenfinger spinnen ihn vor meinen Augen ein.

All das hätte ich gar nicht sehen dürfen, drum hab ich es auch gleich wieder vergessen. Dennoch sind, mit dem Erscheinen der schwarzen Feder, die Würfel nun gefallen: ich werde meinen Hundeverstand, mitsamt meinen Vorurteilen, der Vergangenheit schenken, und meinem Vogelfreund tief in die Augen schauen. Und was seh ich da?, etwas fremdes, schönes, sehr einfaches … Wahrheit … die berührt und verwandelt mich, die Wahrhaftigkeit dieses Vogels wärmt meine Seele – spüre sein Bewußtsein, wie es Verantwortung trägt, auch für mich. Ein Hund folgt. Herrchen ist herrlich – wie auch immer Herrchen ist. Eine Katze macht ihr Ding, fordert Zuwendung und Leckereien. Dieser Vogel aber hütet Gebote, nimmt sich und andere in die Pflicht, wacht über Seelenheil!

Noch weiß ich davon nichts, fühle mich bei ihm einfach nur geborgen, spüre daß etwas Wesentliches geschehen wird, lausche dem geheimnisvollen Flüstern der schwarzen Feder. Ob sich die kleine Krähe dieser Gebote jetzt wohl schon bewußt ist?

Wahrscheinlich schlummern sie noch in seinem Saurierblut; leise rauscht es durch seine Adern; wie blaugrünes Federgeflüster; ... du ... darfst ... nicht ... töten! Nein, dazu ist er noch zu klein, um das zu wissen, und was töten überhaupt ist. Doch sein Saurierblut weiß das schon, und all die großen Rabenvögel, auch die kleinen wenn sie schon groß sind; Elstern, Dohlen, Eichelhäher, Unglückshäher, Tannenhäher und all die anderen Rabenvögel, sie alle wissen daß sie nicht töten dürfen, IHRESGLEICHEN nicht töten dürfen, wie bei den Menschen eben auch.

Vögel haben keine Probleme sich danach zu richten, gewähren all ihren nahen wie entfernten Verwandten, ob schwarz, schwarzweiß oder bunt den Schutz dieses Gebotes. Bei den Menschen ist es da schon komplizierter; die haben oft Schwierigkeiten damit Ihresgleichen zu erkennen, verwechseln schwarz mit rot und weiß.
Da liegt doch wieder der Menschenhund in der Pfanne – ist wie beim Hund so was wie Dressur am wirken. Menschen, die aller, aller meisten jedenfalls, lassen sich ja alles erzählen!

Da kam mal die unfehlbare Erkenntnis aus dem Vatikan daher; Indianer und Neger seien keine Menschen, sie seien irgendwelche seelenlosen Tiere die man bedenkenlos töten darf. Das taten Christenmenschen denn auch fleißig und, aus alter Gewohnheit, auch weiter nachdem irgendwann erst die Indianer, später dann auch die Neger, von einer neuen „Unfehlbarkeit" doch noch als Menschen zugelassen wurden. Notdürftig. Natürlich nur als Menschen dritter Klasse. Mit tausend Vorbehalten – hätte „Seine Heiligkeit" genau so gut auch beim Alten lassen können – wie es bei den Aborigines und anderen Minderheiten heute noch aussieht, mag ich mir gar nicht erst vorstellen – was ich dazu sagen würde auch lieber nicht.

Später wurde man genauer, legte sich in Deutschland auf eine Tierart fest. Diese, ebenfalls unfehlbare Doktrin, wurde, Gerüchten zufolge, aus Österreich importiert: Juden wurden zu Ratten, Ungeziefer, erklärt. Viele Deutsche glaubten es, und vernichteten die angeblichen "Ratten" millionenfach. Als das vorbei und "Friede" war, und viele Deutsche feindlos unglücklich waren, haben Geschäftemacher den Friedensvogel, die Taube, zum Feind, zur "Ratte der Lüfte" erklärt, um sich an der Verfolgung dieser friedvollen Vögel bereichern zu können. Man braucht ihnen nur die richtigen Bezeichnungen anzudichten, und schon werden Menschen und Tiere gehasst. Was das betrifft funktioniert der Deutsche nach wie vor ganz gut! ...
In Krimis, ob im Hörfunk oder Fernsehen, ist es angesagt Unheil, meistens den Tod, mit dem Ruf einer Krähe anzukündigen. Das schürt Furcht und Haß auf diese unschuldigen Vögel.

Der Deutschmensch, und nicht nur der, läßt sich so mühelos infizieren – dressieren – nivelieren – einebnen auf ein Niveau auf dem er in seinem geliebten Gleichschritt wieder rückwärts marschieren kann – egal wohin! Über Jahrtausende hat der Ruf dieser klugen, vorausschauenden Vögel tatsächlich oft den Tod angekündigt, indem sie Heeren vorausflogen, wissend, daß es ein Gemetzel, und danach einen gedeckten Tisch geben wird ...

Doch nicht nur die Deutschen sind manipulierbar; die Mir San Mir´s, deren F.J.Strauß sie gelehrt hat, daß die Linken, und manch andere noch, Schmeißfliegen und Ratten san ... Dieses bajovarisch- christliche Urgestein verwechselt doch tatsächlich Menschen, Ratten und Fliegen miteinander – eine sehr peinliche Verwechslung für einen Jäger der es als Waidmann, wie manche glauben, fast mit Hermann Göring hätte aufnehmen können ... wenn der noch da gewesen wär ... Schmeißfliegen und Ratten ... die Wahrheit? ... Lug und Trug und Unredlichkeit in manch bajovarischer und manch deutscher Menschenbrust ... Wahrheit und Wahrhaftigkeit, in einem kleinen Vogelkind ...

Haben Menschen denn wirklich solche "Straußschen Seelenmassagen" verdient?, und womit habe ich es denn verdient, daß ein Rabenvogel über mein Seelenheil wacht?!, nur weil eine Rabenfeder in meinen Schicksalsfaden fällt? Wo bleibt da die Gerechtigkeit? Oder gibt´s die vielleicht gar nicht mehr?

Mein Rabenehrenwort aber, das gibt´s! Habe die neun Rabengebote doch versprochen, über die der kleine Vogel, wenn er erst groß ist, mit aller Strenge wachen wird. Und damit auch alles richtig ist, lassen wir den kleinen Mecki mal schnell groß werden. Wieso Mecki Mecki heißt? Weil er so oft meck, meck sagt, wenn er sich freut. Und beides kann er: sich freuen und sogar richtig glücklich sein!, dann singt er seine Freude in die Welt hinaus. Und sehr zornig kann er werden, wenn jemand eines der Rabengebote nicht befolgt. Und genau das geschah an einem sonnigen Sommertag;

Rabengebot Nr.2 lautet: Du darfst nicht über andere reden. Der Bremer Zoologe Dr.rer.nat. Eberhard Focke wußte nicht von diesem Gebot und hat es, auweia!, prompt übertreten. Und jetzt der Reihe nach: Mecki ist durch´s offene Fenster auf die Fensterbank geflogen. Dort hat ihm Andrea seinen Reiseproviant: drei getrocknete Bananenscheiben, zehn Rosinen, und vier kleine Scheiben Höhlenkäse hingelegt. Es ist eine hohe Kunst, all das so zu stapeln, daß es von einem Nebelkrähenschnabel als ein Packen transportiert werden kann.

Mecki beherrscht diese Kunst: Eine Bananenscheibe zu unterst, da drauf eine Käsescheibe, fünf Rosinen, Käse, Banane, Käse, Rosinen, Käse, Banane, und übt sie bedachtsam aus als Dr. Focke mit mir die Auffahrt hochgeht, stehen bleibt, Mecki erblickt und mich fragt: „was frißt der denn da?"

Schlimmer hätte es nicht kommen können; gleich, denke ich, stürz der Himmel ein!

Natürlich hat Mecki verstanden daß er gemeint ist! Wütender Blick (unverschämter Kerl!) Start – Tiefflug, über den ungehobelten Klotz, mit Schnabelhieb, Kurvenflug mit Ansatz zum Angriff – halte dem Vogel meinen Arm entgegen; Mecki, das reicht!, und zu dem Zurechtgewiesenen; schnell hinter ´s Haus! Um den Doktor zu retten, habe ich mich dem zornigen Vogel in den Weg gestellt und bekomme nun ebenfalls seinen Schnabel zu spüren. Wer Strafe vereitelt hat selbst Strafe verdient!

Gleich danach ist alles vergessen. Mecki fliegt auf die Fensterbank zurück, ich geh hinter ´s Haus wo der verdutzte Zoologe auf mich wartet. Ein rotes Rinnsal ziert seine Wange. Der Zurechtgewiesene tastet nach der Wunde auf seinem Kopf und versichert; Das ist mir diese Erfahrung wert, erstaunlich! Doch bleibt ihm das alles äußerst rätselhaft!

Wahrheit, wo ist in diesem Augenblick Wahrheitsbewußtsein? In der Überheblichkeit, die ein Mitgeschöpf beleidigt und das nicht mal WAHR nimmt? Wahrheit? Der Doktor sieht ein schwarzgraues Federgebilde das sich bewegt. Wie Roboter es auch tun. Mehr nicht. Spürt schon, daß da was ist außerhalb seines Begriffsvermögens. Fühlt sich an wie ein leerer Magen mit schmerzhaft quengelndem Loch im Bauch, der Hunger auf Wissen hat. Doch dringt des Doktors Bewußtsein durch keine einzige Feder hindurch, prallt einfach ab. Drum fragt Dr. Focke, der nach etwas vertrautem, für ihn verstehbarem sucht: Körner, Katzenfutter, was auch immer, was frißt DER denn da?, gibt damit zu verstehen, daß "DER" für ihn gar nicht existiert! Des Vogels Bewußtsein jedoch dringt ein in des Wissenschaftlers Kopf, weiß was der denkt und fühlt!

In diesem Augenblick spiegelt Dr. Fockes Hundmenschbewußtsein mein eigenes so erschreckend wider, daß ich mich in einer art Bewußtwerdungsurknall schlagartig verändere, und mich bei Mecki für die kleinen blutenden Löcher bedanke, die sein Schnabel in meinen Arm gebohrt hat, als sich dieser zwischen ihn und den Wissenschaftler drängte.

Dabei schrumpfe ich auf die Größe einer Schnecke. Ja, wirklich, der Vogel hat mich gerade zur Schnecke gemacht und endlich, endlich beginne ich ihn WAHR zu nehmen, ihm zu glauben! Mit einem Mal ist alles anders – endlich bin ich aus der Norm gefallen – eine Schnecke geworden – indes der Doktor eine Kellerassel geblieben ist!

Und als Schnecke, normlos geworden, erzähle ich nun weiter was mir gerade so einfällt – alles durcheinander; Dr. Focke, Kellerassel, ja, hat sie mir erzählt, die Assel: in einer unseligen Nacht, jetzt müßte an genau dieser Stelle das grauenerregende raab, raab, raab kommen, kommt aber nicht, in dieser unseligen Nacht also, kommen sie in den Bremer Bürgerpark geschlichen, die Jäger, unter die großen alten Bäume in denen sich die Krähen zur Nachtruhe versammelt haben.

... Hausfriedensbruch? Lächerlich! Für das was jetzt geschieht gibt es keine Worte! – In die Träume der aneinander gekuschelten Rabeneltern und ihrer Kinder hinein donnert, blitzt Bleischrotregen, zertrümmert Beine, Flügel, beißt in's Gesicht, Bauch, Brust ... schnell weg, wer noch fliegen kann, in die Nacht, mit brennender Schrotkugel unter der Haut ... Tage, Wochen, unerträglicher Schmerz in der schwärenden Wunde, die den geschundenen Vogel dann irgendwann doch noch, für immer, auf die Erde drückt.

Dr. Eberhard Focke, ein Arbeitszimmer im Überseemuseum, vermißt die Schnäbel der toten Vögel, damit wenigstens die "Wissenschaft" von diesem Massaker was hat. Hoffe es waren keine Jäger aus Bremen, weil diese Stadt auch ein Stück Heimat für mich ist. Und bitte auch bleibt!

Und weiter? Was aus meinem Bewußtsein denn nun geworden ist? Vielleicht wie wenn ein Kind zum ersten Mal mit seinem kleinen Fahrrad nicht umfällt, weiter und weiter fährt. Oder jemand der Angst vor tiefem Wasser hat, und dann mit einmal schwimmen kann, oder besser noch: tief und lange taucht, dabei einer wundervollen Unterwasserwelt zum ersten Mal begegnet. Ähnlich auch wurde das leben mit Mecki neu und ganz anders. Davon will ich endlich mal erzählen!

Martina hat es auch nicht gewußt, das mit dem 2. Gebot, als wir, Martina und ich, so an die zwanzig Schritte hinter Andrea und Mecki hergingen. Meckies Wackelgang nachahmend (laß das! ((meine Warnung kam zu spät)) sagte die Ahnungslose auch noch: es sieht so ulkig aus wie Mecki da so langwackelt – nie wäre Martina darauf gekommen daß der Vogel sie verstehen könnte, und daß sie so etwas nicht sagen und machen darf – Mecki sieht sich nach ihr um, strafender Blick, wenige Flügelschläge, auwa!, im Vorbeiflug ein schneller Biß in Martinas Hand, noch ein paar Flügelschläge, Mecki wackelt wieder friedlich neben Andrea her.

Zwei Rabengebote haben wir ja nun schon kennengelernt: das 2. Eben erst, recht anschaulich, das 6. Ausführlich, wenn auch nur unvollständig, es lautet nämlich: du darfst anderen keinen Schaden zufügen, sie verletzen oder gar töten, leichte Verletzungen als verdiente Strafe ausgenommen, Martina und der Doktor sind glaubwürdige Zeugen dafür.

Neun Rabengebote sind mir bekannt, es fehlen also mindestens noch sieben – was machen wir denn da?, alle der Reihe nach aufführen?, oder, vielleicht besser, erzählen wie Mecki sie mir im einzelnen vermittelt hat? Dann fangen wir mal mit dem wohl bedeutsamsten, dem 1. Gebot, an.

Mit dem Artikel Nr.1 des Deutschen Grundgesetzes stimmt es aber nicht überein, wenngleich es hier wie da um das gleiche, die "Würde" geht. Im Deutschen Grundgesetz steht ja ausdrücklich: Die Würde des Menschen ist unantastbar! Kunststück!, wie sollte man etwas antasten können, das gar nicht vorhanden ist?! Auf diesen Artikel Nr.1 hätte man getrost verzichten können, weiß doch jeder, daß bei den Menschen sowas wie Würde nur sehr, sehr selten zu finden ist. Anders bei den Krähen, die haben ihre Würde schon mit dem Eidotter aufgenommen und im Gebot Nr.1 beschrieben: wer sich einer Krähe nähern möchte, hat ihre Würde zu achten, indem er sie respektvoll begrüßt, sich vorstellt und aus gehöriger Entfernung fragt, ob er näherkommen darf.

Woher aber Würde nehmen und nicht stehlen?! Damit wären wir wieder mal beim Menschen angekommen. Leider. Er ist es eben, der sich so viel auf seine "Kultur" einbildet, so unwürdig sie auch ist … es waren immer wieder zwei Welten die da aufeinander prallten, wenn ein Mensch in der Tür zu unserer Wohnung, eben auch Meckies Zuhause, erschien.

Ob es Blicke, Worte, Gesten oder "nur" Gedanken waren: was ist denn das!, scheißt der nicht?, was will man denn mit sowas!, die uns vor den Kopf gestoßen wurden, feindselig, würdelos, unerträglich, auch, und besonders für Mecki, der den Frevlern strafend ins Gesicht geflogen ist, wenn ich sie nicht gleich zur Tür hinausgeschickt habe.

Den Würdelosen: draußen vor der Tür, hat der Christengott seine Gnade geschenkt. Drinnen, hinter der Tür, hat die Weltenseelengöttin Mecki, und allen Vögeln, ihre Liebe geschenkt … so ist das nun mal, und, wie ich finde, verdammt ungerecht!

Können die Menschen denn was dafür daß sie sind wie sie sind?!, na also! Das Böse hat sie eben voll im Griff. Die aller, aller, aller meisten jedenfalls! Wie wollen die denn würdevoll sein? Das geht doch beim besten Willen nicht! Wo das Böse doch überall lauert, mit seinen Fallstricken umherschleicht, zügellosen Seelenfang betreibt! In unzähligen Menschengotteshäusern wird es unentwegt erbrütet, das Böse, gemästet mit Weihrauch und Lügengeschichten, an die simpler Menschhundeverstand gläubig glaubt, wie weinselig dabei sich fühlt, errettet aus einer Not, welche die Lügenworte herbeigerufen haben: „in der Hölle wirst du braten, wenn du nicht glaubst und tust, was wir dir sagen, denn durch uns spricht Gott zu dir!" … Na ja, das Höllenfeuer ist ihnen, den Agenten des Bösen wohl so ziemlich ausgegangen. Bosheit und Machtbesessenheit ist ihnen geblieben.

Und ich hänge da irgendwo in der Luft mittendrin, bis die Weltenseelengöttin auch mir, durch die Vögel, ihre Liebe schenkt. Was war ich arm dran!, hatte doch nichts!, nicht mal des Christengottes Gnade hatte ich!, ungetauft gibt´s die ja wohl auch nicht ... dann, mit einmal, sooo viel Liebe!, und da sind wir ja schon bei dem nächsten, nein dem über, über, ach was!, es ist das letzte, das 9. Gebot:
Du sollst nicht ehebrechen, sondern deinen Gefährten lieben und ehren, auch wenn der Tod euch scheidet. Doch gibt es dieses Gebot nicht wirklich – Rabenvögel verhalten sich nur so, als wenn es das gäbe! Beneidenswert!

Dieses Gebot habe ich allerdings nicht von Mecki erfahren, dafür war er ja noch zu jung. Es war Konrad Lorenz, von dem ich das erste Mal davon erfuhr, das mir später dann Dohlen und Elstern eindrucksvoll vor Augen geführt haben.

Wenn Mecki und Andrea auch eine besondere Nähe verband, verheiratet waren die beiden auf keinen Fall. Daran hat Mecki erst Jahre später gedacht, als drei junge Rabenkrähenfrauen ihn umwarben. Mecki und die drei Schönen, alle auf einem langen Ast des großen Eßkastanienbaumes unten neben der Auffahrt, Mecki weiter außen, die drei, in Mecki verliebten, mehr zu dem mächtigen Stamme hin. Ja verliebt waren sie alle drei, das konnte ich deutlich sehen, wie sie sich verschämt drehten und wanden, einen halben Schritt auf ihn zu, einen viertel Schritt zurück, Schnabel hoch, mit sehnsuchtsvollem blick nach oben, dann wieder verlegen die Füße betrachtend, und der Auserwählte? glücklich, verunsichert – wer denn nun – sind doch alle so wundersam begehrenswert!

Doch scheint es für Krähen und Dohlen ein leichtes die richtige Wahl zu treffen. Wenn ich da so an mich denke ... vergeß ich lieber schnell! Krähen und Dohlen vertun sich da offensichtlich nie, bleiben einander ihr leben lang, und darüber hinaus, in Liebe und Treue verbunden. Wie ist das möglich?! Haben sie vielleicht?, ja das ganz bestimmt, bessere Augen als ich?, und dazu noch ein besseres Urteilsvermögen als Schulz, Becker und Brandau? Oder sind alle Dohlen und Krähen einfach so wunderbar liebenswerte Geschöpfe, daß es gar kein Vertun geben kann? Auch steht irgendwo in der Bibel sowas wie: ... sie säen nicht, sie ernten nicht und der Herr ernähret sie doch ... dreimal "sie", Vögel sind damit gemeint. Welche denn aber? Die Dohlen könnten gemeint sein; sie säen nicht, fliegen, schweben, tanzen, jauchzen Paar für Paar über den Kronen der Bäume, fliegen über Feld und Wald, Fallen ein auf eine Wiese: einen gedeckten Tisch, verzehren, genießen Grashüpfer, Schnaken und was sonst noch alles schmeckt, fliegen auf, segeln in die Krone einer Tanne, lassen sich nieder auf einem Ast, dicht am Stamm, wo sie keiner stört, kuscheln so zärtlich, liebkosen einander, genießen ihr gemeinsames Glücklichsein – Liebesgeflüster ohne Ende –

Du sollst dich abrackern im Schweiße deines Angesichts ... so ähnlich soll es in der Bibel stehen ... Strafe dafür daß er, Adam, in Evas Apfel gebissen hat ... das müssen nun viele Adams tun, sich abrackern auf der Arbeit, wogegen Dohlenpaare ihr Dasein und ihre Liebe im Wipfel einer Tanne genießen.

Welcher Gott auch immer Apfelbeißen so bestraft, kann nur ein alberner Zwerg sein! Was ich aber sein möchte, im nächsten Leben, das weiß ich jetzt ganz genau!
Meinen Bewußtwerdungsurknall verdanke ich ja wohl auch dem 8. Rabengebot: du sollst Vater und Mutter ehren, auch indem du darauf achtest, daß sie sich nicht ungestraft danebenbenehmen.
Wer, wie ich, Mecki daran hindert Dr. Focke zu bestrafen, benimmt sich eindeutig daneben und hat, auch als Vater, Strafe verdient. Dieses Gebot fordert eben Wahrheit an Stelle von Hierarchie, auf der es bei den Menschen basiert. Vater und Mutter blind folgen, eben auch in die Lüge wenn Eltern fragen: was sollen die Nachbarn denken – nicht: wo ist die Wahrheit, sondern – was ist opportun?!

Zur Abwechslung sollen nun die restlichen vier Gebote mal der Reihe nach folgen. Das 3. Gebot: du darfst nicht über andere lachen oder sie verächtlich machen, entspricht wohl im Grunde dem 2. Gebot: du darfst nicht über andere reden., ist aber mit härteren Strafen verbunden.

Gebot Nr. 4 du darfst nicht lügen oder betrügen, steht da wie ein Fels in der Brandung, einfach beneidenswert! Wird nur durch das 5. Gebot etwas gemildert: necken, hinters Licht führen und im Spiel zu kämpfen, ist jedoch erlaubt, solange alle Beteiligten damit einverstanden sind. Und endlich das 7. Gebot: du darfst fremdes Eigentum, das dir als solches bekannt ist, nicht antasten. Mecki hielt sich streng daran. Dazu hatte er alles, was nicht ausdrücklich schon jemandem gehörte, als Gemeingut betrachtet.
Wieder könnte ich platzen vor Hilflosigkeit, würde ja nun so gerne über mein Leben mit Mecki berichten, aber wie?!

Wie soll das gehn wenn schon die, welche ihm leibhaftig begegnet sind, nichts von ihm wahrgenommen haben, außer vielleicht die Schmerzen, die sein Schnabelhieb gelegentlich hinterlassen hat?!, hier Menschhundmentalität, (so peinlich die Wahrheit auch sein kann, ist und bleibt sie doch wahr!, leider, Weltenseelengöttin sei Dank!) dort Sauriergeist, paßt einfach nicht zusammen!

Was dieser geheimnisvolle Vogel alles vermag, paßt auch nicht in ein Menschenbewußtsein, am wenigsten daß er zaubern kann, und gezaubert hat er, und das könnte gehen, wenn ich nun auch ein wenig zauberte?! –

Meckies Schnabelspitze, wenn sie mir ins Fleisch drang, hat ganz gewiß ein wenig Saurierblut hineingehext. Und Dinoblut kann zaubern!, hab ich auch nicht gewußt! Ob ich mit den paar Tröpfchen auch schon zaubern kann?! Soll ich? Wenigstens versuchen?

Als Wächter über die Rabendinogebote, die schon sehr alt sind, so ein- bis zweihundertmillionen Jahre alt, wurde Mecki dann auch Wächter über Andrea, mich, unser Zuhause, Wald, Feld und die Luft über dem allen. Eine große Aufgabe für ein mit mir verglichen, ja recht kleines Geschöpf. Doch das Herz in dieser Vogelbrust schlägt ungleich heftiger, als das meine, und darauf eben kommt es an.

Wenn Mecki auch alles sonst überwacht, darf ich meinen Arbeitsplatz, die Silberschmiede, ganz für mich behalten. Der ist Mecki heilig und äußerst anziehend zugleich. Ein verwunschener Ort, mit Ambos, Gasbrenner, Holzkohlen, Silberschmiedehämmern, vielen kleinen Werkzeugen und ... Perlen, Bernsteinen mit seit Jahrmillionen eingeschlossenem Leben, Edelsteinen, Gold, Silber und lauter Geheimnissen, und zwei großen Fenstern übereck, durch die wir, über all die Kostbarkeiten hinweg, direkt in das dunkle Grün der alten Eibe am Haus und der großen Tanne, unter der mein Starenkind ruht, und durch den Wald in die Weite schauen, indes unser Blick durch das andere Fenster, in die Kirschbäume fällt.

Träumend steht mein Vogelfreund auf dem Ambos, schaut auf meine Hände, wie sie uraltes Wissen, Träume, Gedanken und Gefühle mit Mond- und Sonnenglanz verschmelzen und zu sichtbaren, fühlbaren Ringen, Reifen, Skulpturen formen und gestalten. Sie alle werden Finger, Arme, Hälse vieler Mädchen und Frauen schmücken ... das verborgene Wissen und Fühlen in ihnen – wird es sie wohl erreichen, berühren?

Was macht der Sonnenstrahl denn da, der aus dem Weltall, am Walnußbaum vorbei über den Kirschbaum hereinfällt, seine Lichtschattenbahn über Blechschere, Feilen, Zangen, Holzkohlen hinweg, quer durch die blaugelbe Flamme und über das schmelzende Gold zu der mandarinengroßen Glaskugel führt, die an einem dünnen Draht, vor uns über allem hängt? Er spendet Wärme, der Sonnenstrahl, schenkt Leben.

Wie er das macht? – in der Glaskugel, eine senkrecht stehende Nadel. In ihrer Mitte vier waagerechte Speichen. An deren Enden je ein dünnes, senkrecht stehendes Plättchen. Eine Seite rußig schwarz, die andere Seite spiegelig. Sobald Sonnenlicht diese Plättchen berührt, beginnen sie sich um ihre dünne Achse wie ein Karussell zu drehen. Der Sonnenstrahl hat "Leben" in diese Glaskugel gebracht – wie macht er das?

Das kleine Karussell dreht sich mit der spiegeligen Seite vorweg. Wieso das? Ich denk mir mal einfach was aus: wenn das Sonnenlicht aus lauter winzigen Geschossen besteht, die in die schwarze Seite der Plättchen einschlagen und mit all ihrem Schwung steckenbleiben, wogegen die, welche auf die spiegelige Seite auftreffen, abprallen und einen Teil von ihrem Schwung wieder mitnehmen, so daß der Druck auf der schwarzen Seite größer ist als auf der spiegeligen Seite, die im Schwarz steckenden Sonnenteilchen die Plättchen vor sich herschieben und das Karussell antreiben. So, oder auch ganz anders, könnte es ja sein – und nun?, wo wir an dem kleinen Sonnenwunder rumgegrübelt haben, wo hat uns das hingebracht?, und was machts ob ich jetzt weiß wie das kleine Karussell funktioniert?, es dreht sich ganz ohne mich, macht sein Ding mit der Sonne, und Mecki auch – der denkt nicht daran seinen Kopf mit Karussellen vollzumüllen, legt sich mitten hinein ins Sonnenlicht, öffnet sein Federkleid der Sonne entgegen, träumt entrückt in den Sonnenglanz –

Ich glaub jetzt hab ich danebengezaubert, versuch´s aber gleich nochmal – mit der Glaskugel werd ich´s versuchen, denn dieses "Sonnenkarussell" möchte eine Geschichte erzählen – über einen Bruder und seine Schwester.

Ullrich: Ulli, und Barbara: Babu, hatten in ihrer Kindheit und Jugend eine strenge katholische Erziehung erlitten. Irgendwann, als Teenager, rebellierte Ulli fürchterlich, warf den Papst über Bord, schickte seine Nornen zur Hölle, an die er eigentlich gar nicht mehr glaubte, und segelte erstmal glücklich und zufrieden mit Karl Marx als neuen Steuermann weiter.

Wenn das man gutgeht! Und prompt gerät Ullies Lebensschiff in ein schreckliches Familienunwetter, das ihn nach Börgermoor verschlägt, in eine geschlossene Anstalt für schwer erziehbare Kinder.

Börgermoor, berühmt berüchtigt durch das schicksalsschwere Lied: wir sind die Moorsoldaten, und ziehen mit dem Spaten, ins Moor …

Nie ist mir eine gewisse, schicksalsträchtige, "Deutsche Volkseele" eindrucksvoller vor Augen geführt worden, wie durch die Lektüre des Buches: "Die Moorsoldaten" – von Wolfgang Langhoff, Verlag Neuer Weg.

Und Resten dieser "Volksseele" scheint Ulli in Börgermoor begegnet zu sein, Resten einer "Seele", die ihn noch tiefer erröten ließen …

Ulli, ja, irgendwann kommt er dann frei, als nun unheilbar fanatischer Marxist. Dabei glaube ich, daß dem Fanatismus immer auch Unwahrheit innewohnt – es kann nicht sein was nicht sein darf – so hat er dann auch, als ich ihn auf Jan Pallach ansprach, diesen sofort als geistesgestört abgetan. Daß ein junger Mensch sich in seiner Verzweiflung darüber, daß der "Prager Frühling" in bitter kalten Marxistenwinter umgeschlagen war, mit Benzin übergoß und verbrannte, hat für Ulli weiter nichts zu bedeuten – rot Front!

Und Ulli war es auch, der mir eines Tages das kleine Sonnenwunder gebracht hat. Wie es dazu kam?

Wilmannsberg. Kopfsteinpflasterstraße. Rodelschlitten in jedem Haus. Noch kein einziges Auto in dieser Straße. Mein alter Mercedes sollte das erste sein. Doch noch sind wir nicht soweit, noch ist mein Zündapp Moped mein Reisegefährt- und Gefährte.

Wilmannsberg führt hinab zur Post, und beinah auch zum Hafen, im Winter, bei Schnee mit den hinabsausenden Schlitten. Doch jetzt ist Sommer. Draußen vor dem kleinen Zimmer. Drei mal drei Meter im Geviert. Toilette mit Waschbecken und fließend Wasser im Treppenhaus. Kleiner Kanonenofen in der hintersten Ecke. Bett, Tisch, Stuhl am Fenster. Auf dem Tisch: die Silberwerkstatt, Brot, Butter, Käse, zwei Gläser Leitungswasser aus dem Toilettenraum, und meine Freundin; die kleine graue Maus, welche vor mir auf dem Tisch genüßlich an ihrem Käsefrühstück knabbert.

Habe auch Hunger. Schau auf die Uhr: drei nach sechs. Babu wird gleich anklopfen. Die Ärmste soll zur Frühmesse in dem Haus am Weserufer. Ihre streng katholischen Eltern lassen da einfach nicht mit sich reden, sie muß dort hin. Also geht sie, so zehn vor sechs, von Zuhause los, an der katholischen Institution vorbei und zu uns; meinem Mäuschen und mir.

Darüber, was ich von dem ganzen faulen Zauber dort halte, will ich lieber schweigen, hat sie mir versichert, doch an dem Weihrauch, und den schwarzmagischen Beschwörungsformeln würde sie ersticken, wenn sie dort wirklich nochmal reinginge, hat sie noch hinzugefügt. Mehr wollte Babu nicht erzählen, über ihr katholisches Dasein, von dem sie sich längst losgesagt hatte.

Babu ist erst neunzehn Jahre alt, kurz davor ihr Abitur zu machen, und noch nicht volljährig. Ihre Eltern haben ja noch die Erziehungsgewalt über sie und zwingen ihre Tochter, so gut sie können, unter das Katholikenjoch. Da sie aber ahnen, daß das nichts mehr wird, tun sie so, als ob ihre Tochter Barbara eine folgsame gläubige Tochter wäre, unterlassen jegliche Kontrolle und bestehen darauf, von ihr belogen zu werden um ihr wirres Gesicht zu wahren.

Babu kommt herein. Ihr liebes offenes Gesicht lächelt befreit, als sie sich zu Mäuschen und mir an den Frühstückstisch setzt.

Als Babu zu ihrem Studium nach Hamburg geht, verliere ich eine liebe Freundin an die alte Hansestadt.

Dann, eines Tages, kommt Ulli zu mir in meine neue Wohnung in Worpswede, und bringt mir die kleine Glaskugel, in der sich das Sonnenrädchen, jetzt im Schatten, nicht mehr dreht.

Mit einem Schatten auch auf seinem Gesicht, erzählt er mir: Babu hätte dieses Sonnenglas geliebt, und sie hätte sicher gewollt, daß es zu dir findet.

Babu hatte nicht mehr leben wollen, in dieser verlogenen Menschenwelt.

Wenn das Sonnenrädchen sich dreht, spüre ich, daß Babu an mich denkt, wo immer und was auch immer sie gerade ist ...

Mecki liegt nicht mehr in der Sonne. Die hat sich hinter der alten Eibe versteckt. Er steht wieder auf "seinem" Ambos, sieht mir bei meiner Arbeit zu, und schaut immer wieder, verträumt und sehnsuchtsvoll einen großen, bläulich schimmernden Mondstein an – möchtest du den haben Mecki? Ganz vorsichtig, glücklich, nimmt er das von mir dargebotene Geschenk entgegen, dreht und wendet es verzückt in seinem Schnabel, legt den Stein vor sich auf den Tisch, betrachtet liebevoll seinen schimmernden Schatz, nimmt ihn wieder in den Schnabel und versteckt ihn behutsam in seiner Spielzeugkiste, als Andrea mit der langen abendlichen Gutenachtzeremonie beginnt.

Die kommt aber erst später, bin ja noch Schnecke, und darf alles durcheinander-erzählen – macht so auch mehr Spaß. Gerade brandet wieder eine Welle auf den Kampener Strand und mißt Meckies verrinnende Zeit; 11,66666 Minuten Vogelzeit bis zur nächsten Welle. Ganz gleich wo Mecki sich gerade befindet, es sind die Kampener Wellen, die seine Zeit messen, denn in Kampen kam er auf diese Welt, und dort begann auch seine Zeit.

Tagsüber ist er mit Andrea und mir in dem unterirdischen Wichtelreich der Kupferkanne, in der wir unser Atelier und unsere Bilder- und Schmuckaus-stellung eingerichtet haben. Am Abend besuchen wir das Elfen- und Feenreich in der Witthüs Teestube in Wenningstedt. Es ist schon seltsam; kaum einer sieht oder bemerkt diese Lichtwesen, die sich mit Mecki sogleich ... erzähl ich aber nicht, würde mir ja doch keiner glauben ...

Als Andrea den noch ganz nackten kleinen Mecki fand, war er wohl erst sieben Tage alt. Das ist jetzt fünf Wochen her. Vor ein paar Tagen hat, der nun schon recht große Vogel, seine ersten Flugversuche gemacht. Eben hat er sich im Wipfel der großen Kiefer, am Rande des Kupferkannenparkplatzes niederge-lassen, als zwei Nebelkrähen mit freundlichem raab, raab dicht über ihn hinwegfliegen ...

oh! Mecki fliegt ihnen nach! Abwärts über die Heide, die Wulweschlucht, auf das ferne Watt zu und … hinter einen Höhenzug außer Sicht!
So schnell uns unsere verdutzten Füße tragen, laufen Andrea und ich den Heidehang hinab durch die Schlucht zum grasbedeckten Lehmufer, dessen steile Abbruchkante ein- zwei Armlängen aus dem flachen Watt aufsteigt. Trockengefallen liegt es vor uns. Was da sonst noch alles ist: die zahllosen Seevögel, der große abgetakelte Dreimaster "Marianne", die Frau da hinten, und ihr Hund, seh ich nicht, nur, nicht weit von uns … drei Krähen – eine etwas kleiner als die anderen – wie sie auf dem feuchten Grund umherspazieren, hier und da mal nach was picken.

Mecki bei seinen Eltern, denk ich. Fühle mich ihnen seltsam nah, den großen schwarzen Vögeln dort. als ob gleiches Blut durch unser aller Adern rinnt. Weiß ja noch nicht, daß Saurier- und Menschhundeblut so gar nicht zu einander passen. Aber auch nicht, daß es eine Weltenseele gibt, die in geheimen Adern über Allem fließt, und Ungleiches miteinander verbinden kann.
Ja was machen wir denn nun? – Viel Glück kleiner Mecki! Wirst uns sehr fehlen, aber deine Eltern werden dafür um so glücklicher sein.
Zwei Stunden später, Andrea und ich betrachten wehmütig den kleinen Grashügel, am Rande des Kupferkannenparkplatzes, auf dem Andrea unser Vogelkind damals gefunden hatte.
Eine vertraute Stimme: raaab, raaab, raaab! Meckies Eltern haben unser gemeinsames Rabenkind zu uns zurückgebracht …

Am nächsten Tag begrüßt uns das Krähenpaar mit freudigem raab, raab als wir mit Mecki aus dem Wagen steigen, nehmen ihr Kind wieder "unter ihre Fittiche", fliegen mit ihm zum Watt und bringen ihn pünktlich ein- zwei Stunden später zu uns zurück. Wie im Märchen. Und es ist WIRKLICHKEIT!, Tag für Tag, bis wir uns mit unserem Rabenkind auf den Weg nach Worpswede machten …

Wie nun aber übers Wasser aufs Festland gelangen? Der Autozug mit seinen Quietsch- Klapper und sonstwas für Geräuschen ist den empfindlichen Vogelohren nicht zuzumuten – für sie wäre es eine Gespensterhölle – fliegen kann nur er, bleibt noch die Fähre von List nach Römö, vielleicht nicht ganz so schrecklich wie der Autozug.
Und doch schlimm genug. Fängt schon in der Autoschlange zur Fähre an: hilfe!, ein Gespenst!, nix wie raus!, Entsetzen in den Augen, flattert der erschreckte Vogel hinten im Kombiwagen gegen die Scheiben. Das "Gespenst", in Gestalt eines in gelber Öljacke herumhampelnden Kindes, steigt endlich irgendwo ein.

Als wir in den Rumpf der Fähre einfahren, hat sich der Ärmste gerade beruhigt, als er, sichtlich alarmiert, die klingenden, pfeifenden, klackenden, brummenden Geräusche um uns her hört, und jeden Augenblick wieder in Panik zu geraten droht. Doch Andrea hat vorgesorgt, klettert zu ihm nach hinten, mit seiner Badeschale in die sie, äußerst verführerisch, Wasser aus einem kleinen Kanister plätschern läßt. Mecki badet für sein Leben gern. Er ist platschnaß, Andrea und das Auto auch, als wir von der Fähre fahren, und hat immer noch nicht ganz zuende gebadet.

Tankstelle. Geh mit Schlauch und Benzinhahn auf den Einfüllstutzen zu: wieder rastet Mecki aus, diesmal: Angst vor der Riesenschlange!

Dann endlich die Autobahn. Jemand steigt auf meine rechte Schulter, gnabbelt an meinem Ohr, haucht leises Flüstern, hochtönige Hicks, quietschiges Knarren, Wasserfallrauschen, Meeresbrandung, Sturmgejammer, Wettergrummeln, jauchzendes Lachen – auf Saurierflügeln segeln wir zu den Sternen, Mecki und ich, getragen von unserer Rabengesangs jam session …

Natürlich hat Meckies Saurierseele mich verzaubert, hätte sonst doch nie so mit ihm singen können! Nur habe ich immer noch nicht *wirklich* was gemerkt – der Weg zu diesem Vogel, wird wohl noch etwas länger sein. So viel Liebe, solch eine Nähe, doch *wirklich wahrnehmen,* ist noch etwas ganz anderes … dazu muß man sein Menschhundeego erst mal in die Wüste schicken, und wenn es lange genug dort bleibt, könnten vielleicht wirklich Wunder geschehen.

Bis Hamburg, bis in die Nacht, hab ich mich heiser gesungen. Im Elbtunnel dann, verstummte unsere, wie aus Urzeiten herüber und in eine Zukunft klingende Rabenmusik.

Als Mecki noch klein war, noch nicht fliegen konnte, war Andrea schon mal mit ihm in Worpswede, und hat ihn auch zum Malunterricht nach Ottersberg mitgenommen. Von seinem "Korbnest" aus, sah er Andrea und den anderen Schülerinnen aufmerksam zu, wie sie mit sanften Bewegungen die Pinsel über die Leinwand strichen. Er fühlte sich sehr wohl bei diesem Malunterricht, und überhaupt, so daß der kleine Ort Ottersberg für ihn auch Heimat geworden ist.

An seinem Westende entläßt uns der Elbtunnel in den Gesang einer Regennacht; monotones Schnurren des Motors, sirrende Reifen auf nasser Fahrbahn, das Fahrtwindpfeifen und rhythmisches Schrabbeln und Quietschen der Scheibenwischer – Mecki, wir alle dämmern mit der Regennacht vor uns hin.

Unvermittelt wacht Mecki auf, streckt sich, jubelt – der Wegweiser: Ausfahrt Ottersberg 1000 Meter, zieht vorbei. Hätten ihn bestimmt übersehen, wenn Mecki uns nicht aufgeweckt hätte, aus unserem Dämmern. Doch … stockfinstere Nacht, der Wegweiser kaum zu erkennen, und lesen wird Mecki ja auch nicht können … dazu war der auch noch nicht in Sicht als Mecki seine Heimat zu begrüßen begann –

Eh wir uns nun unsere Köpfe zerbrechen, über die Frage wie Mecki wissen konnte, daß wir gleich in Ottersberg sein würden, will ich mich mal lieber an Meckies Schatzkiste herantasten … zurück, oder besser vor, in die Zeit NACH meinem "Bewußtseinsurknall". Eben noch, im Auto, war ich ja noch lange nicht soweit, jetzt, nach Dr. Eberhard Focke, sieht es mit mir schon ganz anders aus.

Das Zaubern aber, geb ich jetzt endgültig auf! Klappt einfach nicht. Und es soll auch keiner denken, daß Zaubern einfach ist!
Müßt euch eben mit Belanglosigkeiten, wie Gedächtnisleistungen, Ordnungssinn und ähnlichem zufrieden geben. Kann´s eben nicht besser.

In einer flachen Obstkiste hat Mecki all seine Schätze verstaut. Sein Lieblingsspielzeug: ein kleiner Stacheligel aus Stoff, seinen Lieblingsstein: einen Mondstein, seine Lieblingsschachfigur: einen dunkelbraunen Turm.
Die Tube Pattex- Kleber, die er auch so gerne hätte, habe ich weggeschlossen. Was er sonst noch alles in seiner Schatzkiste hortet ist so viel, daß ICH es mir gar nicht alles merken kann; Mecki kann!
Sein Gedächtnis ist zehnmal, ach was sag ich da, viele viele viele Male besser als das Meine. All die kleinen Dinge: Schachfiguren, Marmeln, Knöpfe, Münzen, Heftzwecken, Nägel, Walnußschalen, Schlüssel, Skatkarten, Bleiftiftstummel, Steinchen und einiges mehr, kennt er genau. Vieles davon hat er aus einer großen Bastschale ausgewählt, in der hunderte kleiner Dinge versammelt sind.

Mein typisch männliches Bedürfnis, Belangloses zu ergründen, hat mich zu einem ehrlosen Dieb werden lassen, und in den Besitz eben dieser Erkenntnis gebracht, die ich schnell weitergeben, und so wieder loswerden möchte.

Natürlich ist Meckies Schatzkiste, so wie meine Silberschmiede, die Mecki auch *nicht* antastet, tabu. Ich aber bin nun mal ein Mensch; neugierig wie ehrlos.

Als Mecki im Wald unterwegs ist, schleiche ich zu seiner Kiste, entwende ihr seine elf Skatkarten, schreib mir auf welche es sind, mische sie unter die restlichen Karten und lege alle zusammen auf den Tisch.

Auch entwende ich eine menge Münzen aus der Kiste, und mische sie unter den Krimskrams in der Bastschale, aus der Mecki sie dereinst ausgewählt hatte. Unter anderem, vier der insgesamt sechszehn Pfennige. Eh ich sie zu den zwölfen in die Schale lege, notiere ich mir, durch welche besonderen Merkmale jeder einzelne Pfennig wiederzuerkennen ist.

Aus vielen hundert kleinen und kleinsten Teilchen besteht das schier unüberschaubare Sammelsurium in dieser Schale. Nun bin ich mal gespannt, was geschieht, wenn Mecki wiederkommt und seine geraubten Schätze vermisst!

Von seinem Waldausflug zurück, erkennt der Vogel mit einem Blick die Unordnung, die ich in seiner Schatzkiste und der Schale angerichtet habe.
So schnell kann ich gar nicht denken, wie der Vogel die elf Karten nun zurücksortiert, und die Heftzwecken, Nägel, Pfennige, Knöpfe. Von den sechszehn Pfennigen konnte er seine vier mühelos unterscheiden durch: einen Fliegenschiß, Kratzer, Kerbe Jahreszahl ... im Handumdrehen ist alles in Meckies Schatzkiste wieder an seinem Platz – keine Verwechslung, nicht zu viel, nichts fehlt, nur mir fehlt was: ein solches Gedächtnis!
Wenn ich mir dann auch noch das Maisfeld vorstelle, mit seinen mehr als sechs Millionen Stoppeln, in denen Mecki, mal hier mal da mal dahinten, jeden Tag einen Schnabel voll Rosinen versteckte, je eine Rosine in eine Stoppel und dabei kontrollierte, ob sie auch alle noch an ihrem Platz sind, wird mir ganz schwindelig.

Soviel erstmal zu Meckies Gedächtnis. Und was war da noch? Ordnungssinn, Gedankenlesen, Telepathie.

Meine Großmutter in Hamburg, wenn sie noch da wäre, hätte ihre helle Freude an Mecki, aber vielleicht IST sie Mecki ja sogar, pflegte zu sagen: Ordnung, Ordnung liebe sie, sie erspart dir Zeit und Müh! Und wie liebt dieser Vogel die Ordnung! So pedantisch, daß es fast schon peinlich ist!

Meckies Schatzkiste taste ich inzwischen nicht mehr an. Die ist nun endgültig tabu. Auch für mich latent Ehrlosen!
Der in der Wohnung überall herumliegende Krimskrams aber ist Allgemeingut, da kann jeder mit machen was er will, auch ich. Und auch da wird geordnet, nach was für Gesichtspunkten, Gesetzen, Vorstellungen auch immer – so wird ein Bleistift zu einer Wäscheklammer gelegt. Der Abstand voneinander: fünf Millimeter. Eine verrostete Mutter, ein Metallfingerhut und ein Teelöffel werden so arrangiert, daß sie ein Rechteck umgrenzen. Zwei Teelichter, ein Zweimarkstück, mit dem abgeschnittenen Kopf von F.J.Strauß nach unten, zwei Kronkorken und eine Haselnuß rückt Meckies Schnabel hin und her und zurück, bis er mit der Versammlung der kleinen Dinge zufrieden ist.

Kommt er dann nach Wochen von einem Ausflug zurück, wird ersteinmal kontrolliert, ob sich in der Schatzkiste und der Wohnung noch alles ordentlich an seinem Platz befindet. Hab ich etwa den Bleistift um drei Millimeter von der Wäscheklammer weggerückt wird Mecki ihn um genau drei Millimeter an seinen alten Platz zurückrücken. So viel zu seiner Ordnungsliebe.

Und nun zu *meinem* Bewußtsein: langsam, wie eine Schnecke, hat es sich fortbewegt von seinen antropozentrischen Vorstellungen von der Welt, die wie Kletten an mir hingen. Wie durch eine Milchglasbrille, praktisch blind, habe ich in die Welt geschaut, nichts WIRKLICH gesehen und – muß man sich mal vorstellen – mich dabei mal für einen Gott, mal für einen Wurm gehalten! Seit Mecki jedoch meinen Bewußtseinsurknall ausgelöst hat, hat mich dieser Vogel in eine andere, in seine Welt aufgenommen.

Wirklichkeit. Wahrheit. Beides ist nun wohl endlich, so halbwegs wenigstens, bei mir angekommen.

Meckies Welt ist weniger eine Welt der Worte als eine Welt der Gedanken, der Spiritualität. Er hat es nicht nötig, seine Gedanken über den umständlichen Umweg der Worte, auf dem oft vieles Gedachtes verlorengeht, oder gar verdreht wird, zu übermitteln. Der Vogel übermittelt mir seine Gedanken direkt und empfängt was ich denke ebenso.
Dafür muß ich aber, wie um mit ihm zu singen, mein Ego in die Wüste schicken. Vergessen wer ich bin, meine Seele fliegen lassen, mit ihm fliegen lassen – ja, wirklich fliegen!
Der älteste Menschheitstraum! Es haben Menschen ihn womöglich schon geträumt, als sie noch in der Erde lebten, noch Ratten waren.
Von denen haben wir ja unsere Schneidezähne geerbt. Oder doch von den Hasen? Die noch jetzt mit der Hasenscharte auf die Welt kommen, bestimmt! Wieder andere, stammen wohl eher von Eichhörnchen ab. Die Rothaarigen allemal! Es müssen aber auch Hunde dabei gewesen sein, wegen der Fänge, die bei uns ja inzwischen zu Eckzähnen verkümmert sind. Egal was "wir", als Ratten oder als was auch immer geträumt haben, für mich ist Fliegen das schönste was es gibt!
Nur geht das auch nicht immer. Wenn ich male, oder in meiner Silberschmiede Silber- und Goldarbeiten gestalte, kann ich nicht zur selben Zeit irgendwo umherfliegen, und dennoch; sobald Mecki von sonstwoher auf dem Weg zu mir ist, weiß ich daß er bald da sein wird. Er kann wenige Stunden unterwegs gewesen sein, Tage, Wochen, wenn ich ihn fühle geh ich hinaus ihn zu begrüßen … in vier Jahren bin ich ihm nicht ein einziges Mal vergeblich entgegengegangen …

Mecki hat sich mir mitgeteilt, von weit her. Von mir zu ihm ist die drahtlose Verbindung auch nicht schlecht, und das ist nicht immer nur gut. Steht meine Seele doch quasi nackt vor dem gestrengen Vogel und kann sich nirgendshin verstecken!

Da muß ich mir schon gut überlegen was ich denken will, aber das ist, wie sich an den eigenen Haaren aus dem Sumpf ziehen.

Denke ich: jetzt bloß nicht dran denken, daß ich gerade die Pellkartoffeln abgieße, weiß Mecki schon daß gleich das Mittagessen auf dem Tisch steht! So begrüßt er mich denn auch bald aus dem Wipfel der großen Tanne: raab, raab, raab, sieht mir von da oben zu wie ich die Kartoffeln pelle und schwebt pünktlich zum Essen, das jeden Tag zu anderer Stunde, so zwischen 12°° und 15°° beginnt, zu mir herab.

Landung auf der Fensterbank. Hopser auf den Eßtisch. Breitbeinig richtet er sich vor meinem Teller auf – kurzer Blick zum Teller – sieht mich fragend an wie: ist das dein Ernst?, das sollen wir essen?! Die Kartoffeln sind zwar nicht sehr beliebt, aber auch nicht ganz ungenießbar. Wohl aber die Erbsen. Die fliegen, schneller als ich denken kann, von Meckies Schnabel befördert, vom Teller. Die Fischstäbchen wiederum sind mit abscheulichem Geknusper umhüllt. Das muß ab! Mit Messer und Gabel helfe ich dabei. Morgen, das schwöre ich, gibt es wieder was ganz leckeres: Kartoffelpüree mit Sauerkraut! Mecki liebt Sauerkraut, und es ist einfach nur schön mit ihm zu speisen wenn sich ausschließlich Genießbares auf dem Teller befindet. Nun weiß er auch schon was es morgen Mittag gib. Die Uhrzeit bekommt er dann, wenn es soweit ist, wieder drahtlos nachgeliefert. Andrea hat sich mit ihrem Teller ins Badezimmer gerettet.

Tagsüber ist Mecki im Wald, auf dem Feld oder gar im Teufelsmoor unterwegs. Die Abende aber gehören Andrea und ihm – ein bißchen auch mir.

Da wird in der Schatzkiste gekramt und geordnet, begutachtet und … es werden Geschenke gegeben und entgegengenommen … Andrea liegt auf dem großen Arbeitstisch vor dem Fenster, ein Schattenriß vor der Dämmerung draußen – ein Vogelschatten steigt auf ihre Brust – im Schattenschnabel den geliebten Turm. Ganz langsam neigt sich der Vogelkopf auf Andreas Gesicht zu, legt den Turm zwischen ihre Lippen, zieht sich wieder zurück. Eine Weile vergeht. Dann hebt Andra ihr Gesicht, den Turm zwischen ihren Lippen, auf Mecki zu, der ihn vorsichtig mit seinem Schnabel entgegennimmt. Nach einer Weile schenkt er Andrea den Turm wieder, und so geht das geliebte Geschenk noch viele Male von Schnabel zu Mund und zurück. Andächtig – still – ganz langsam – wie im Traum …

Nach der Schatzkiste ist Märchenstunde. Licht an. Der noch längst nicht müde Vogel fliegt schon mal auf die Staffelei, seinem Schlafplatz. Andrea liest ihm nun echt Menschliches von Wilhelm Busch vor. Mecki hört aufmerksam zu, beginnt mit seiner Abendtoilette; pflegt sein Gefieder indem er jede Feder einzeln hingebungsvoll durch seinen Schnabel streift. Zum Glück, bin ich mir sicher, versteht er aber diese Geschichten nicht so ganz. Wäre ja auch sehr peinlich. Das allzu Menschliche. Wenn der Vogel dann genug gehört hat, und fast schon müde wird, beendet er seine Federpflege, Andrea legt Wilhelm Busch beiseite und beginnt mit dem Abendsingen. Wenn Mecki dann schon mal gegähnt hat, ein Auge auch schon mal halb zu ist und Andreas Stimme heiser wird, kommt das Finale: mein Rabengesang. Davon wird der inzwischen müde Vogel erstmal wieder wach. Tiefe Nacht ist draußen und alle Vögel im Wald schlafen schon, nur die Eulen nicht, und für Mecki wird es auch mal Zeit.

Doch Mecki will noch nicht Schlafen, übermüdet wie er inzwischen ist. Dabei fallen ihm immer wieder die Augen zu. Mein Schlafgesang wird leiser ... dann Stille. Mecki schläft. Endlich! Schleiche zur Tür, meine Hand nähert sich sachte dem Lichtschalter, ein einziger Flügelschlag ... der nun sehr ungehaltene Vogel droht meiner Hand – das Licht bleibt an!

Einmal, als Mecki einige Wochen nicht da gewesen war, grüßt er aus dem Wipfel seiner Tanne, schwebt herab und landet vor mir auf der Fensterbank. Im übernächsten Zimmer, fällt mir ein, hab ich eine Tube Pattex-Kleber im Regal liegen lassen. Natürlich wieder drahtlos! Sekunden später hält Mecki die Tube triumphierend im Schnabel.
Mach ihm schnell ein Angebot, erhaschen kann ich sie ja nicht, hätte nur seinen Riesenspaß an meiner hoffnungslosen Jagd. Biete eine Packung Zigarettenblättchen für die Pattextube. Glücklich über seinen guten Tausch fliegt er mit dem Päckchen im Schnabel in den Kirschbaum, wo er alle Papierchen in so schneller Folge aus ihrer Umhüllung befreit, daß sie als lange Reihe taumelnder Blättchen dahinsegeln.

Vier Jahre hindurch besuchte Mecki uns und sein Zuhause. Er kam immer seltener. Sein letzter, diesmal nicht angekündigter Besuch kam überraschend. Vor mir, auf unserem langen Bohlentisch, sperrte eine kleine Singdrossel in Erwartung einer Futtergabe ihren Schnabel zu mir auf. Oh Schreck! Mecki wird doch wohl nicht, wie mit seinem Stoffigel ... brav stellt sich der große Junge neben die Kleine, sperrt wie sie, will, wie ein Kind, ebenfalls gefüttert werden ... in Meckies Schnabel zwei große Happen Kanariengold, die Kleine einen kleinen Happen und Mecki schnell zwei große, daß er ja nicht auf die Idee kommt ... so ganz weiß ich ja noch immer nicht was Mecki gerade denkt ...

Bei der Singdrossel aber – bin ich endlich ganz angekommen. Wir wissen alles voneinander und davon habe ich schon erzählt, im "Tagebuch einer Singdrossel" und will nun endlich zu meinen beiden Starenkindern, Joie und Fusseliene zurück.

Werde auch keine Lügenmärchen, wie von menschenfressenden Drachen, teufelsgeilen Trollweibchen und sprechenden Bienen mehr erzählen. Will mal lieb und brav alltägliches einfach nur schildern wie es war, sozusagen als Wiedergutmachung für die vielen Lügengeschichten, damit ich nicht doch noch (wer weiß) den Rest der Ewigkeit in der Hölle braten muß … doch wer kommt denn da?, seh ich richtig?, ein Geist?, wo kommst du denn her?
Ich bin aus der großen Tanne zu dir gekommen, bin Silvi der Tannenbaumgeist.
Auch das noch!, wo ich doch eben erst … feierlich versprochen habe … keine Märchen mehr!!!
Bin doch auch kein Märchen!, bin Silvi, der Baumgeist, hab ich dir doch eben erst gesagt!, kannst du denn nicht zuhören?!
Ja, nein, kann schon, darf aber nicht!, keine Geister, keine Wichtel, Drachen, Zwerge, Elfen mehr, nur noch Vögel mit und ohne Federn, egal, nur anfassen muß man sie können. Und hören. Und riechen. Und sehen natürlich auch.
Siehst du mich denn nicht?
Doch, wie eine noch sehr kleine Elfe siehst du aus.
Bin ja auch noch jung, genau so jung wie meine Tanne, 138 Jahre erst. So, und nun riech mich mal … na?
Riechst tatsächlich, nach Tanne!
Nun die Augen zu!
Irgendwer hat mich jetzt geküsst!
Na wer wohl?!, Silvi der Baumgeist natürlich, und erzähl mir nicht daß du mich nicht auch noch hörst!
Ach Silvi, du bist ja wirklich ganz wirklich, doch keiner wird's mir glauben! Sie werden sagen daß ich mein Wort gebrochen, mein Versprechen nicht gehalten habe!
Und was machts?, können wir was dafür, daß viele Menschen einfach zu blind sind, um Baumgeister zu sehen?!
Ach Silvi, das ist es doch gerade! Wenn die Menschen nicht endlich mal begreifen, daß es euch wirklich gibt, werden sie weiter über eure Bäume und euch herfallen, und das Gesicht der Erde immer mehr verwüsten.

Drum bin ich ja jetzt zu dir gekommen, um dabei zu sein, wenn du ins Herz der Schöpfung schaust. Auch meine Freunde, die Vögel, wollen zu dir und dich auf Gedanken bringen, die die Menschheit so dringend braucht – Gedanken, die zur Weltenseele führen.

Die vielen Winter, die vielen Sommer hab ich dich vom Wipfel der Tanne aus geschaut, gesehen wie all die Mächte in dir stritten, miteinander kämpften. An dem frühen Morgen, als du mit dem Moped damals, in deine Freiheit gefahren bist, sah ich dich das erste Mal und spürte gleich, daß deine Wege anders sind. Nun bist du hier angekommen, endlich richtig angekommen bei der großen Tanne, dem Wald, dem Garten, all den vielen Tieren und nicht zuletzt … den Vögeln und mir.

Silvi, auch wenn´s mir keiner glauben wird, ich rede trotzdem mit dir. Mir fällt ´s ja gerade wie Schuppen von den Augen: der Nachtrabe! Mecki ist der Nachtrabe der mich geholt hat, hat mich aus einer ungeistigen Welt heraus in eine spirituelle Welt gebracht! Das ist, wie die Erfüllung einer Prophezeiung, mit anderen Vorzeichen allerdings.
Als ich noch Kind war, hat man mir Angst gemacht; der Nachtrabe würde mich holen und mir Schlimmes antun! Er hat mich geholt, der Rabe, und hierher gebracht, Weltenseelengöttin sei dank! – und was ich alles erlebt hab seit er mich geholt hat, der Rabenvogel Mecki! Aber du weißt ja schon alles, Silvi, hast mir ja wohl die ganzen Jahre zugeschaut was ich so mache! Aber trotzdem, soll ich dir erzählen wie das dann mit Joie und Fusseliene noch weitergegangen ist? Ja? … kann wieder nur bedauern, daß ich immer noch nicht zaubern und die beiden Starenkinder mit diesen Zeilen zum Leben erwecken kann! Sie sind wirklich zauberhaft und, wir verstehen uns und, endlich erleben wir, meine Kinder und ich einander ganz – bis in die letzten Winkel unserer Seelen berühren wir uns!

Dabei scheinen die kleinen Vögel alles andere als kleine Dinos zu sein, ganz anders als Mecki, eher kleine Menschen … weiß auch nicht was da los ist! Im Gegensatz zu kleinen Menschen jedoch gehorchen sie aufs Wort, verstehen alles was ich ihnen sage und was ich von ihnen will. Doch vielleicht waren Dinokinder ja auch so, irgendwo muß das ja herkommen! Und die Dinomamas- und Papas müssen so liebevolle Eltern gewesen sein wie wir uns das gar nicht vorstellen können. Ich stell mir nur mal vor wie eine Dinomama, solch eine Riesin, ihr winziges Kind zu füttern versucht. Das muß so schwer sein wie wenn ich eine Nähnadel zwischen den Zehen eines Fußes halte und mit dem anderen Fuß einen Faden durch das Nadelöhr zu fädeln versuche, wenn nicht noch schwerer! Und ich wette; die Dinokinder sind alle satt und groß und stark geworden!

Meine Starenkinder können sich allerdings auch nicht über mangelnde Liebe … und da sind wir schon wieder bei den Menschenkindern … Joie beklagt sich nämlich tatsächlich, wie ich es von meiner eigenen Kindheit her kenne, daß er angeblich nicht genug geliebt wird … ja … tatsächlich, und er hat ja sogar recht!

Fusseliene hier, Fusseliene da, Papas Fusselienchen, und merke erst nicht, daß ich mich ihr, der kleineren, zarteren tatsächlich liebevoller zuwende als ihm. Erkannt habe ich das erst durch eine Videoaufnahme in der ich meine Fusseliene betütele bis Joie ihr verärgert auf den Rücken springt. Seit dem habe ich versucht meine Liebe gleichmäßiger zu verteilen. Ob mir das gelungen ist? Man müßte Joie fragen. Oder den Videofilm anschauen, den ich über uns dreien und die vielen gefiederten Besucher gemacht habe.

Beim Anschauen des Films spürt man, hoffentlich, daß wir sowas wie drei Herzen und eine Seele sind – Joie, Fusseline und ich. Endlich. Diese meine Kinder – ganz anders sind sie als die armen namenlosen beiden Starenkinder, die meine Seele gesucht und doch nur meine Fürsorge gefunden haben. Joie und Fusseline dagegen sind in meiner Seele angekommen. Glücklich die beiden – glücklich auch ich – aber zu welchem Preis!

Die Alpendohlen in Garmisch – todesmutig ihre Vogelseelen. An die muß ich denken als unser Glück bedroht ist – bedroht von winzig kleinen Tierchen die meinen Kindern nach dem Leben trachten daß ich vor Sorge kein Auge mehr zukrieg. Versteh sie schon, die Viren, wollen auch nur leben und Sex oder ähnliches machen – aber nicht bei meinen Kindern! Vogelgrippeviren oder so – schniefen, niesen daß es sie schüttelt, es ihnen richtig schlecht geht, meinen armen Kindern.
In ihr Schicksal ergeben hocken sie beieinander und … sind noch immer glückliche Kinder, daß selbst ihr konvulsisches Niesen wie ein Ja zum Hiersein klingt! So offenbaren sie mir; auch krank sein ist lebendig sein! Damit es aber nicht noch schlimmer oder gar ganz schlimm wird, bekommen sie ein Antibiotikum um einer Rachenentzündung vorzubeugen. Hätte ich sie nicht in meine Seele gelassen, müßte ich nicht so um sie bangen und mit ihnen leiden, könnte aber auch nicht mit ihnen so glücklich sein!
Glück und Schmerz liegen oft so nah beieinander daß man eines ohne das andere nicht erleben kann. Und wer hat schon den Mut beides zu erleiden? Ich endlich ja! Und das hab ich nun davon und wer weiß was die Nornen noch für uns auf Lager haben! …

Zwei Häufchen Elend? Ja. Nein. Sehr krank sind sie wohl, doch ertragen sie ihr Leiden seltsam würdevoll – kein Gejammer, ihre Stimmen leises Flüstern, ebenso klein auch ihr Appetit – all die leckeren Speisen: Mehlwürmer, vor dem Verzehr die Köpfe zerdrückt damit sie nicht lange leiden müssen, Kanariengoldbrei, mühsam ausgelesen die ungenießbare Negersaat, und die leckeren selbstgemachten Quark-Eigelb-Kleiebällchen: 1 hartgekochtes Eigelb, 1 Teelöffel Magerquark, 12 Tropfen Vitacombex Multivitamine – alles in einer Teeschale verrührt unter Zugabe von Haferkleieflocken bis das ganze zu Teig wird der nicht mehr an der Teeschale kleben bleibt. Nun läßt sich der Teig

zwischen Daumen und Zeige- oder Mittel- oder Mittel- und Zeigefinger zu Erbsengroßen Bällchen rollen. Zu jedem dieser gelben Bällchen bekommen meine Kinder noch einen Starenschluck Wasser = 2 Tropfen = 0,1 mL – köstlich!
Doch meine sonst unersättlichen Kinder: bis zu 90 Mehlwürmer die Stunde; kein Appetit, nur immer wieder mal ein paar Tropfen Wasser in die verschleimten Schnäbel. Und niesen, zehn-fünfzehn Mal in schneller Folge – dann schließen sie ihre müden Augen wieder, still in ihr Leiden versunken, bis der nächste Nießanfall sie wieder beutelt.

Sommer draußen in Wald und Flur. Hier im Wohn-Arbeits-Schlafzimmer auch. Durch die weit geöffneten Fenster ist er hereingeweht, der Sommer, in den verwunschenen Raum. Auch die Weltenseele die sich endlich traut! Heimlich, mit meinen Kindern, ist sie hereingekommen – hat alles hier noch ein wenig mehr verzaubert als es so schon war, und schaut auf uns, Joie, Fusseline und mich – der ganze verwunschene Raum um uns schaut auf meine Kinder und mich. Auch die vielen Dinge hier.
Wie der Tragflächensegler mit blauem Segel. Der hängt nicht weit vom Schwalbennest buchstäblich in der Luft, träumt wohl von seiner letzten Seefahrt über das Isselmeer bei Amsterdam, das er in weniger als einer Stunde überquerte. Jahrzehnte ist das her. Ich hatte ihn entwickelt. Das war, als ich den Fortschritt noch liebte. Meine Hände haben ihn gestaltet als sie Vogelfedern noch nicht so oft berührten.
Damals. Es sollte der allerschnellste Segler werden – das Himmelssegel, in Gestalt eines Drachens, hab ich soeben in meinem kleinen Boot mit Erfolg auf der Beek getestet. Hurra!, es funktioniert!, es wird das schnellste Segelboot der Welt – und ich werde weltberühmt und reich! …
In Vorfreude auf meine neue Karriere, paddel ich mein Klepperboot durch das dunkelbraune Moorwasser der Beek an einem Teppich weißblühender Seerosen vorbei, als eine Entenmutter, mit ihren vielen Kindern, das kleine Gewässer, vor dem Bug meines Bootes zu überqueren versucht.
Der Entenmutter gelingt es gerade mal noch. Schnell paddel ich rückwärts. Das Boot verliert nur langsam an Fahrt. Sein scharfer Bug schneidet mitten durch die Kinderschaar. Eins der kleinen gelben Knäule wird von ihm unter Wasser gedrückt. Endlich hält das Boot. Das Kleine taucht wieder auf, schließt sich aufgeregt piepsend seinen Geschwistern an und schwimmt mit ihnen hinter der Vogelmutter her davon.

Fortschritt! Immer schneller!, keine Zeit mehr wirklich da zu sein – alles Getier zu Wasser, Land und Luft überfahren wenn es vor Menschenwerk nicht schnell genug die Flucht ergreift – Fortschritt – jetzt, hier – das Boot treibt sachte an den Seerosenblüten vorbei – erinnere ich mich an Worte Thor Heyerdahls: Fortschritt ist Fortschritt vom Paradies … mit dem Untergang der Babyente ist auch mein Traum vom schnellsten Boot der Welt untergegangen – für immer! Nun hängt es da unter dem Schwalbennest, träumt womöglich immer noch von seiner Schnellbootkarriere, und weiß noch nicht, daß es von seinem Schicksal nun als Sitzplatz für kleine Vögel vorgesehen ist. Auf diese Weise hat er mal Schiffbruch erlitten, der Fortschritt … hier bei mir.

Unter dem Schwalbennest, vor dem großen Fenster durch das die Schwalben Einlaß gefunden haben, befindet sich die große, von mir aus Holz gefügte Lagerstatt. Zwei Schaffellteppiche bilden die Unterlage, über die ich Alpaca-decken gebreitet habe. Wie Felldecken sehen sie aus – so richtig kuschelig. In aller Früh, wenn die Amsel mit ihrem ersten Lied, den noch in der Nacht versteckten Morgen, schon begrüßt, und auch ich, eigentlich noch schlafe, kuscheln wir, meine Kinder und ich, uns noch ein wenig in diese Decken, bis der Morgen endlich aus dem Wald in unsere Kinderstube scheint.
Dann begrüßen ihn Joie und Fusseline erst mit zwei riesengroßen Kotballen. Die sind die Nacht über in ihren kleinen Bäuchen gewachsen und mußten nun dringend raus. Darauf dann, mit ausgiebigem gähnen, Beine, Arme, Flügel strecken, in den noch ganz neuen Tag hineinblinzeln – hundert Vogeltage ist es her, gestern Morgen also, da wollten sich die verquollenen Augen meiner kranken Kinder gar nicht öffnen – jetzt schauen sie munter und neugierig in die Welt – vergessen all das Leiden – ist hundert Jahre her, nie gewesen, hier und jetzt, und endlich wieder Hunger!
Das Starenmenü hab ich ja nun schon detailliert genug beschrieben, nicht aber das erwartungsvolle Leuchten in ihren Augen, wenn sie sich mit ihren dicken kleinen Bäuchen hochbemühen, nicht wie sie ihre dünnen nackten Hälse den leckeren Speisen mit weit aufgesperrten Schnäbeln, ihrem Bettelgesang rrrräiii rrrräiii und heftig zitternden Stummelflügeln entgegenrecken, und kleine Speise-happen mit zustimmendem witt witt von mir entgegennehmen.
Das geschieht alle 15 Minuten, denn dann ist alles längst wieder hinten rausgekommen und auf ihrem Bettlaken, einer braunen, der Farbe der Kuscheldecke angepaßten Serviette, gelandet. Die läßt sich leicht durch eine saubere ersetzen. Aufwendiger wird es dann schon wenn einer den anderen angesch ….. hat. Dann hol ich den Pinsel, Becher mit warmem Wasser und Klopapier. Gewaschen werden will man aber nicht, dann gibt es, witt witt witt, Protestgeschrei.
Ich sagte ja schon; sind wie kleine Menschen. Irgendwie. Würde sie aber niemals gegen Menschen eintauschen, und wären sie noch so klein. Dann schon eher … wo kommst du denn her? „Dumme Frage! von da draußen natürlich, durch´s Fenster rein!" würde ich erwidern, wenn ich die kleine Kohlmeise wäre, die sich in aller Seelenruhe aus der Mehlwurmschale direkt neben uns, bedient. Nein, auch gegen kleine Meisen oder andere Vögel würde ich Joie und Fusseline nicht eintauschen. Nicht mal gegen Vögel!, meine Menschen-Dinokinder!

Haben ja tatsächlich was vom Menschen, aber, obwohl ich das noch nicht erkennen kann, gewiß auch eine menge Saurierblut. Und die kleine Meise, wie die mich so anguckt, mit ihren dunklen Augen; laß dich durch mich nicht stören – ob die kleinen Gesellen alle so höflich sind?

Der wievielte Wurm ist das denn nun schon, und ist immer noch nicht satt! Was da alles reinpaßt, in den kleinen gelben Bauch, mit dem sehr schmalen schwarzen Schlips davor. Ist wohl ein Meisenmädchen. Die Schlipse der Männer sind meistens viel breiter. Und nun?, was macht sie denn jetzt? Nimmt einen Wurm, zerbeißt ihm den Kopf und legt ihn neben sich – dann noch einer, ein dritter, ein vierter, sammelt alle in ihren Schnabel ein und fliegt zum Fenster raus. Und draußen, vor dem Fenster, in dem uralten wilden Rosenstrauch – weiß seine Blüten, rot seine Früchte – ein Geschrei das hierhin und dorthin zu fliegen scheint, und nun ist alles klar: das "Meisenmädchen" ist eine Mama – kommt wieder hereingeflogen, direkt zu der Mehlwurmschale – gefolgt von ein, zwei, drei Meisenkindern und – denkt nach, der auf der Fensterbank, sieht sich uns alle an, kratzt sich mal so´n bißchen mit einer Kralle am Kopf, weiß immer noch nicht so recht, ob das alles so richtig ist, was er da so sieht, rückt erstmal, sieht jedenfalls so aus, seinen sehr breiten, einfallsreich gemusterten Schlips mit dem Schnabel etwas zurecht und denkt vielleicht: Der Riese da ist doch wohl eine jener Kreaturen, die von den Blechtieren gefressen werden die sich nach jeder Mahlzeit gleich in Bewegung setzen und die Straßen für alle Lebewesen, und auch sich selbst, unsicher machen – denkt er gewiß nicht, ist doch kein ailian ist doch ein ganz normaler Irdischer – also nochmal: wo haben die beiden Schreihälse den federlosen Riesenfleischkloß bloß aufgegabelt?, natürlich denkt er auch das nicht, vielleicht eher: kaum zu glauben daß die kleinen Dickerchen und das große Urviech zusammenpassen!, tun sie aber wie man sieht – was hier so alles geht!, und meine Frau … fühlt sich ja ganz zuhause in diesem abartigen Durcheinander – ja, ja, sie war ja immer schon etwas eigen, und sogar rätselhaft – so steht er da auf der Fensterbank zwischen draußen wo alles noch stimmt, und dem Durcheinander bei uns hier drinnen, und weiß immer noch nicht was er von alldem halten soll … gewiß, so sieht´s aus, für mich … doch wie in aller Welt soll ich mir die Gedanken des Meisenpapas mit meinem Menschhunde-bewußtsein vorstellen können?!, geht ja wirklich nicht, und doch war es vielleicht einen Versuch wert, oder? Und doch … seltsam … von meinen Starenkindern weiß ich ja ganz genau, was sie denken und fühlen – vielleicht nun doch etwas Saurierblut auch in meinen Adern?
Nichts mehr ist klar, alles im Fluß, auf nichts außer den Wandel kann man sich verlassen. Verwandlung in und um uns; Meisenmama, ihre drei Kinder und der Papa nun auch herinnen, mit nochmal drei Kindern, und draußen im Rosenstrauch piepst es so dringend; wi! wi! wi! Hunger! Hunger! Hunger!

Alles geht so schnell – ein Amselmann – von der Fensterbank schaut er sich das Mensch-Vogeldurcheinander aufmerksam an bis auch er hereinkommt und ... dick und stolz, so sieht es jedenfalls aus, haben zwei Kernbeißerpaare sich auf der Fensterbank aufgebaut, ihr gemeinsames Vogelkind in ihrer Mitte ... natürlich können auch Vögel sich irren – rein wissenschaftlich betrachtet geht das ja nicht!, doch lassen diese Vögel sich nicht auf solch langweilige Spitzfindigkeiten ein ... so gibt es eben vier glückliche Eltern für ihr gemeinsames Vogelkind.

Eigentlich hatte ich mich ja amüsieren wollen, über solch "naiven Stolz" – doch aus irgendeinem Grund schäme ich mich nun für meine Überheblichkeit in dieser "Sache" und begreife endlich wie sehr ihr "Irrtum" diese Vögel ehrt.

Ovo Raptor. Auch so´ne Sache! wie das Urtier zu diesem Namen kam! Ungefähr hundertfünfzig millionen Jahre mußte es darauf warten, daß "Wissenschaftler" ihm diesen diskriminierenden Namen aufdrücken! Der versteinerte Riese war eben im Begriff sich über ein Nest voller Sauriereiern herzumachen als ihn der Schlag traf, oder so. Das haben wissenschaftliche Gutachter erkannt und ihm den Namen "Ovo Raptor" "Eierräuber" verehrt! Zu spät, um diesen Namen wieder aus der Welt zu schaffen, befanden andere Experten: es könnte auch ein Elternteil gewesen sein, der sich schützend über die Eier legte bis ihn die herabregnende heiße Vulkanasche erstickte – es könnte aber auch ganz anders gewesen sein; vielleicht war der Saurier ja auch nur ein ganz harmloser Wissenschaftler, der Gentests an den Eiern durchzuführen versuchte und dabei irgendwelchen Widrigkeiten erlag ... ja, lach nur!, du glaubst ja nicht was zweidimensionales Denken alles fertigbringt!, und wenn ich auch immer noch nicht weiß was meine gefiederten Gäste, es werden immer mehr, so denken, verstehen diese mich erstaunlich gut; sehen gleich bei ihrem ersten Besuch daß ich, so groß ich auch bin – nicht kleiner als ein Schaf – harmlos wie eine Gänseblume, und glücklicher Besitzer schier unerschöpflicher Mehlwurmvorräte bin.

Die wilden Vogelgäste haben uns; meine Starenkinder und mich, sogleich in ihre Gemeinschaft aufgenommen. Wir gehören zu ihnen und dürfen machen was wir wollen solange ... auf dem langen Bohlentisch vor mir bettelt eines von Mamas Meisenkindern mich an. Als ich ihm einen Mehlwurm anbiete fliegt Mama zu mir her, ihre Augen funkeln mich dunkel an „pitt! pitt!" nimmt mir den Wurm von der Pinzette und gibt ihn ihrem Kind – ah, pitt, pitt heißt wohl so was wie: das darfst du nicht! ... kommt da so ein kleines „Vögelchen" aus dem Wald zu mir und schimpft mit mir – ganz bestimmt fühlt es sich an wie ein dicker Weltenseelengöttinnenkuß!

Als ich noch ein Kind war, konnte ich gar nicht verstehen, daß alle wilden Vögel vor mir Angst hatten, wegflogen wenn ich auf sie zuging. Roch ich denn schlecht, oder war ich häßlich, oder was? – jedenfalls tat es weh, manchmal, wenn ich ihn schon beim Ansehen gleich lieb hatte, den kleinen Vogel, und er vor mir davonflog tat es sogar sehr weh – einsam fühlte ich mich dann, weg-geworfen und irgendwo liegengelassen kam ich mir vor … und jetzt … da streiten sich zwei Meisenkinder, das eine fliegt an meinen Hals, versteckt sich unter meinen langen Haaren, sucht Schutz bei mir! Klar bin ich kein Mensch mehr, in den Augen der Vögel … endlich! Wie sich das anfühlt? Wie soll ich dir das sagen, wo ich doch immer noch nicht zaubern kann?!

Am Anfang dieser Geschichte, als ich über die Gefühle die Birthe und mich verbanden nicht sprechen wollte, weil es eben nicht ging, hat mir die Biene aus dem Lindenbaum weitergeholfen, und jetzt, wo das leben mit Joie und Fusseliene und all den anderen Vögeln so, so ….. Worte wo seid ihr?! ach da! ist das denn alles?!, müssen uns halt mit den paar mageren Worten begnügen, kann´s nicht besser –

Joie und Fusseliene liegen gemütlich aneinandergekuschelt in ihrem "Bettchen" und schauen sich das Mensch-Vogeldurcheinander an. Was sie darüber denken? Na ja, +*?-,o^^°+*#---? so ungefähr, in Menschengedanken übersetzt vielleicht: ist das die Welt?, sooo groß, so viele Andere!, und dann denken sie vielleicht noch; die Mama der vielen armen Kleinen ist ja genauso klein wie ihre Kinder und unser Papa oder Mama, wissen wir nicht, ist so wunderschön groß! Auch das wäre doch menschliches Denken. Meine Starenkinder aber, sind einfach ganz in mir drin, mit all ihren Gefühlen, egal wie groß, klein, federlos häßlich ich bin – kein dummes Rumdenken eben, einfach nur glücklich sein, leben – und das da eben: mein Papa ist größer als deiner belegt eine Kleingeistigkeit, die den *Menschen* zu eigen ist, die sie allerdings, durch das von Gefühlen losgelöste kalkulieren – größer als, kleiner, härter, weicher als – mit der Fähigkeit ausstattet zwischen zwei Möglichkeiten abzuwägen, damit zu arbeiten wie ein Komputer mit 0 und 1, + und – , mit der Fähigkeit, die ihnen physische Macht verleiht über … mag nicht weiterdenken … schnell zu meinen Vogelgästen- und Kindern zurück …

* * *

*

*

… daß ich keine Märchen erzählt habe, so märchenhaft mein Leben auch sein mag, daß es sich alles genau so zugetragen hat, wie ich es geschildert habe, muß ich ja wohl nicht noch extra erwähnen …

All das Erlebte ist ja nun lange schon im grenzenlosen Meer der Zeit versunken – sein Geist aber ist zeitlos, unsterblich gewissermaßen, ist noch da, im Hier und Jetzt – auch wenn man ihn nicht sehen kann – er hat sich ja versteckt, in meiner Seele, in Videos, die irgendwann allgemein zugänglich sein werden – das zauberhafte Video mit Joie und Fusseline und den Kohlmeisen ist auch dabei – nur einige, wenige Vogelbegegnungen erst, haben sich in Bücher verwandelt, und sind auf ihrem weg zu Menschen, die sich danach sehnen, wenigstens in ihrer Phantasie Vogelseelen begegnen zu dürfen …

Sieben Vogelbücher sind bisher erschienen: drei zweisprachige Vogelbilderbücher, ausschließlich mit Photos:

THREE BIRDS OF PREY – DREI GREIFVÖGEL
OUTSIDE THE DOOR – DA DRAUSSEN VOR DER TÜR
SWALLOWSUMMER – SCHWALBENSOMMER

Auf Holländisch: VOGELKIND – eine Liebesgeschichte zweier Zaunkönige und einer Schwalbe, wie es sie nur einmal gegeben hat – in den letzten zweihundert milliarden Jahren – auf den Tag genau. Ganz bestimmt!

Zwei Bilderbücher mit Zeichnungen:

DER RABENHORST IN KAMPEN und MECKI BEI DEN MENSCHEN

Und das TAGEBUCH EINER SINGDROSSEL.

Außerdem:

SEIN ODER NICHT SEIN
JENSEITS DER FLAMMEN
EINE UNENDLICHE REISE
GOMORRHA UND DIE BOMBE GOTT

Ganz von selbst ergibt es sich, daß ich nicht Ich wäre, wenn nicht in allen meinen Büchern Vögel eine Rolle spielen würden, und das Leben überhaupt …